青雲臺

第一部 洗襟無垢

上卷

沉筱之——著

目錄
CONTENTS

第一章　上京

雷聲隆隆，雨如瓢潑。

京城近郊的山間，一列官兵在這雨夜裡縱馬而過。

忽然間，身側的山林裡，彷彿驚鳥振翅，傳來一絲輕微的動靜。

「吁——」

為首的官差勒停了馬，一雙如鷹隼的目瞥向林間，「去看看。」

「是。」

整頓有素的兵衛點起火把，很快在山間分散開。

那是裹了油氈布的火把，雨侵不滅，所照之地亮如白晝，藉著火色望去，甚至能瞧見這些官兵衣擺上繡著的雄鷹暗紋。他們身形快如飛梭，如一張網一般在這山野間無聲鋪開，要叫藏匿山中的鳥獸蛇蟲通通無處遁形。

崔芝芸躲在矮洞裡，見了這副情形，不禁發起抖來，她努力掩緊自己的唇，抑制著不要嗚咽出聲——適才青唯離開時，提醒過她絕不可輕舉妄動。

可是，只要是稍有點見識的人，便可知這一支在山間搜尋的官兵，並不是尋常的官府衙役，而是只聽命於帝王的天子近衛，玄鷹司。

這已是嘉寧三年的初秋了，自新帝繼位，已許久不曾動用這支臭名昭著的近衛，今日忽然出現在京郊，不知是生了什麼大案。

少傾，矮洞外傳來細微的腳步聲。

崔芝芸抬眼望去，洞前枝蔓被輕輕一撩，一個身覆斗篷的女子閃身進來。

她的兜帽壓得很低，遮住大半張臉，打眼望去，只能瞧見她蒼白的下頷。

「青唯。」崔芝芸一下握住她的手，「我們、我們為何竟驚動了玄鷹司？」

「可能是我適才探路時驚擾了他們。」

「那我們……還能逃嗎？」

青唯搖了搖頭：「逃不了，他們耳力十分敏銳，恐怕早已察覺出這矮洞的蹊蹺。」

眼下不搜，只不過是擔心有漏網之魚，想先行把整座山鎖入他們的大網之中。

「那怎麼辦？」崔芝芸臉色一白，頹然跌坐在地，「難道只剩死路一條了？」

她望向矮洞外，細如斷線的雨絲。這雨絲好像蛛網，要把她們困死在這昏洞之中，又好像刻漏，一滴一滴催命奪魂。

崔芝芸想不明白，為何一夕之間，自己竟會從一個千金小姐，變成了一名殺人凶犯。

她出生陵川，父親是當地一名富商，後來經一名高官指點，遷居到岳州做生意，端的是官路商路兩廂亨通。

她從小錦衣玉食長大，平生至今，除了姻緣，可說是沒有半點坎坷。

她的姻緣是自幼定下的，親家姓江，是京裡的人，因為兩地相隔，漸漸斷了來往。本以為這段姻緣也將不了了之，去歲入冬，對方忽然來了一封信，聽聞還是她那位未婚夫婿親自執筆，稱是聘禮已備好，只等迎娶崔芝芸為妻。

彼時崔父拿了這封信，嗟嘆再三。

他知道芝芸早已有了真正相許之人，對她道：「妳若實在不想嫁，為父尋個由頭，寫信幫妳回絕了就是。」

信還沒寫成，家裡就出事了。

官府連夜來了人，帶走了父親與一家老小，連原因都不曾交代。後來，崔芝芸也是從鄰里街坊的口中聽來了些細枝末節。

「聽說是妳父親早年經商時犯下的舊案，案情不得了哩。」

「拿走妳父親的，不是知府老爺，是京裡來的大官！」

還有人陰陽怪氣，「怎麼一家子都要受審，唯獨妳跟妳那個小姊妹平安無恙呢？」

那人語氣嘲弄，言下之意，不過是猜測她仗著美貌，行了些不可告人的醃臢事。

一家人受牽連是事實，親人被關在大牢中日夜受審也是事實，甚至連從小照顧她的乳娘也被捉了去。

崔芝芸尚記得那些官差上門時，父親指著她，哀求那位京裡來的紫袍大人：「草民子息單薄，平生只得這麼一個獨女，求大人饒她一命。小女、小女早已許了京城江家，有來信為證！」

待紫袍大人驗過信，父親又指著青唯道：「她是我長兄之女，寄養在我膝下，她什麼都不知道，大人盡可以去查。」

父親被拖走時，連聲「冤枉」都沒喊，只懇求青唯道：「妳一定要把芝芸平安送到京城。」

青唯只長芝芸一歲，就算幼時漂泊在外，會些三腳貓的功夫，也不過是弱流之輩，此去京城，山一重水一重，崔芝芸不知道，父親為何要把這樣險難的任務交給她，後來才明白，大概周遭親戚鄰里，已無人可堪託付了吧。

昔日父親的親朋好友怕受牽連，皆是對她閉門閉戶，稍稍好心一些的，便多說一句：「反正袁大公子喜歡妳，妳又何必矜持？」

也有人自以為忠言逆耳，「此去京城，迢迢數百里，妳們兩個女子如何上路？再說了，妳京中的那位未婚夫婿臭名昭著，妳若嫁了他，何嘗不是從一個泥潭出來，又摔進另一個泥潭？還不如跟了袁大公子。」

「便是妳在京城還有親人又怎麼樣呢？妳父親犯下大罪，那些親人未必會收留妳。」

「聽說袁公子請了媒人，要為妳與他說親了，妳跟了他，也算有個著落，妳就算不為了自己著想，也該為了妳那個小姊妹著想，她生來命苦，妳跟了袁公子，她日後好歹有個遮風避雨的屋簷。」

這些「肺腑之言」崔芝芸一句一句地聽了，可是半個字都沒有聽進去。

是，她那個未婚夫婿臭名昭著，可那袁文光便是好人嗎？

那才是實實在在的惡霸，欺男霸女，惡貫滿盈！

父親出事以後，若不是官府的衙差還常在崔宅外巡視，只怕袁文光早就帶著人闖入家中了。

崔芝芸思來想去，最終還是決定上京。

不是為嫁人，而是為了父親，就算無法平冤，起碼要知道父親是因何獲罪。在岳州問不明父親的案情，那麼就去京城問。

兩個女子趁著夜色上了路，一路為甩開袁文光的尾隨，時停時走，時掩時藏。

到了京城近郊的驛館，青唯跟驛官借了馬，去附近的集市上採買用度。

她們本以為已徹底甩開了袁文光，誰知正是青唯離開的這大半日，袁文光也到了驛站歇腳。

他跟了一路，最後居然跟丟了美人，狼狽之餘，跟驛官要了烈酒大肆狂飲。正喝得酩酊，與井邊打水的美人不期而遇。

青唯不在身邊，崔芝芸看到袁文光的第一個反應就是逃。

這是郊外，附近只有無盡的荒煙蔓草。她倉皇之中不辨方向，只記得四周的草越來越深，越來越密。

而袁大公子似乎很滿意這場追逃，尋而不得的狼狽一掃而空，他像一隻猛獸，充滿玩味地看著自己的獵物在逃命中脫力，他盼著她掙扎，最好是在他身下掙扎，這樣拆吃入腹時才有意趣。

他吩咐跟來的小廝：「你們在這裡等著。」然後一步一步逼近自己的獵物。

崔芝芸也不記得自己逃了多久，只記得他滿口的酒氣混雜著旁邊水蕩子的青苔味直令人作嘔，他喘著粗氣，俯在她的耳邊對她說：「美人兒，從未有一個姑娘如妳這般，讓我日思夜想。」

「美人兒，我從第一眼見到妳，就開始肖想妳了，這麼多年了，咱們也算有情人終成眷屬。」

「芸芸，別逃了，妳父親犯下的是重案，他回不來了，從今往後，爺就是妳的家。」

她仰起頭，看著天幕低垂的雲。

粗糙的手肆無忌憚地在她身上遊走，她仰起頭，看著天幕低垂的雲，聽到自己裙子被撕裂的聲音。

裂帛之音彷彿在她心上撕開一道口子，將她與過去錦衣玉食無憂無慮的生活一刀斬斷，一下子，這些日子壓抑著的不甘、委屈、憤懣，通通湧到心頭，化作蓬勃的怒火。

什麼父親回不來了？不是他塞銀子給官府，讓父親再也不要回來的麼？若不是他，自己來京的這一路，也不會如此坎坷！

怨怒之下，崔芝芸竟奇異地冷靜下來，她悄悄地抽回掙扎的手，摸到了一柄藏在後腰的匕首。

每次青唯離開，都會將這柄匕首留給她。

她再三叮囑她：「若非遇到難得過不去的情況，這匕首等閒不出鞘。」

還有什麼情況能比眼下更難呢？

崔芝芸悄然取下匕首，撬開匕鞘，在袁文光最不設防的一刻，對準他的腹部狠狠一刺。

出乎意料地，她竟沒遇上多大阻力，那匕首如入無人之境，在袁文光反應過來前，已整身沒入他的腹中。

崔芝芸愣住了。

她是個從小養在深閨的女子，手無縛雞之力，能手持匕首輕易傷人，多半還是這匕首之功。

這匕首，削鐵斬金，匕刃之鋒利恐怕世間難尋。

袁文光腹部濺出的血沾了崔芝芸滿身，驚駭之間，她竟記得扯下荒草去堵袁文光的口，以防他叫喊出聲，引來遠處的小廝。

隨後她便沒命地逃，她也不知道自己要逃到哪裡去，險些被凌辱的後怕與殺人的懼駭在她心中交織成一團亂麻，她在荒草地裡倉皇而行，直到徹底脫力，昏死過去。

崔芝芸是被人喚醒的。

幸好，率先找到她的不是小廝，不是官兵，而是青唯。

她睜開眼，入目便是那一襲熟悉的黑衣斗篷，與遮住半張臉的兜帽。

崔芝芸一瞬間淚眼婆娑，她惶然道：「青唯，我好像……殺人了，我殺了袁大公子。」

青唯看到她這一身的血，早已明白了一切，她道：「芝芸，妳且記住，妳沒有殺人，今日我們一直在一起，沒有分開過，妳也從沒有見過袁文光，明白嗎？」

崔芝芸似懂非懂地點點頭。

她看著青唯。

她總穿著寬大的黑衣斗篷，斗篷下的身軀卻纖瘦單薄，這份掩藏在黑衣下的單薄，如今就是她全部的主心骨。

崔芝芸一下子撲入青唯懷中，淚如雨下，「阿姐，妳怎麼才回來——」

她們這一路行來都戴著帷帽，驛官、車夫、店家，未必就看清了她們的真容，加之為了甩開袁文光，她們並未全走官道，沿途遇到的人，未必就能知悉她們的行蹤，因此，哪怕事後袁家的小廝告到官府，只要她二人咬定一直在一起，從未見過什麼袁大公子，雙方各執一詞，官府就難以斷案。

沒有人看到她殺人。

不，她要相信，她從沒有殺人。

然而，人算不如天算，她們本想暫避風頭，從山間繞回到官道，做出正上京的樣子，沒承想才一日過去，就驚動了玄鷹司。

矮洞外搜查的腳步聲越來越近，大概是玄鷹司封鎖了整座山，往她們這裡來了。

崔芝芸渾身都在發顫。

青唯藉著枝蔓的間隙朝外一看，火把的光已蔓延到三丈之內。

「不能再躲了。」她捉住崔芝芸的手腕，「我們先出去。」

「不、不……」崔芝芸驚駭交加，反握住她的手，「出去了，就沒命了。」

雨還在下，轟隆一聲驚雷炸響，崔芝芸巨駭之下，話語哆哆嗦嗦地從齒間溢出來，「定是、定是那驛官、車夫，記住了我們的身形，報了官。這些玄鷹衛，定是來抓我們的。破綻太多了，青唯，我們瞞不住的。出去了，我只會是死路一條……」

青唯道：「才一日過去，就算是玄鷹司，未必能查得這麼快。再說袁文光不過中了一刀，人未必就死了。」

「未必……死了？」崔芝芸愣愣地看著青唯。

她還是害怕，未必死了，也未必活著，他被堵了嘴，遺留在荒郊野外，等被找到，或許血都流乾了。

青唯的嘴角動了動，卻沒有多說，因為洞外的腳步聲已近在耳畔。

洞前枝蔓一下被撩起，火光霎時蔓延進整個矮洞。

「什麼人？出來！」

雨砸在官道上劈啪作響，一名伍長將青唯與崔芝芸帶到官道上。

衛玦高坐於馬上，淡淡掃了她們一眼，慢聲開口：「只這二人嗎？」

「回大人，卑職找遍了山間，只找到了這兩名女子。」伍長拱手道：「她們似乎是在山間的矮洞裡避雨，卑職見她們行蹤可疑，將她們帶了過來。」

可疑？

衛玦一雙鷹眼微生波瀾，前行五里就有驛站，後退十里還有客舍，深更半夜，兩名弱質女子，好好的官道不走，偏生要到這山間避雨，豈止可疑，簡直古怪至極。

他垂目仔細看向這二人。

雨比方才稍細了些，被火光照著，猶如霞霧。

這層霞霧籠在崔芝芸身遭，襯得她明豔嬌柔，衛玦的目光在她身上一掠而過，停留在另一人身上。

她穿著寬大的黑衣斗篷，兜帽遮住大半張臉，即便如此，身後竟然還背了個擋臉的帷帽，彷彿她這張臉，必然不能被人看到似的。

「妳二人為何夜半隱於山中？」

「回大人的話，」青唯道：「民女的叔父獲罪，民女帶妹妹一起上京投奔親人，夜裡忽逢急雨，所以避於山間矮洞之下。」

衛玦聽了這話，看了眼來路的方向。

南邊來的，獲罪？

「妳們姓崔？」

「……是。」

衛玦揚了揚韁繩，驅馬來到她身側，語氣冷下來：「崔弘義所犯重罪，朝廷下旨嚴查，一家上下概不能倖免，妳既是他親人，不伏法也就罷了，還幫著罪犯之女脫逃，妳可知罪？」

「大人明察，民女與堂妹不是脫逃。」

「不是脫逃？」

「只因妹妹與京城江家有婚約，辦案的欽差才准允我們姐妹二人上京。」

衛玦緊盯著青唯斗篷下的半張臉，忽地朝一旁伸出手，「刀。」

一名玄鷹衛應「是」，呈上一柄身長三尺，鏤刻著玄鷹展翅暗紋的雲頭刀。

衛玦將刀握在手裡略微一掂，慢聲問道：「近來京中生了大案，妳二人可曾聽聞？」

「大人說的大案，」青唯掩在斗篷下的聲音稍稍遲疑，「是指我叔父的案子嗎？」

「矯言善辯。」衛玦冷哼一聲。

他注視著青唯，握著刀的手腕倏然一振。

刀刃出鞘，寒芒如水，在雨夜裡一閃，當頭就朝青唯劈去。

崔芝芸被這急變嚇得驚叫出聲，一下子跌坐在泥濘的地上。

刀鋒爭鳴襲來，在離青唯頭骨的毫釐處堪堪停住，兜帽被斬成兩半，伴著數根斷了的青絲，朝兩側滑去，露出一張臉來。

「這……」

相隔最近的伍長驟然退了一步。

其餘玄鷹衛饒是訓練有素，見了青唯的樣子，也不由目露驚異之色。

她的左眼至眉骨上方，覆著一片紅斑，皮膚薄極了，透膚而下，可以看見淺青血紋。

她垂眸立在雨裡，不知是紅斑太可怖，還是夜色太深，掩去了她目中的狼狽，就這麼一眼望去，倒像是刀斧加身亦能嵬然不動的妖魅似的。

衛玦眉頭緊蹙，目光從她的臉上移開，順著斗篷的領襟，一路往下，落到她垂在身側的手。

手指一直在微微發顫。

衛玦見了這手指，緊抿的嘴角才鬆弛下來。

深更半夜，一個女子遇到這麼一大幫官兵，非但不怕，面對質問還能對答如流，原以為是什麼了不得的人物，只消稍稍一試，才知是強裝鎮定罷了。

這是多事之秋，朝廷章何二黨鬧得不可開交，陳年舊案牽涉了一大票人，昨日關在暗牢裡的一名重犯又被劫了，他受聖命徹查劫獄案，一路循蹤而來，可惜除了這兩名女子，未發現任何可疑之人。

「京城江家。」衛玦咂摸著這四個字，語氣平靜無波，彷彿方才劈刀斬青絲的一幕沒有發生過。

他看向崔芝芸，「與妳定親的人是江辭舟？」

「是……」

「那麼妳們此行是要前往江家？」

「不、不是……」崔芝芸還是怕，幾乎是囁嚅著道：「先行……前往高家。」

衛玦沒有再問，玄鷹司耳目靈通，這其中的緣由他知道。

高家是刑部高郁蒼的府邸，他的娘子羅氏與崔芝芸的母親是親姐妹，後來各自嫁了人，兩家同住陵川那幾年，府邸門對門，院接院，簡直親如一家。

反觀江家，江逐年老來脾氣愈發古怪，連年來淨生惡事，他的兒子江辭舟更是臭名昭著一介紈褲，若不是有太后庇護，門楣只怕早就衰敗了。

崔芝芸上京應當是為她父親的案子，去高家才是正途。

衛玦勒轉馬頭：「走吧。」

雨水稍止，青唯扶著崔芝芸從泥地裡站起，看她濺了一身泥漿，脫了斗篷給她。

還沒戴帷帽，一名的玄鷹衛就拿著銅銬過來了——玄鷹司夤夜出行捉拿要犯，這兩名女子行蹤可疑，被當作嫌犯處置。

此地距京城十多里路，到了城門口，已是天色微明。大周以文立國，民風開化，城裡雖設宵禁，但是並不嚴謹，若有城民漏夜出行，逹旦暢飲，巡衛的至多申斥幾句，尤其流水巷一帶，有些樓館通宵掛牌，上燈點火，巡檢司只是睜一隻眼閉一隻眼。

然而今日不知怎麼，晨光尚是熹微，要進城的百姓就在城門外排起長龍，城門處設了禁障，武德司增派人手，正在一個一個排查。

司門郎中遙遙見了衛玦，提著袍，上來拱手道：「衛大人夤夜辦案，辛苦了。」

衛玦問：「查到可疑之人了嗎？」

「抓獲了幾個，尚未細審。」

衛玦吩咐一旁的伍長：「你去看看。」

一夜雨水過去，晨光雖稀薄，卻有初晴的敞亮，城門口排隊的百姓等得聊賴，見到一列氣勢烜赫的官兵，紛紛朝這邊望過來。

最引人注目的還是其中兩名女子，她們的手被銅鎖銬著，一人嬌美，另一人左眼上覆有紅斑，十分古怪。

這些百姓的目光在青唯的臉上停留片刻，竊竊私語起來。

「大人。」青唯垂目立在衛玦馬後，待他與司門郎中說完話，喚道：「大人能否准允草民把帷帽戴上？」

衛玦聽了這話，勒轉馬頭，看了青唯一眼。

她的斗篷早脫給她的小姊妹了，渾身上下只裹著素衣，顯得十分單薄。問出這話，她自己也困窘，緊抿著唇，低垂著頭，尤其是那雙被銬在身前的手，似乎覺察到他的目光，手指還微微蜷曲了一下。

但那紅斑還是扎眼，真是醜，想不注意都難。

衛玦收回目光，並不理會她。

過了一會兒，適才去城門口問話的伍長回來了，稱是已將嫌犯悉數送去了玄鷹司，又說：「高府的當家主母也來了，所說的與崔氏二人交代的無二，她稱崔氏上京前，給高府去過信，卑職查看過信函，並無疑處，崔氏二人應當與劫獄案無關。」

衛玦頷首：「放人吧。」

銅銬一解開，青唯很快戴上帷帽。衛玦念及崔氏與高家的關係，一起跟了過去。

城門內臨時搭建了茶水棚，羅氏等在裡頭頻頻張望，待看清崔芝芸憔悴的樣子，眼眶瞬間盈滿了淚：「怎麼、怎麼就弄成了這副模樣？」

她與崔芝芸的母親姐妹情深，當年在陵川，是把崔芝芸當親女兒疼愛的。

玄鷹司夤夜出城，為的竟不是袁文光的命案。

崔芝芸想明白這一點，一見到羅氏，這一路行來的坎坷與艱辛、父親的案子、家人的落難，包括袁文光的死，通通拋諸腦後，她的淚亦滾落而出：「姨母，芝芸總算見到您了。」

「有姨母在，一切都會沒事的。」羅氏輕拍了拍崔芝芸的後背，她知道她上京的目的，但眼下衛玦就在一旁，不好多說，於是溫言勸道：「妳我姨女闊別多年，如今重逢，這是好事，該高興才是。」

又笑說：「妳表哥聽聞妳來京裡，日日都與我到城門口等妳，也是不巧，今日衙門有案子，他走不開。」

崔芝芸聽了這話，目中浮上一絲悱然。

她垂下眸，輕聲道：「等回到家中，終歸……終歸是要見的。」

羅氏的目光移向一旁的青唯：「妳就是青唯？」

青唯欠了欠身，跟著崔芝芸喊：「姨母。」

羅氏上下打量她一番，單看身量，倒也亭亭，「早年崔家大哥趕工事，帶著妳天南海北地走，同是陵川人，我竟沒有見過妳。怎麼還遮著臉？讓姨母看看。」

羅氏說著，就要去揭青唯帽檐下的遮面。

青唯陡然退了一步。

她自知此舉無禮，稍穩了穩心神，賠罪道：「晚輩患有面疾，只怕會嚇著姨母。」

城門口的武德司還在排查，幾人不好在此多敘話，正好家中廝役套了馬車過來，衛玦見羅氏要走，賠罪道：「適才在野外，衛某見府上二位姑娘行蹤可疑，多有得罪，還望羅大娘子莫怪。」

「大人多禮了。」羅氏溫聲道：「她們兩個姑娘遺落野外，妾身還該多謝大人將她們送回才是。」

高府的馬車朝街口駛去，衛玦立在茶水棚外，注視著馬車消失的方向。

「大人。」一名玄鷹衛過來請示，「可是要回宮覆命？」

「那個伍長走了？」衛玦問。

「走了。」說話的玄鷹衛喚作章祿之，乃是玄鷹司鴞部校尉，本事不小，辦事雷厲風行，就是脾氣有些急躁。

衛玦問的伍長，乃今日一路跟著他們找人，查獲嫌犯的巡檢司部從。

章祿之提起此人就是不忿，脫口道：「官家交給玄鷹司的案子，區區一個巡檢司下行走的部從也敢來參一腳，還是被姓曹的閹黨硬插進來，是當旁人都沒長眼，不知道他們是西坤宮養的——」

「狗」之一字未出，衛玦一個眼風掃來，章祿之頃刻息了聲，拱手賠罪：「卑職失言，請大人責罰。」

衛玦沒多說什麼，只道：「派些人，這幾日盯著高家，再沿著崔氏二人上京的路上查過去，看能不能找到蛛絲馬跡。」

「大人還是懷疑劫囚的案子與她們有關？」章祿之詫異道。

他們循著逃犯的蹤跡一路追來，只找到了此二人，可暗牢重重把守，這樣的弱質女子，怎麼可能劫走重犯？

衛玦沒有回答。

「回宮吧。」他只是道。

「父親知我思念姨母，說等來年開春，就把岳州的鋪子關了，一家人一起遷來京中長住，可是沒想到……出事之前，當真一點預兆都沒有，芝芸求遍親鄰，竟沒有一個肯相幫的，也不知父親當初為何要離開陵川，到這樣一個人情涼薄的地方……」

翌日天還沒亮，高府正院的東廂裡，傳出低低的啜泣聲。

昨日崔芝芸一回到府中，吊著她氣力的最後一根弦兒便崩塌了。

羅氏心疼她，到東廂來陪她同住，夜裡又見她夢魘不斷，哭醒數回，嘴裡還呢喃著說什麼「殺人」，也不知這一路上是遭了多少罪，羅氏遂起身，一邊聽著她哭訴，一邊吩咐下人去煨參湯給她壓驚。

不多時，屋外傳來叩門聲。

「大娘子，參湯煮好了。」

羅氏接過參湯，抬目看了丫鬟一眼，「怎麼是妳送參湯來？」

丫鬟含笑道：「二少爺昨日外出辦案，通宵未歸，惜霜閒著也是閒著，想著府中住進兩位表姑娘，回來大娘子院中幫忙。」

又說，「大表姑娘已經起身了，眼下正等在堂裡，大娘子可要過去？」

羅氏朝窗外看了一眼，一場秋雨過後，天一下就涼了，連天都亮得比以往遲了些。

她喚來一名婢子，讓她留下照看崔芝芸，攜著惜霜往正堂去了。

兩人出了院，還沒走到迴廊，忽聽廊外有兩個丫鬟竊竊私語。

「妳瞧見她臉上那斑了麼？真是可怕！」

「也不知是得了什麼疾症，我適才給她奉茶水，都不敢碰到她。」

「妳還說呢，妳那茶水都灑出來了，若是燙著了大表姑娘，仔細大娘子責罰！」

「什麼大表姑娘？咱們府上只有芸姐兒才是正經的表姑娘，至於另外這位麼，聽說當初就是寄養在崔家的，與高家一點關係也沒有，也好意思跟著來投奔！阿彌陀佛，求求菩薩保佑，大娘子可千萬莫讓我去伺候那個醜八怪……」

兩人並沒有看見遠處的羅氏，一邊說著話，一邊往後頭的雜院走去。

羅氏盯著這兩人的背影，面上瞧不出心緒，她沒說什麼，過去廳堂了。

大宅子早上事務紛雜，七八個下人都忙不過來。高家的本家在陵川，高郁蒼到京任職，算是分了家。眼下府上一共兩位少爺，大少爺入仕不久，就去地方試守了，餘下一個二少爺高子瑜，是兩年前中的進士。

人丁雖簡單，事卻不少，況且近日不知怎麼，公差竟撞上了——前日一場劫獄案，高郁蒼至今未歸，昨天高子瑜剛回府，又被京郊一場命案喚去衙門。

管事的一見羅氏到了，上來請示：「老爺、二少爺的早膳都備好了，這就打發人送去衙門，大娘子可要瞧一眼？」

羅氏道：「拿過來吧。」

又一名嬤嬤來回：「昨兒二少爺走得急，沒披氅，丁子送去衙門，二少爺外出辦差，又不在，剛奴婢打發丁子再跑一趟。」

羅氏頷首。

等到一應婢僕把要事請示完，羅氏才看到立在廳堂角落的青唯。

「姨母。」青唯上來見禮。

她如今寄人籬下，自是不好再遮著臉，昨日回到高府，就在羅氏跟前摘了帷帽。好在羅氏看到她眼周的斑，並未顯露什麼。

下頭的丫鬟提了食盒過來，羅氏揭開一看，頓時蹙了眉：「怎麼才這麼點東西？」

這食盒裡裝的是高郁蒼的早膳，可是，卻不能只有早膳。在衙門辦差，同僚間除了公事上打交道，人情世故往往體現在細節裡。

「把棗花餅、素合粉、玉湯餅，各備一碟，另裝一個食匣子。」

丫鬟連忙應是，她被羅氏斥了，心慌得很，收食盒時，不慎打翻了蓋子，幸好青唯眼疾手快，從旁穩穩接住，遞還給丫鬟。

羅氏這才從忙亂中抽身，回頭又看青唯一眼，溫言說：「我雖不曾見過妳，同是陵川人，與妳父親母親還算相熟，我聽芝芸說，妳是洗襟臺出事後，才住進崔二哥家的？」

「是。」青唯道：「洗襟臺出事後，父親亡故，母親傷心過度，沒兩年就跟著去了，臨終她給叔父去信，請他收留我。闊別多年，莫要說芝芸，連叔父乍見我時，也不記得我了。」

羅氏聞言，倒是心疼起眼前這個孤女。

適才她到廳堂，瞧見青唯腳邊有濺出的茶水漬，料定是起先兩個婢子奉茶時怠慢所致，可與她說話，她神色如常，不見絲毫委屈之色，想來是漂泊慣了，見識過許多寄人籬下的炎涼。

羅氏道：「既然如此，妳就在這裡安心住下，至於妳這面疾，若尋到病根，未必不能醫治，改日我請個有名望的大夫過府為妳看看。」

食盒重新備好了，底下的丫鬟拿上來給羅氏看。

羅氏說完這話，那頭半晌沒有反應，過了許久，才聽青唯的聲音傳來，有感激之意，「多謝姨母，不過我此行上京，一是為了陪芝芸，另外，也是為了來尋我的一位親人。」

「妳在京中還有親人？」

「是從前教過我功夫的師父。許多年沒見了，近來才輾轉有了消息。」

用早膳時，崔芝芸過來了，她吃過參湯，臉色仍不見好，直到用完早膳，被羅氏又安撫了幾句，神思才略微和緩。

不多時，去衙門給高郁蒼送食盒的下人回來了，回稟道：「老爺知道兩位表姑娘平安到了府上，讓小的帶話，稱是崔家的事他已知道，會酌情打點。」

羅氏「嗯」一聲，對崔芝芸道：「妳姨父雖身在廟堂，但朝廷中事，他素來不與我多提，且近來京中不平靜，他這兩日都住在衙門。也罷，等妳表哥回來，我且問問他，看他能不能想法子幫忙。」

崔芝芸聽了這話，別開臉，去看院中一株黃藤樹：「我記得表哥高中後一直在翰林任職，怎麼翰林也要出案子，我都……我都到了一日了。」

羅氏笑道：「妳有所不知，妳表哥如今已不在翰林了，兩月前高升，被京兆府挑了去。」

話音落，只聽外頭一聲：「少爺回來了。」

晨光初至，只見一人自院中闊步走來，他個頭很高，眉眼疏朗，一身墨藍官袍襯得整個人挺拔如松，眼角微垂著，像是時刻都含著笑一般。

羅氏迎上去，瞧見高子瑜眼底的烏青，「是不是一夜沒睡？正好，早膳剛撤，惜霜，妳讓人把早膳重新備了給少爺端來。」

「不必了。」高子瑜逕自往正堂裡走，「衙門的案子有點棘手，我待會兒還要再過去，芝芸已到了一日了，我回來看看她。」

話說完，他展目一望，崔芝芸正立著廳堂門口，她身披杏白襖衫，眉目更勝往昔嬌豔，或許是家中驚變，她臉色蒼白，目中還有些許懼意，這副羸弱的模樣更加惹人憐惜。

二人自幼就是青梅竹馬，兩年前，高子瑜高中進士，曾去岳州崔宅小住過一段時日，經久未見，兩人間的情意非但不曾褪減，只覺愈濃。

羅氏見高子瑜穿得單薄，想是氅衣沒有送到，吩咐下人去取。惜霜上前福了福身：「灶頭上還煨著參湯，少爺一夜辛苦，奴婢去取一碗給少爺驅寒。」

她倒也乖覺，取來參湯，並沒有親自盛給高子瑜，反是遞給了崔芝芸。

羅氏一邊給高子瑜繫薄氅一邊問：「什麼案子這麼急，都熬了一宿了還要趕去衙門？」

高子瑜跟著一起整理襟口，「也不是什麼了不得的案子，京郊驛官附近出了殺人命案，我領人去查，查到一半玄鷹司來了人……」

「啪——」

話剛說完，只聽一聲脆響，崔芝芸沒拿穩手中湯碗，落在地上碎了。

她聽了高子瑜的話，似乎懼得很，若不是青唯從旁扶了她一把，只怕是站也站不住。

羅氏愣道：「怎麼了這是？」稍一頓，自以為想明白因由，回頭埋怨高子瑜：「你表妹膽子素來就小，既是殺人的案子，為何當著她詳說？」

高子瑜亦自責：「是我疏忽了。芝芸莫怕，那驛館離京城尚有幾里路，京中治安還是無虞的。」

可惜這句勸慰不起絲毫作用。

青唯將崔芝芸扶至堂中的梨花椅上坐下，「敢問少爺，您說的命案附近的驛館，可是南面官道口的官驛？」

高子瑜頷首：「正是。」

青唯道：「不瞞少爺，我與芝芸也曾在這家官驛歇過腳。」

高子瑜聽了這話明白過來，原來芝芸這麼害怕，竟是因為去過那驛館？

不過青唯這一問，倒是提點了他，是了，那個被殺的袁文光，不也是從岳州方向來的麼？照這麼看，說不定她這兩位表妹知道什麼線索。

一念及此，他道：「青唯表妹，借一步說話。」

將青唯引到廊廡下，「敢問表妹可認得岳州袁家的袁文光？」

「認得。我與芝芸上京的路上，還曾見過他幾回。」青唯擔心崔芝芸，被高子瑜喚出來，目光還停留在崔芝芸身上，直到聽了這一問，才似反應過來，「怎麼，死的人是他？」

「找到時只剩最後一口氣了。」高子瑜沒詳說，這畢竟是衙門的案子，他不宜透露太多，何況玄鷹司的人稱是有嫌犯線索，臨時摻和進來，他也不知道眼下進展如何了。

「那表妹可知道袁文光可曾與誰結仇，又或是上京的這一路上，惹上過什麼麻煩事？」

青唯道：「我對袁文光所知甚少，除了離開岳州城時見過，後來就再沒見到了。」

「那芝芸她……可在途中撞見過袁文光？」

「應該不曾。這一路上我與芝芸一直在一起，我不知道的，她必然也……」

「少爺，大娘子，外頭來了幾位官差，說是、說是要拿藏在咱們府上的殺人嫌犯——」

青唯話未說完，一名廝役匆匆自前院趕來。

羅氏原本要陪著崔芝芸去裡屋歇息，聞言驚愕道：「什麼嫌犯？此處乃刑部郎中大人的府邸，怎麼會有嫌犯？他們是不是弄錯了？」

然而話音落，幾名腰別雲頭刀，身著鷹翔袍的玄鷹衛已然繞過照壁，步入院中。

頭前兩位羅氏居然還認得，正是昨日剛見過的衛玦與章祿之。

「前夜在京郊偶遇府上兩位表姑娘，在下就覺得可疑，循著蹤跡去查，發現二位姑娘竟與京郊的一樁命案有關，眼下玄鷹司已取證查明，確定這樁命案是寄住在府上的崔芝芸所為，是故特來傳崔芝芸、崔青唯二人到府衙問話。」

這話一出，府上所有人的目光都落在崔芝芸身上。

「不、不是我。」崔芝芸目色懼駭，連連搖頭，「我沒有殺人……」

「一派胡言！」高子瑜往崔芝芸身前一攔，將她掩在自己身後，「那死者堂堂七尺男兒，芝芸一個弱質女子，如何殺得了他？衛大人稱已經取得證據，敢問證據何在？！無憑無據便要到我府上拿人，天底下恐怕沒這個道理！」

「何況——」高子瑜抖抖袖袍，負手冷聲道：「我京兆府辦案，自有京兆府的章程，若高某記得不錯，玄鷹司該是另有要案在身，怎麼，玄鷹司是閒著沒事做，自己的案子查不下去，來管起我京兆府的閒事了？」

這話說到末了已然有譏諷之意，衛玦尚且沉得住氣，章祿之卻是個急脾氣，脫口便道：「高大人要證據，沿途的驛官、客舍的掌櫃、馬夫，但凡見過你這兩位表妹的人，皆可以給出供詞作證，高大人辦案慢人一步，怎麼倒還有理似的？且玄鷹司要管這案子，自有玄鷹司的道理，京兆府尹都准允了，高大人一任通判竟還有異議麼？」

他一笑：「也罷，這案子玄鷹司就在京兆府審，高大人若存有疑慮，自可以跟去旁聽。就怕高大人聽明白了其中玄機，先嚇壞了自己！」

京兆府，退思堂。

「袁文光一直傾心於妳，數次僱媒媼上門說親，妳父親嫌他人品敗壞，次次婉拒門外，是也不是？」

「我、我不知道……」

崔芝芸跪在公堂之下，話語從齒間顫抖著溢出。

她手指絞著裙裾，指節發白，被章祿之這麼遽然一問，連頭都不敢抬起。

「他因此懷恨在心，妳父親獲罪後，他賄求官府嚴懲妳父親，甚至數次在街巷圍堵妳。所以妳上京，並不單單為了崔弘義，更是為了躲他，是也不是？！」

「不、不是。我當真……當真是為了我父親。」

「可是妳想不到他對妳勢在必得，竟肯追著妳一同上京，若非──」章祿之看了跪在一旁的青唯一眼，「妳這位堂姐有點本事，帶妳甩開袁文光，妳恐怕根本到不了京師。」

他負手走到崔芝芸身旁，俯下身，「妳們到了城南官驛，崔青唯忽然有事離開。臨走，她囑咐妳留在屋舍不要外出，妳沒有聽她的話，在驛館外，意外遇見了醉酒的袁文光。」

「妳知道他對妳的心思，當即便逃，他追上妳，在官驛附近的荒野裡欲對妳不軌。妳怕極了，也恨極了，妳想到妳的父親，想到自己的遭遇，悲憤交加，終於鼓足膽子，在他最不防備之時，一刀殺了他，是也不是？！」

「不、不，我沒有！」

崔芝芸慌亂無助，被章祿之這麼狠狠激了一番，竟是拚足氣力沒有潰敗，她想起青唯叮囑過她的話，辯解道：「那日……那日青唯是離開了，但她只是去採買些用度，很快便回來，此後我們一直在一起，我沒有殺袁文光，我根本、根本沒有見過他！」

「妳胡說！」候在一旁聽審的袁家廝役終於忍不住，「當時荒郊地裡只有妳和少爺，少爺若不是妳殺的，還能是誰！」

章祿之轉身一掀袍擺，朝上首的衛玦拱手請示，「大人，請上證人！」

玄鷹司的衙署在禁中周邊，眼下借京兆府的地盤審案，兩旁站堂的皂班換成了披甲執銳的玄鷹衛，連公案後的海水潮日圖都比平日肅穆幾分。

幾個證人被帶上來，似是被這凜然的氣氛懾住，當即便跪地喊：「大人。」

章祿之也不廢話，走到頭前一人身前：「把你供狀上的證詞重新交代一遍。」

「是。草民是京城五十里外吉蒲鎮客舍掌櫃，大概是八月初九的傍晚，客舍裡前後來了兩撥客人投宿……」

「袁公子到了客舍，第一樁事就是打聽兩名姑娘的蹤跡，因為頭前兩個姑娘都遮著臉，草民也不敢斷定她們就是袁公子要找的人，但袁公子稱是客舍外拴著她們的馬車，人定然在這裡，還要搜小人的客舍，不過……沒搜著，草民後來聽到他們中的廝役抱怨，說什麼『定是那醜女故意留了馬車在這，就是為了擾亂他們，人早跑了』。」

章祿之問：「你且看看，當晚到你客舍投宿的女子，是否就是你身邊二位。」

那掌櫃的跪伏著身轉過臉，上下打量幾眼：「回大人，看身形，有些像是。」

章祿之又看向第二名證人，「你是城南官驛的驛丞？」

「回大人，鄙人正是。」

這驛丞雖未入流，到底是官衙下頭當差的，也不消吩咐，隨即把青唯二人是如何到驛官投宿，隔日青唯又是如何借馬離開一一道來。

「……到了正午，袁公子到了驛館，與崔氏撞了個正著，因為崔氏在奔逃時落了帷帽，所以鄙人認得出，正是身邊的這一位。」

「鄙人當時覺得情況有異，打發底下一個差使跟去看看，但，一來驛館忙碌，差使沒有追遠，二來，袁公子與崔氏都是岳州口音，想來是鄉人，差使沒多在意，早也回來了。」

章祿之盯著崔芝芸：「如何？還稱自己不曾見過袁文光嗎？」

崔芝芸臉上血色盡褪，手指緊緊扣住地面。

「我……我是見過他，但我逃到荒野，很快迷了路，是青唯找到了我……我當真不知道，他為什麼就死了……」

她說著，眼淚斷線一般砸落地面，渾身顫抖如枯敗的葉。

章祿之看著崔芝芸。

強弩之末罷了，勿需再逼。

他回身，自公案前取了狀紙，扔在崔芝芸身前：「招供吧。」

狀紙飄然落下，「砰」一聲，一名玄鷹衛把畫押用的紅泥匣子也放在了崔芝芸跟前。

公堂裡寂然無聲，高子瑜在一旁聽完整個審訊，證據確鑿，似乎沒有一處可以辯白。

他不信袁文光的死是芝芸所為，正思索著為她申辯，忽聽大堂上，清冷一聲：「大人。」

「大人明鑒，袁文光的死，不是我妹妹所為。」

章祿之移目看向青唯，冷哼一聲，似是嘲弄，「哦？妳有其他證據？」

青唯的聲音很輕，但足以聽得分明。

「大人所找到的這些證人，除了能證明袁文光曾一路跟著妹妹，事發早上，我離開過驛官以及事發正午，妹妹撞見過袁文光，還能證明什麼呢？」

「敢問大人，有人看見袁文光是舍妹殺的嗎？有人知道當時究竟發生了什麼嗎？」

「敢問驛丞大人，」她微微側目，看向一旁的驛丞，「袁文光死的早上，您記得我一早借馬離開，您可記得我是何時把馬還回來的？」

「這……」驛丞遲疑著道：「倒是不曾。」

城南驛館午過至傍晚這一段時辰十分忙碌，他只記得夜裡去馬廄清點馬匹時，早上被借走的馬已經在裡面了，至於是何時還回來的，他一點印象也沒有。

「既然不知我是何時還的馬？大人如何斷定，事發之時，我與妹妹不在一起呢？」

這麼草率地斷案，當真是在尋找殺害袁文光的凶手嗎？

聽了這一問，章祿之的瞳孔微微一縮，不由得移目看向衛玦。

章祿之這反應被一旁的高子瑜盡收眼底。

是了，玄鷹司的一切證據，似乎只證明了事發當日，崔芝芸曾單獨撞見過袁文光，至於發生了什麼，甚至袁文光是怎麼死的，他們似乎並不在意。

玄鷹司乃天子近臣，不該是這樣不謹慎的。

還是說，他們審問此案，另有目的？

高子瑜細細回想起幾名證人的證詞。

不，玄鷹司不是在找殺害袁文光的凶手。

他們只是在證明，事發之時，在城南的驛官，只有崔芝芸一人，而崔青唯離開了。

袁文光的案子發生在兩天前的正午，也就是八月十一的正午。

八月十一這一日，京裡發生過什麼大事嗎？

——「就怕高大人聽明白了其中玄機，先嚇壞了自己！」

高子瑜想起來京兆府前，章祿之叮囑自己的話。

他的臉色瞬間煞白——

八月十一，城南暗牢被劫，重犯失蹤，玄鷹司受聖命，出城緝拿要犯，隨後於隔日晨，帶回兩名迷失山野的女子。

「本官既稱她是凶手，自然有切實證據。」

章祿之一聲令下，兩名玄鷹衛去而復返，將一身染血的粗布素衣扔在堂上。

崔芝芸一見這血衣，再支撐不住，軟癱在地。

當日青唯找到她後，分明幫她把這衣裳裹著石頭沉塘了。

章祿之問驛丞：「你仔細認認，八月十一當日，崔氏穿的可是這身？」

「回大人，似乎……似乎正是。」

章祿之在青唯面前半蹲下身，把崔芝芸的狀紙扯過來，屈指敲了敲，「妳還有什麼話好說？」

「……有。」青唯抿了抿唇，再次看向驛丞，「驛丞大人既然記得我妹妹的穿著，那麼可記得我當日穿了什麼？」

「一身黑衣斗篷。」

「斗篷之下呢？」

「這……」

「你不知道。所以你不能確定我穿的是黑是白，是襖是裳，又或者，其實我穿的，與芝芸一樣。」

「袁文光此行是追著我妹妹上京的，我們為了防他，必然有應對之策，我們姐妹二人身形相似，穿的一模一樣，也是為了方便引開他。」

「妳究竟想說什麼？」章祿之聽了這話惱道：「難不成妳想說，這身血衣是妳的？」

「不錯。」青唯的聲音輕而鎮定，「這身血衣是我的。」

「袁文光此人，是我殺的。」

第二章　往事

「八月十一清早，我去集市採買用度，回來後，在驛館附近發現妹妹落下的帷帽，猜她可能是撞見了袁文光。」

「我循著蹤跡追去，大概在五里地外，發現袁文光對妹妹不軌。我功夫雖弱，遇到這樣的事，定是要與那醃臢下流之輩拚命的。好在袁文光醉酒虛脫，沒打過我，被我一刀刺入腹中。」

大堂裡闃然無聲。

章祿之沒想到，自己審袁文光的案子，竟審出這樣一個結果。

青唯猜得不錯，玄鷹司意在沛公，並不真正關心這樁命案。

但他脾氣急躁，遇事不知循序漸進，不防被人帶入溝渠中，一時之間翻身不能。

事已至此，章祿之不得不回頭再次向衛玦請示。衛玦的目光凝結在青唯身上，變幻莫測。

須臾，他從堂案後繞出，在青唯跟前站定。

「袁文光是妳殺的？」

「是。」

「妳這一路與崔芝芸形影不離，八月十一早上，為何要撇下她去集市？」

「民女與妹妹有求於高家，遠道而來，自當備禮前往。」

「城南驛館附近有兩個集市，本官已遣人查了，八月十一當日，集市上的攤主俱沒有見過一個穿黑斗篷的女子。」

「叔父獲罪，崔宅被抄，民女與妹妹一路坎坷上京，身邊錢財所剩無幾，集市上吆喝的價錢太貴，民女什麼也買不起。這也是民女能提前返回驛館的原因。」

「妳發現妳妹妹出事，為何沒有向驛丞打聽她的去向？」

「民女患有面疾，不擅與人打交道，此其一；其二，民女撿到妹妹落下的絹帕，確定妹妹遇險，已在驛館半里地外。」

「為何不折返驛館借馬尋人？」

「走馬觀花，如何在雜草叢生的荒郊裡辨別蹤跡？不如徒步。」

「妳稱那身血衣是妳的，妳當日分明穿著斗篷，為何妳的斗篷上沒有血跡？」

「斗篷礙手，我與袁文光爭鬥時，將它解在一旁。斗篷上應該也有血跡，只是經一夜雨水沖刷，血跡近無，大人若懷疑，自可以取走查驗。」青唯道：「還有我行凶的匕首，我把它與血衣一起沉塘了，大人找到了血衣，想必也找到了匕首，那匕首削鐵如泥，我雖一介女子，用它刺傷袁文光，不難。大人還有什麼疑慮嗎？」

沒有，回答得很好，滴水不漏。

衛玦看向左右，章祿之會意，一抬手，將聽審的廝役、堂中的證人，以及京兆府的官員差役全部請了出去。

公堂之中，除了崔芝芸與青唯，只餘下玄鷹司的人。

衛玦一雙鷹目裡冷光爍然，他慢聲開口：「八月十一晨，京城發生了一樁大案，妳可聽聞？」

「如果大人指的是劫獄的案子，聽說了。」

她們進京當日，武德司在城門口嚴設禁障，抓捕劫犯；回到高府，羅氏也曾提起，說高郁蒼被刑部的一樁劫案絆住了。

「劫獄早有預謀，闖入暗牢的都是死士，他們以命相搏，劫出要犯。不過，這些都不重要。」

「重要的是後來來了個接應囚犯的劫匪，此人黑衣黑袍，面對十數官兵攔路，硬生生撕出一條生路。」

「玄鷹司隨後接到聖命，出城緝拿這名劫匪與囚犯，我們一路追到京郊山野，卻找到了妳和崔芝芸，妳說，這是不是巧合？」

「……自然是巧合。」

「我不信巧合。」衛玦道：「城南臨郊的暗牢由巡檢司與刑部共同看守，巡檢司的兵卒雖是一幫飯桶，其中精銳功夫不弱，這劫匪縱然本事過人，想要在巡檢司的圍裹中突圍，勢必會留下痕跡。既然有跡可循，不可能消失得無影無蹤。」

「但是那日，玄鷹司追到山野，線索全斷，只找到了兩個山間避雨的女子，妳說這是為什麼？」

衛玦問完，不等青唯回答，逕自便道：「兩種解釋。」

「要麼，囚犯就在她們之中，不過這不可能，囚犯是個男人。」

「那麼只剩另外一種解釋了——劫匪聲東擊西，為了掩護囚犯離開，故意暴露自己。」

青唯安靜地聽衛玦說著，直到聽到這一句，她明白過來，抬目看向衛玦：「大人懷疑我是劫匪？」

她今日被玄鷹司帶走，沒來得及披斗篷，到了京兆府，帷帽也揭了，正值午時，秋光探進大堂，她這一抬眼，眼上的斑紋清晰畢現。

「八月十一夜，玄鷹司追到京郊山野，聽到一聲驚鳥離梢的動靜，這聲動靜，就是妳的聲東擊西之計？」

「大人誤會了。民女倘有這等能耐，迢迢一路，豈會再三受袁文光的阻擾？」

青唯隨後了悟，「這才是大人要審袁文光命案的目的？大人覺得，民女用一樁案子，去掩蓋另外一樁案子？」

衛玦沒有吭聲，他承認他此番辦案，確實捨近求遠了。

如果玄鷹司還是從前的玄鷹司，憑它有無證據，儘管將嫌犯帶去「銅窖子」裡審就是。可惜，洗襟臺之難後，指揮使、都點檢，查抄殊死，玄鷹司被雪藏五年不復再用，而今官家聖命傳召，應召的居然是他這樣一個區區六品掌使官。

在京郊捕獲的兩個女子，輕易就被洗脫嫌疑，玄鷹司血鑒在前，如履薄冰，如果無憑無據抓人，只會辱了聖命。好在他悉心查證，發現她們另有血案在身，臨時截了京兆府的案子，獲得審訊嫌犯的契機。

他是捨近求遠，但他只能曲中求直。

「囚犯究竟被妳藏在何處？」

「大人為何認定我就是劫匪？命案也好，劫案也好，左右都是死，我認一樁不認一樁，有什麼好處？」

離得近了，衛玦才發現，青唯左眼上的斑紋，並非她臉上唯一的異紋，她右眼靠後的位置還嵌著兩顆痣。

不是淚痣，在鬢髮與眼角之間，平整，小巧，大概因為皮膚太蒼白，所以幽微泛紅。讓人想起雨夜裡，斗篷劈裂青絲斷落卻巋然不動的妖魅。

顫抖的手指是騙局，險些糊弄住他。

衛玦直起身，居高臨下地盯著青唯：「妳強辯自己是凶手，若本官能證明不是，只好請妳去禁中『銅窖子』裡走一趟了。」

銅窖子裡十八般酷刑，盡可以請君品嘗。

青唯垂目：「若大人證明民女說謊，聽憑大人處置。」

「好。」

衛玦喚來章祿之，壓低聲音問，「袁文光醒了嗎？」

「醒了，眼下正在公堂外的馬車裡候著。」

「帶上來。」

京兆府的衙差撿到袁文光的時候，他還剩最後一口氣，這案子隨後就被玄鷹司給截了。所以袁文光到底是死是活，除了玄鷹司，沒人知道。

只不過，玄鷹司稱這樁案子是命案，既是命案，自然有命折在裡頭，所以都當是死了人。眼下想想，袁文光在「命案」裡是惡人，是受害人，但他在另外一樁劫案裡，卻是最重要的證人。

這麼要緊的證人，玄鷹司自然不可能讓他死，半隻腳踏進鬼門關了，也要把人從閻王手裡搶出來。

「你且看看，當日傷你之人，是否就在堂上兩人之中？」

袁文光歷經身死，身子十分虛弱，被人攙著立在一旁，或許因為傷處疼痛，背脊一直佝僂著。他穿著一身闊大的衣袍，渾身上下減去許多從前的囂張跋扈勁兒，顯得十分瘦弱。

「……回大人，在。」

「是誰？」

「是……是……」袁文光目色惶恐，一副忌憚的樣子，卻不知道在忌憚什麼。

他抬起手，寬大的袖袍籠住手掌，拳頭鬆了又緊，遲疑著不肯指認。

秋光明澄澄照進來，半空裡，浮動的塵埃清晰可見，好半晌，一根青白的手指從袖袍裡飄出來，落在崔芝芸面前，頓了頓，移開了，移向青唯，「是她。」

「我去你娘的！」

章祿之是個暴脾氣，幾步上前，一腳把袁文光踹翻在地。他知道他受傷，有意收了力道，但袁文光剛從鬼門關撿回一條命，習武人的一腳，他哪裡受得住？當即嘔出一口血沫子。

章祿之揪過他的襟口，把他半拎起來，一字一句咬牙切齒：「說實話！」

袁文光胸腑灼痛不堪，難受得眼淚都掉下來了，「草民、草民不敢欺瞞大人。當日傷草民的，當真就是崔青唯。」

「你說是她傷的你，那你且說說，她當日是怎麼找到你，怎麼起的衝突，如何掏的匕首，如何刺傷你的？！」

「草民當時吃醉了酒，記不大清了……」袁文光的聲音細若蚊吟。

這條命算白撿了。

章祿之揪緊袁文光的襟口，鐵拳舉了起來，這時，公堂外頭傳來腳步聲。

衛玦抬目一看，原來是當日跟著他出城緝拿要犯的巡檢司伍長到了。

「官家召見大人，公公去鴞部傳召，大人竟不在，一打聽，才知是來了京兆府，卑職恰好得閒，幫忙跑個腿，請大人回宮見駕。」

衛玦頷首：「有勞了。」

他的目光在青唯、崔芝芸與袁文光身上掠過，秋光褪了稍許，在三人之間打下薄薄的暗影，如同還沒撥散的迷霧。

「走吧。」衛玦吩咐。

章祿之不甘心，「大人，那這案子——」

「水落石出，交還京兆府。」

玄鷹司撤離，玄鷹衛十二人成列，規規整整地向京兆府洞開的府門走去。風拂過，揚起他們的衣袍，衣擺上的雄鷹暗紋時隱時現。

時隔五年，這隻雄鷹終於重現天日，可惜卻不是在浩然藍天下翱翔，他們被當年洗襟臺落下的殘岩壓折了翅，掙扎著，不要墮於馬蹄揚起的煙塵裡。

可是，當年被壓折了翅的又豈止雄鷹。

玄鷹司臨行的吁馬聲入耳蒼茫。

青唯心中一時戚戚，忍不住回過頭，朝洞開的府門望了一眼。

紫霄城一共有四重宮門，直到過了最後一重玄明正華，才算真正到了禁中。

衛玦在第一道門前卸了馬，第二道門前卸了刀，走到最後一重宮門前，值勤的入內院子查了他的腰牌，喚人來搜過他的身，這才放他入內。

這是五年來，玄鷹司第二次應召，異樣的目光少了一些。隨著玄明正華左右開啟，浩蕩暮風拂來，廣闊的拂衣臺連接一百零八級漢白玉階，把人的目光引往高處的宣室殿。

官家是午前下的召，衛玦知道自己來晚了，快步拾級而上，不防上頭有人喚了聲：「衛掌使。」

聲音細而沉，透著股年邁的沙啞——是曹昆德。

衛玦抬目看去，曹昆德頭戴展翅祥紋襆頭，紅帶白銙，手裡端著個麈尾拂塵，正朝他走來。離得近了，曹昆德笑得和氣，「衛掌使不必急，裡邊兒章何二位大人吵起來了，官家正耐著性子看他們的奏疏呢。」

又說，「午前官家讓咱家傳召，咱家就留了個心思，說衛掌使是個盡責的，聖命在身，八成在外頭奔波查案呢，官家說，『不用催他，天黑前讓他過來回話就行』。」

曹昆德是入內內侍省的都知，平白賣下個情面，衛玦自然得領受。

「多謝曹公公。」

「謝咱家做什麼，都是為官家辦差，要謝，也該謝官家體恤臣下。」曹昆德笑著說完，緩了緩語氣，「官家是個孝子，午時得了空兒，去西坤宮陪太后用膳，東門下頭有個沒長眼的，火絨子做的腦袋，剛得了點音信，趕來回稟，說玄鷹司去了高大人府上拿人，帶走兩個姑娘。」

「太后僻居西坤，臣子的事少有打聽的，但也知道眼下在高家住著的，是江家那位小爺未過門的妻。」

「太后與江家的關係，掌使想必清楚。太后她老人家當下就急了，唯恐是自己的娘家人惹了事，給官家添亂子，所以，不得已打發咱家來問問掌使，掌使不是出城緝拿劫匪嗎，怎麼拿了兩個姑娘家？」

兜兜轉轉一大圈，原來在這等著他呢。

衛玦道：「還望公公回話，請太后放心，玄鷹司拿錯了人，衛某正待向陛下請罪。」

「拿錯了人？怎麼會錯到姑娘身上？難不成那劫匪是個女賊？」

「只因崔氏二人上京路上遇到歹人，錯手傷之，兩個案子線索有點撞，衛某不得已，將她們帶去公堂審問。」衛玦說著，拱手俯身，作賠罪姿態，「此前不知崔氏與江家有婚約，若有開罪處，請公公代為賠罪。」

該問的，問完了，宮裡浸淫久了的人，哪能聽不懂人話呢？

關於劫案，衛玦半個字不肯透露，不過是對他這個閹黨嚴防死守罷了。

曹昆德看衛玦跟個鋸嘴葫蘆似的，也不惱，反而體恤得很，「哪能怪衛掌使呢，近來四下裡不安生，刑牢又出亂子，掌使臨危受命，非常之時行非常之事，官家與太后心裡頭明鏡似的。」

身後傳來「吱嘎」一聲，章何兩位大人吵完架，出殿了。

曹昆德回身望了一眼，笑說：「官家夜裡還傳了江家那位小爺見駕，咱家要趕去傳召，就不耽擱衛掌使面聖了。」說著，穩了穩手中拂塵，拾級走了。

衛玦步至階沿，朝下來的兩人見禮：「小章大人，小何大人。」

這兩人瞥他一眼，見他穿著玄鷹袍，都不拿正眼看他。

進殿之前，衛玦回過頭，朝廣闊的拂衣臺望去。就這麼一會兒工夫，夕陽已下沉大半，暮風似有形，將雲色斬成兩段，一段沉入暝靄，一段還霞光爍然，像塗了半邊臉的戲子。

檯子上有大戲要演，紅白臉全叫一個閹黨唱了個乾淨，要是把心肝腸子挖出來，誰知是黑了幾分呢。

衛玦倏忽間想起青唯，紫紅斑紋，蒼白膚色，這宮裡的紅白臉全都藏在皮囊下，他三生有幸，倒是見到一個真真兒的。

曹昆德沒有親自去江家傳信，打發了一個小的跑腿。

禁中大門閉得早，太陽一落山，玄明正華就下鑰了。但是外重宮牆還留了角門，公衙裡若有挑燈值宿的，可以從角門出入。

小角門的鑰匙在內侍省手上。

內侍省的差事院在大內，祖皇帝仁德，憐他們夤夜看鎖，吩咐在三重宮門的東牆邊，給他們留間屋舍。

這些去了根的人，一輩子困守深宮，少有能見外間天日的。東牆這間屋舍，雖仍在宮內，卻像深水裡插上的一根蘆葦桿，能夠讓人透氣。及至後來，內侍省但凡當家的，只要是交了班，卸了差事，都喜歡到這裡歇腳。

曹昆德邁入東舍的院子，墩子立刻提燈來迎，曹昆德看他一眼，問：「她來了？」

「太陽落山時就到了，已在裡頭等了一時，小的上了糕餅，她沒用，連坐都沒坐一下。」

曹昆德「嗯」一聲，慢悠悠地說：「她是這個脾氣。」待邁進屋，見到屋裡一身黑斗篷的女子，曹昆德一擺手，吩咐跟著的敦子，「你下去吧。」

「義父。」門一掩，青唯上前一步喚道。

「長大了。」曹昆德仔細端詳著青唯。當初撿到她時，還是個半大的姑娘。他溫聲道：「等久了吧？快坐。」

青唯頷首，這才從梨木桌下挪出圓椅，規矩地坐下了。

桌上擺著的糕餅確實沒動，茶水倒是吃去大半，想來是趕著來見他，大半日，連水都沒吃上一口。

「今日在京兆府，玄鷹司沒為難妳吧？」

「沒有。」青唯道：「玄鷹司要救袁文光，回宮請了太醫，是義父派人去叮囑袁文光，讓他指認我的麼？」

「玄鷹司被雪藏五年，掣肘太多，行事辦案，難免走漏風聲，我聽說兩個案子撞上了，派小的過去告誡一聲。這樣也好，天上掉下來一個證人，只要妳撇清了干係，他們不敢明著為難妳。」

玄鷹司將案子扔回給京兆府，袁文光息事寧人，說自己不軌在先，被刺傷了也是活該，不追究了。

他這樣的惡徒，哪會當真覺得自己錯呢？

青唯早猜到有內情。

曹昆德繼續道：「其實劫獄這事，義父不該讓妳涉險。這些年，義父手底下也養了些死士，但妳承的是『玉鞭魚七』的衣缽，死士的本事，跟妳是沒法兒比的。」

「眼下章何二黨鬥得厲害，陳年舊案一樁一樁牽扯出來，崔家保不住了，妳怎麼也得上京，不如將這個重任交給妳，左右這個囚犯，跟妳不算一點關係也沒有，也是……當年洗襟臺下的無辜之人。」

桌上擺著個金絲楠木匣子，曹昆德提起洗襟臺，就要去開，手指頭都碰到鎖頭了，想起青唯在一旁，頓了頓，又收住了。

青唯沉默片刻，站起身，拿過銅匙，幫他將匣子打開。

匣子裡有一塊糕石，一個金碟，一個細頸闊身、下方鏤空的煙筒，還有一支細竹管。

青唯拿小刀從糕石上剃了些細末，抖入金碟子裡，然後將金碟子置於煙筒上。木絨子是現成的，在燭燈裡引了火苗，放入煙筒裡，煙筒就跟小灶似的燒起來。

青唯把細竹管遞給曹昆德：「義父。」

曹昆德遲疑許久，「哎」一聲，接過來了。

糕石的細末被火一熱，散發出很淡的靡香，香氣順著竹管，一路吸往肺腑。曹昆德閉著眼，感受著靡香所過之處，百骸為之沉淪為之煥然，慢慢飄向雲端，又慢慢沉寂下來。

當年先帝下旨修築洗襟臺，這是多大的功績。

可惜高臺建成之日，坍塌了。

先帝震怒，御駕前往災址，曹昆德隨駕，見到的是滿目瘡痍，人間地獄。

同行的太醫給了他一個方子，說是從古麻沸湯改良而來，還說，「公公，且緩緩。」

人禍慘烈，只能以藥石緩憂。

後來他在一片亂石堆裡撿到青唯，當著她吸過幾回，原以為她年紀小，不明白他在做什麼，原來，她什麼都知道。

「……適才說到哪兒了？」

「義父說，被我劫走的囚犯，是當年洗襟臺下的無辜之人。」

「是。」曹昆德道：「也正因為此，朝廷裡那些人，不會輕易讓他逃了。好在義父在宮裡，多少還有些能耐，保他一命，讓他遠遁江野，應是不難。」

青唯「嗯」一聲。

她注視著燭火，好半晌，問道：「義父信上不是說，有我師父的消息了嗎？」

她終於說明來意了。

「是有了，不過……」曹昆德嘆了口氣，忽地咳起來，咳聲沙啞斷續，外頭守著的墩子叩門：「公公，您沒事吧？」

曹昆德擺擺手，想打發了他，似想起什麼，猛飲一口茶，止住了咳嗽，「哎，墩子，你進來。」又吩咐，「快去把東西取來。」

墩子去而復返，將一個小木匣擱在桌上。

匣子裡擺著一張三百兩的銀票。

曹昆德把匣子推給青唯：「拿著吧，妳涉險劫獄，險些賠了命，這是妳應得的。」

「義父不必。」青唯見是銀票，倏地起身，「義父當年於我有救命之恩，何況那囚犯本就是洗襟臺的受難人，幫他，我應該的。」

曹昆德的來信上只說了兩樁事，囚犯，還有師父。

這筆買賣該如何做，她再明白不過。

要是收了銀票，師父的消息該去哪裡換呢？

「妳好歹叫我一聲義父，這些年，非是義父不想把妳留在身邊，妳是溫阡之女，當年海捕文書上，下令捉拿溫阡親眷的聖命猶存，義父一個深宮之人，若帶妳回京，不啻將妳送入龍潭虎穴。」

「好在，崔原義念妳父親的恩情，願意收留妳，讓妳充作他們的小女。這幾年，崔原義離世，他的娘子也跟著去了，妳又輾轉流落至崔弘義家。從妳十四歲，義父撿到妳，看著妳漂泊至今，義父也是心疼的。這銀票給妳，是義父的一片心意。」

「多謝義父。」青唯垂著眸，仍舊盯著燭火。

「可是我只想找到師父。」

夜色隱去她左眼的斑紋，跳動的火光映入她眼，將她眸子襯得十分清澈。

「……妳師父是有消息了。」少傾，曹昆德悠悠地道：「他還活著，就在京中。」

「當真？」青唯眼神微亮。

曹昆德頷首：「魚七到底是岳老將軍的徒弟，長渡河一役，朝廷記得，多少都要看岳氏的情面的。只是……他被囚在何處，義父還沒有查出來。」

「義父是不是讓妳失望了？」曹昆德問，「妳跋涉而來，以命犯險，還以為能見到他。」

「不是。」青唯很淡地笑了一下，「只要有消息就好。」

外間遙遙傳來叩扉聲，大概是有官員漏夜出入角門，墩子聽到，拿了銅匙趕去了。

曹昆德問：「那囚犯眼下人在何處？」

「就在高府。」青唯道。

見曹昆德詫異，她解釋說，「我已經掩護他離開了，但他不知為何，沒往遠處逃，在武德司嚴查城門前返回京城，還尾隨我去了高府。他有功夫在身，暫且沒有被高府的人發現，我把他安頓在府內的一個荒置的院子中。」

曹昆德沉吟道：「沒逃也好，玄鷹司沒能尋回囚犯，勢必還要再追，他一雙赤足，哪裡快得過駿馬四蹄。」

「不過高府也非久留之地。大宅子裡，人雜，私隱也雜，荒置的院子，醃臢東西多，躲不安寧的。等過幾日，城門嚴查撤了，妳尋個機會，送這囚犯出城，義父會派人接應。」

青唯問：「玄鷹司沒尋回逃犯，會撤走嚴查嗎？」

「官家年輕，卻是個沉得住氣的性子，玄鷹司已廢了大半，他還願意啟用，必然有後招。玄鷹司裡，一個衛玦，太講規矩，一個章祿之，太過急躁，但都很有本事，這樣的人，就看日後跟著誰混。等過幾日，玄鷹司新任當家的任命下來，必定有新氣象。」

而新氣象形成前，往往都是亂象，在亂象裡渾水摸魚，不難。

曹昆德說到這裡，眉端籠上些許疑慮：「倒是那個江辭舟，他趕在這個時候寫信給崔家議親，到底是……」

話未說完，外間忽然傳來急促的腳步聲。

墩子叩門喚道：「公公，江家那位小爺進宮了。」

進宮就進宮了，早先官家傳了他，他眼下才到，已算來得遲了。

曹昆德不以為然。

墩子接著道：「角門邊上有截宮牆修葺，工期急，匠人沒撤梯子，小的開鎖當口，一個沒留神，那位小爺順著梯子，爬上了角樓頂。」

「他來前就吃醉了，眼下在角樓頂上撒酒瘋，侍衛們爬上去一個，他就踹下來一個。」

曹昆德站起身，悠悠罵一句：「一群沒出息的東西。」順手拾起拂塵，開了門：「哪兒呢？咱家去看看。」

青唯也罩上斗篷：「義父，我先走了。」

「去吧。」

從東舍出宮只有一條道，曹昆德事先有安排，她要離開並不困難。

青唯出了小角門，順著甬道走到頭，忽然聽到近處有人呼喊：「公子，當心，當心啊——」

「小爺，求您了，快下來吧！」

跟哄祖宗似的。

崔弘義的案子牽涉之廣，連家中奴僕都不曾倖免，辦案的欽差卻肯放過她和崔芝芸，說到底，是看在江家的情面。

青唯本不欲多管閒事，腳尖原地借力，已要飛身躍上宮牆，倏忽間，憶起曹昆德最後一句——「他趕在這個時候寫信議親」。

青唯其實聽說過江辭舟。

他自幼就是個極糊塗的人，兒時因為一場意外，被火燎著了臉，從此不敢以真面目示人，罩著一張面具招搖過市，常常惹是生非。

崔芝芸心繫高子瑜，厭煩這個江家小爺。

但其實，救她們性命的偏偏是他。

青唯知道曹昆德在質疑什麼。

她也想知道，這封如及時雨一般的議親信，究竟是不是刻意為之。

她朝角樓走去，腳步無聲，連蟄伏在宮牆角的蛙蟲都不曾驚動。

及至繞過拐角，直見角樓。

青唯站在宮牆投下的暗影裡，抬頭望去。

夜風忽然洶湧，高聳的角樓頂上，幕天席瓦地臥著一人。

他的臉上罩了半張面具，一手枕在腦後，一手持壺，傾壺而飲。蒼青的袍子隨著風，在夜色裡恣意翻飛，月光卻明媚極了，傾瀉而下，鋪灑在他緞子般的墨髮上。

曹昆德也到了，在下頭喚：「小爺，您吃好了酒，就趕緊下來吧，官家還等著您哪。」

江辭舟竟未全醉，側過臉，看清來人，笑了：「曹公公？」

曹昆德「哎」著應了，又勸說：「若是官家等久了，動了怒，以為是做奴婢的傳話不利，指不定要摘小的們的腦袋。」

江辭舟在角樓頂上居高臨下，笑著道：「掉的是他們的腦袋，跟我有什麼相干？」

「但是，」他仰頭吃了口酒，語鋒一轉，「曹公公的腦袋，是寶貝，不能掉。」

他搖晃著站起身，四下尋起梯子。

曹昆德見狀，連忙吩咐侍衛，把適才被他踹到一邊的梯子送去他腳下。

等護著他下了角樓，墩子也把醒酒湯送來了。

曹昆德伺候著江辭舟吃下，一手攙著他，「小爺，天黑了，仔細路，咱家送你去文德殿吧？」

「好啊。」江辭舟看他一眼，樂著道：「千年王八萬年的龜，四腳螃蟹八爪的魚，公公可是這宮裡的老人兒，跟著公公，橫著走都不會栽跟頭。」

他滿口醉酒的渾話，曹昆德也並不往心裡去，走了一截兒，似是不經意，說道：「這秋夜，忒黑了！官家也不知是什麼著急事兒，這麼晚，竟還等著小爺。」

江辭舟又看他一眼：「你想知道？」

不等曹昆德答，他悄聲道：「我有個未過門的妻，十分美貌，近日上京來了，你聽說了嗎？」

「這……」曹昆德疑惑道：「聽說是聽說了。怎麼，江小爺這親事有蹊蹺，驚動了官家？」

江辭舟不言，指了指自己罩著半張面具的臉。

曹昆德不解。

江辭舟道：「你瞧瞧我這張不爭氣的臉，哪家姑娘看得上？」

他輕言細語，煞有介事，唯恐高聲驚動月上仙人，折他八百年福壽。

「眼下天上掉下來個仙女，千里來奔，只為嫁我為妻，官家深夜傳召，定是得知此等好事，要恭賀我新禧呢！」

出了宮，不走大道，從朱雀街第一個拐角轉進去，很快到了城南樟尺巷。

臨近宵禁，街上行人漸少，但樟尺巷有家夜食攤子還開著。早年祖皇帝想取締宵禁，下頭的臣子上書，說凡事當循序漸進，自此，只要是正經鋪子，去巡檢司記個檔，討個牌子，便可上燈到子時。

青唯到了夜食攤，摸了幾個銅板遞過去：「店家，兩個油餜。」

新鮮的油餜子出鍋，拿牛皮紙一包，接到手裡還是燙的。

高家的宅邸就在附近，青唯不能走正門，她繞去一條背巷，一個縱身，如同一隻輕盈的鳥，無聲翻牆而入。

此處是高府西邊荒院，夜已經很靜了，青唯的腳步聲跟貓似的，確定四下無人，來到一間耳房前，三短一長地叩了幾下。

門隨即被拉開，裡頭一人穿著囚袍，五大三粗的個子：「女菩薩，妳可算來了！」

青唯將油餜遞給他：「吃吧。」

「好嘞！」

這囚犯在暗牢裡關了多時，頭髮已打了綹，上頭全是稻草碎，臉上的鬍茬沒清理，布滿了半張臉，藉著月光看去，只能望見一對極濃的眉毛，與一雙虎虎生威的眼。

他扯開牛皮紙，在屋中盤腿坐下，一邊狼吞虎嚥，一邊念叨：「五臟廟鬧了一整天，都快成餓死鬼投胎去了，要不是怕死了舌頭沒滋味，」他往高處一指，「妳回來，我能掛在這梁上。」

青唯掩上門：「今日有人來過嗎？」

「海了去了！」囚犯道：「丫鬟跟小僕，小僕跟小僕，少爺跟丫鬟，什麼不可告人的醃臢事，全趕著在這沒主兒的荒院裡做。我這一天，什麼沒幹，香豔抹了一耳朵！」他興奮得很，「我講給妳聽？」

青唯盯著他，沒吭聲。

囚犯悻悻的，攏了攏盤著的腿，「妳放心，沒人發現我。」

他瞧見油餜裡有肉沫，又絮叨上了：「妳是不知道，那些暗牢裡的獄卒，簡直不是東西，把我關了一個月，送來的飯菜全是餿的！我這個人，妳也看出來了，就是個老粗，平生可以居無竹，但是不能食無肉啊！我像妳這麼大的時候，立志嘗遍天南海北的珍饈，飛禽走獸，只要能上灶頭，寧肯錯燉，絕不放過！」

他越發覺得那幾粒肉沫子可貴，仰頭問青唯：「小丫頭，有酒嗎？」

問出這話，權當是對肉的尊重，他這麼一說，青唯那麼一聽就是。

沒想到倚牆而立的青唯竟動了。

她伸手探進斗篷，從腰間解下一個牛皮囊子，朝囚犯一拋：「接著。」

囚犯將木塞子撬開，對著鼻子聞了聞，意外地「哎喲」一聲，「燒刀子！妳隨身還帶著這玩意兒呢？」

青唯沒有應他，待囚犯酒足飯飽，她道：「你這幾日仔細躲好，等風聲不緊了，我送你出城。」

「女俠。」囚犯見她要走，伸手把住門邊兒，「我們嘮嘮唄？」

「嘮什麼？」

囚犯露出一個笑來：「我是朝廷重犯，要救我，怎麼說都得豁出命去。妳我非親非故的，妳救我，圖什麼？總不至於是菩薩降世，我看妳也不會法術啊。」

青唯的目光落在他扶著門邊的手。

指腹、虎口粗糙，這是習武人慣常長繭子的地方，但除此之外，他的指節、下指肚處，也有很厚的繭子，青唯認得，這是工匠的手。

囚犯目不轉睛地盯著她，忽地開腔：「洗襟臺，這案子跟妳有關係嗎？」

青唯沒吭聲，移目看向他。

「當年先帝下旨修築洗襟臺，命大築匠溫阡督工，後來洗襟臺塌了，死了許多人。這事兒在當時鬧得沸沸揚揚。玄鷹司的指揮使、都點檢，查抄殊死，朝廷中的相關大員，築匠溫阡，還有他的親眷盡皆伏法，先帝也因為這案子一病不起，沒過兩年就龍馭殯天了。」

「至於溫阡手下有幾個工匠……」

「這幾個工匠，大都是自幼學藝，但其中一人，是半路出家。」青唯接過囚犯的話頭，「他姓薛，出身行伍，長渡河一役後，因為受了腿傷，拜師另學了手藝。洗襟臺坍塌時，他因為被溫阡派去勘察石料，躲過了朝廷追捕，僥倖保住一命。正因為此，他是溫阡手下的所有工匠裡，唯一活下來的一個人。」

「不過他不惜命，幾年後，他居然在京城露了面，前陣子被官差拿住，關在了城南郊外的暗牢裡，還吃了一個月的餿飯菜。」

「好在他命大，被我劫了出來，不然，」青唯一頓，朝上一指，「他可能已經掛在哪根梁上自尋短見了。」

青唯看著囚犯：「你的情況海捕文書上都有，我既救你，自然知道你是誰，你不必拿這個來套我的話。」

薛長興訕訕地，「這不是感念恩人的大恩大德，想知道恩人的姓名嗎？」

他說著，續道：「所以洗襟臺這案子，沒人願意沾上。拋開那些死士不提，要說有人僱妳救我，許以重金，我看妳也不像貪財的人，只能往根由上猜，想著妳我是不是同病相憐，也和那塌了的樓臺有關係。」

他切切打聽：「那日我老遠跟著妳，好像聽到妳姓崔。當年溫阡手下的工匠裡，也有個姓崔的，叫崔原義……」

他話未說完，見青唯目光變涼，連忙打住，「好了好了，我不問了就是。」

青唯轉身便走。

「哎，女俠！」

「你還有什麼事？」

薛長興掩著門，頭從門縫裡鑽出來，嘿嘿一笑：「明日妳得空，給我買隻燒鵝唄？光幾粒肉沫子，不解饞啊！」

青唯回到房中，子時已過去大半。她點上燈，先仔細檢查了鋪在門前的煙灰。

煙灰沒被動過——她離開後，沒人進屋找過她。

青唯鬆了口氣。

她住的這間小院是臨時收拾出來的，原本是給她們姐妹二人住，因為羅氏擔心崔芝芸，把她接去了正院東廂，因而只餘青唯一人。

屋中的陳設還是她來時的樣子，只多出一個行囊，青唯洗漱完，換過乾淨衣裳，又把所有物件兒一應收回到行囊中。

這是她這些年的常態。從一個地方輾轉至另一個地方，匆匆停留，隨時準備離開。

青唯吹熄燈，和衣上了榻。

閉上眼前，耳邊浮起薛長興那句——「洗襟臺這事，跟妳有關係嗎？」

有關係嗎？

青唯在黑暗中盯著屋梁。

如果事事入心，人是無法往前走的，往事常常循夢而來，已然不堪重荷，她經年輾轉，倘若不能在清醒時卸下負累，如何不斷地將自己連根拔起，奔走俐落？

青唯閉上眼，很快入夢。

夢中又回到辰陽故居，她背著劍，提起行囊，邁出屋門。

「妳走！走了以後，妳就再也不要回來！」

青唯頓住步子，語氣澀然，「我也沒想過要回來。」

「好。從今往後——」他形單影隻地立在她身後，憤然又難過，「從今往後，妳就再也不要認我這個父親，從今往後，妳就不再姓溫！」

中夜起了風，隨著父親的斥責一起灌入耳中，青唯睡得不沉，甚至能分辨出哪些聲音來自夢外，哪些聲音來自夢中。

夢外鬧極了，除了夜風，似乎還有人在爭吵，竟不如她的夢更安寧一些。

青唯陡然睜開眼，側耳聽去。

外間果然有人在吵。

聲音是從正院傳來的，雖然極力壓制住，但青唯耳力好，只消稍稍一聽，便可分辨出其中一人是羅氏，另一個聲音陌生且沉鬱，應該是昨晚剛回府的高郁蒼。

青唯本不願多管閒事，剛預備再睡，忽然聽到一句「崔家」。

大概是在說她和崔芝芸。

她寄住於此，本就藏了許多祕密，多長個心眼不是壞事。

青唯起了身，無聲步至院中，微微思量，一個縱身躍上房頂，踩著瓦到了正堂，藉著屋瓦的縫隙，朝堂中看去。

是破曉未至的晨，天地一團漆黑，堂中掌了燈，除了羅氏與高郁蒼，當中還擺著幾個打開的紅木箱子。

羅氏側首坐在一旁，面色不愉：「待會兒天一亮，你就把這幾個箱子原封不動地抬回去。」

高郁蒼狀似為難：「他一聽說崔家姑娘到了京城，連夜備上聘禮，說到底都是心意。我與江逐年同朝為官，我收都收了，再還回去，這叫什麼話？」

羅氏冷言道：「芝芸沒了家，我就是她的母親，江逐年送來這些不值錢的聘禮，究竟是何意？他若嫌倉促，來不及準備，不知先擬一份禮單嗎？」

「妳可知把聘禮退回去，等同於退親，芝芸好不容易來了京城，總不能不讓她嫁了。」

「卻又如何？如此怠慢，不如不嫁！」羅氏厲聲道。她頓了頓，語氣重新緩下來，「況且，我原本也不盼著芝芸嫁去江家。芝芸是我看著長大的，當年在陵川，她與子瑜青梅竹馬，我把她當作女兒疼，有心將她納入高家。今日正好，我看江家也沒什麼誠意，不如把親事退了，讓子瑜來娶。」

高郁蒼聽了這話，覺得簡直不可理喻：「妳可明白妳究竟在說什麼？崔家！崔弘義！他身上背了大罪！妳讓子瑜娶一個重犯之女，他的前途還要不要了！」

「崔弘義之罪，禍不及芝芸！到時候朝廷的案子斷下來，憑他崔弘義發配也好流放也罷，芝芸都是無辜的。子瑜在這時候娶了她，旁人只會覺得他重情重義，救故人之女於危難！」

羅氏說著，忽然像是意識到什麼，別過臉，緊盯著高郁蒼：「當年子瑜高中，去岳州辦差，在崔宅小住過一段時日。回來後，與你提說想娶芝芸為妻，你當時不置可否，轉頭就讓惜霜去伺候子瑜。」

惜霜貌美，明為伺候，實際上卻是給高子瑜做了通房丫鬟，在他房裡一待就是兩年。

「我明白了，你那時是不是就猜到崔家會出事，讓惜霜過去，就是為了絕了子瑜的念想？」

「妳怎麼能這樣想？」高郁蒼道：「倘我有這等念頭，今次又豈會同意妳將崔家這兩個表姑娘接到家中？」

他解釋道：「我不過是看子瑜到年紀了，房中一知心的人也沒有，擔心他在外頭學風流了。」

堂中一時沒了言語，夜風陣陣，拍打窗櫺。

羅氏靜了半晌，悠悠道：「話都說到這個分上了，那我就跟你交個底，崔家為什麼會出事，我心裡頭清楚，便宜了誰，也絕不會便宜了江家。」

高郁蒼看她篤定的模樣，心間微凜：「妳清楚？妳都清楚什麼？」

羅氏哼笑一聲：「別以為我不知道，崔弘義忽然獲罪，難道不是江逐年在裡頭推波助瀾？他那個兒子還裝好心，提前寫封信過去，要與芝芸議親，賊喊捉賊罷了！只怕不是他那個兒子娶不了妻，使的一招連環計！江家一家都不是什麼好東西，誰不知道似的，巴結太后，當了姓何的走狗！」

羅氏這一罵，竟是把當今太后罵了進去。

高郁蒼聽得渾身一個戰慄，連忙去將門窗都關嚴實，回過身來壓低聲音：「這些都是誰告訴妳的？」

「你別管，我總有我的法子。」

高郁蒼竭力跟羅氏解釋利害：「妳罵江家也好，厭惡何家也罷，單江家今日這份恩寵，尋常人家就比不上！昨夜官家親自召見了江家那位小爺，指不定就是恭賀他新禧，今日妳就想退他的親，妳這是為難我高郁蒼嗎？妳這是不給天家顏面！」

羅氏倏然站起身：「官家年輕，心思卻澄明，想必樂於成人之美！江辭舟與芝芸無因無果，哪怕成親，也只能是一段孽緣！明日我就進宮，求皇后做主，將芝芸改賜子瑜！江逐年害芝芸流離失所，芝芸要留在京城，就只能住在高家，她要嫁人，就只能嫁給子瑜！」

「妳、妳……我看妳真是婦人見識，才說出這樣的話！」高郁蒼怒不可遏，「崔弘義因何獲罪？因為洗襟臺！如今洗襟臺風波再起，只要跟這案子沾上關係，只怕難逃大難。妳在這個時候，非但不躲，上趕著惹禍上身！崔芝芸就罷了，那個跟崔芝芸一起上京的崔青唯，她是誰？她是溫阡手下工匠崔原義之女！妳讓芝芸留在家中，是想把這個禍根一起留下嗎？！」

「咸和十七年——」高郁蒼越說越急，顫抖著手指向外間，夜風在黑暗裡湧動，秋寒透過窗隙，撲襲而來，將角落裡的燭燈吹得明明滅滅，「咸和十七年，朝廷羸弱，蒼弩十三部大軍壓境而來，氣勢洶洶！滿殿大臣八十三人，只有五人主戰，其餘一概主和！」

「士大夫張遇初於是死諫，與一百三十七名士子聚眾於滄浪江畔。江風拂襟，水波濤濤，他們留下血書，投河明志！滄浪水，洗白襟，洗襟二字，由此而來！一百三十七名士子，無一生還，當中還有小昭王之父，當時朝廷的駙馬爺！」

朝野為之震動，將軍岳翀隨後請纓，率七萬將士，禦敵於長渡河上，以少敵多，浴血死守，這才擊潰了蒼弩大軍。

爾後咸和帝崩，先帝昭化繼位，他感慨於士子死諫為國，長渡河將士捨生取義，立志中興，方有了今日太平。

「昭化十二年，天下平順，國庫充盈，先帝下旨修築洗襟臺，以紀念當年死在滄浪水中的士子，長渡河外浴血戰死的將士。修築洗襟臺，朝廷先後派去多少人？溫阡、何拾青、玄鷹司、甚至還有名動京城的小昭王！可是樓臺建成之日，樓臺建成之日……」高郁蒼顫著聲重複，「樓臺建成之日……塌了。塌了！」

「這是先帝心心念念一輩子的功績啊！這是凝結了幾十年守國治國的宏願！可它塌了！不僅塌了，還壓死了在場的功臣名匠，士子百姓！」

「這是一座樓臺塌了嗎？不是，這是天塌了！」

「玄鷹司的指揮使、都點檢，查抄殊死！何忠良、魏升當即就被梟首示眾！溫阡及其手下八名工匠，幾乎無人倖免！甚至就連岳氏魚七，朝廷念在長渡河一役本該放過，亦是死罪可免，活罪難逃！這些事妳不知道嗎？！妳沒聽說過嗎？！」

「眼下章何二黨相爭愈烈，要拿當年洗襟臺開刀，凡涉及此案的人，就不可能獨善其身！妳在這個時候，竟還為著心中的一點親義，要往大禍上撞！妳真是糊塗啊！」

「罷了！」高郁蒼狠一拂袖，不再給羅氏爭辯的餘地，「高家做到如今這個分上，已是仁至義盡。崔家這兩個女兒，妳保得了她們一時，保不住一世！三日後，江逐年上門議親，盡早把日子定下來，送她們走！」

第三章　明路

食盒還沒揭開，裡頭的香氣已然溢了出來。薛長興正襟危坐，深吸一口氣，恨不能將滿室清香吞嚥入腹。

他鄭重其事地掀開盒蓋，然後愣住了：「妳不是去了東來順？就買回了這個？」

「玄鷹司暗中派人盯著我，我行蹤有異，他們會起疑。」青唯在他對面盤腿坐下，拿起一個包子，「將就著吃吧。」

薛長興一連吃了三日油餜，千懇請萬乞求，才說動青唯去東來順帶隻燒鵝回來。食盒裡的一盤茭白包子散發著熱氣，白麵發得好，嫩滑透亮，但顯然不是薛長興想要的。

薛長興大失所望，也拿起一個包子塞進嘴裡，「我還要在這裡躲多久？」

「再等等看。」

薛長興看青唯一眼，她饒是坐著，身姿也很端正，這是習武人的習慣，「玄鷹司的人跟蹤妳？不能吧，憑妳的本事，甩開他們不是輕而易舉？」

他想起那日在暗牢外，青唯以一敵眾的身手，忍不住好奇，「妳那功夫跟誰學的？一下子卸了那麼多人的刀，還會借力打力，沒個厲害的師父教，不能成吧？」

青唯不吭聲。

薛長興自顧自道：「妳一個小姑娘，身手這麼有章法，肯定有淵源。這樣好，說明妳有本事掩護我，哎，到時候能走了，妳提前和我說一聲，我還要去——」

他話未說完，外頭忽然傳來腳步聲。

青唯眉心一蹙，迅速掩上食盒遮去氣味，比了個噤聲的手勢。

大宅子的荒院就是這點不好，說是「荒置」，因為沒主兒，日日都有人來。幾日時間，非但薛長興聽去許多祕密，青唯來送油餜，也撞見過幾回丫鬟小僕。

好在他們藏的這一間是耳房，外門和連著堂屋的內門都掛了鎖——鎖已經被青唯撬開，但不仔細看，很難發現。

內門上有條縫隙，青唯側目一掃，進屋的居然是高子瑜和丫鬟惜霜。

高子瑜掩上門，猶豫再三，對惜霜說道：「妳今後，就回母親的房裡伺候，不要再到我的院子裡來了。」

惜霜低著眉，柔聲道：「妾身是少爺的人，少爺有吩咐，不敢不從。」

她生得細眉細眼，嬌弱動人，高子瑜見她如此，也是憐惜，溫聲道：「我也不是硬要趕妳走，芝芸這一路坎坷，消瘦憔悴，我見了，是當真心疼得很。妳這兩年在我身邊，是個知心體己的，妳也知道，我喜歡她，這麼多年了，心中只有她一個。」

這話一出，身旁忽然「嗤」的一聲，青唯蹙眉看去，竟是薛長興沒忍住，險些笑出聲來。

薛長興做悵惘狀，拿起手裡的茭白包子，無聲張口：「茭白包啊茭白包，你雖也能果腹，但我還是惦記著燒鵝，哪怕吃了你，我心中也只有燒鵝。」

惜霜輕聲道：「少爺心繫表姑娘，妾身是知道的。只是表姑娘……她已許了江家，今日那江家老爺也上門議親了，少爺這麼說，難道是要搶親麼？」

「那個江辭舟，不過是一介紈褲子弟，他的父親江逐年攀附權貴，也非什麼正派之人，芝芸嫁到這樣的人家，我豈能放心？」高子瑜神色凜然，朝天一拱手，「左右江家求娶之心不誠，我改日便進宮，哪怕是拜求官家，也要將芝芸娶進高府。」

「其他饕客？」薛長興又無聲張口，「其他饕客怎麼配得上我的燒鵝？只有我這等清風明月的雅士，燒鵝才肯甘心入我之口啊！改日我一定請來天下名廚，拆骨卸肉，把它啃得渣都不留！」

惜霜垂下眸，她似是難以啟齒，好半晌才道：「可是，少爺知道的，妾身……妾身已有了身孕，少爺便是讓妾身暫回大娘子房裡，日子久了，也是瞞不住的。」

青唯聞言微愣，朝惜霜的小腹看去，大概是月份還早，什麼也瞧不出來。

惜霜接著道：「妾身知道少爺是為表姑娘著想，可妾身只是一個低賤的通房，表姑娘未必會吃味。日後少爺娶了表姑娘，她也是我的主子，妾身一定會仔細伺候的。還請少爺不要趕妾身走，給我們母子二人一席容身之地，妾身身分雖低微，但腹中這孩子，也是少爺的骨肉啊……」

這話直擊高子瑜的痛處，高子瑜聽了，於心不忍，他一時做不出決斷，末了只說一句：

「妳……容我再思量。」

今日江逐年來府上議親，他二人消失太久，怕會惹人生疑，說完話，一前一後匆匆走了。

薛長興拿過食盒，對著裡頭剩下的幾個茭白包子悵然嘆道：「你若一定要賴上我，也不是不可以，怪只怪你出生卑微，哪怕上了桌，也只能是個配菜，自古綠葉襯紅花，燒鵝永遠是你的主子，你可明白？」

言訖，見青唯似是無動於衷，提點道：「哎，他們說的那個芝芸，就是跟著妳一路上京的妹妹吧？她這表哥，忒優柔寡斷了，只怕臨到頭了也做不了自己的主，妳不幫她？」

青唯搖了搖頭：「芝芸已在高府住了幾日，惜霜對高子瑜有情，她未必看不出來，這事太瑣碎了，我幫不上，到最後，都得芝芸自己拿主意。」

薛長興笑了一聲：「妳以為旁人都跟妳一樣有主意？那個芝芸才多大，比妳還小一些吧？眼下江家不誠心，高家更是靠不住，她走投無路，指不定要出事。」

「出事？」青唯目光微抬。

薛長興朝上指了指：「每個人的頭上都有一片天，有些人的天在江野，有些人的天在廟堂，有些人的天，可能就是一座深宅，幾間瓦舍。天不同，不過源於人的境遇不同，並沒有大小高低之分。可是，妳不能拿自己的天，去框別人的天。妳這個妹妹的遭遇，若換在妳身上，是瑣碎，是無關緊要，但妳仔細想想，她就是個深閨裡長大的小姑娘，眼下失了家，只有娘家人和將來的夫家可以倚靠，這兩家都待她不誠，她能怎麼辦？不是走投無路了麼？」

「妳再想想那個惜霜，她的天就更小了，不過高少爺那一間院子，她眼下腹中還有了孩子，高子瑜一個念頭，她的天就塌了。她能怎麼辦？她也得為自己搏一把。」

「兩個姑娘走投無路，中間橫著個高子瑜，又是個挑不起大梁的，這還不出亂子麼？我看——」薛長興咬一口茭白包，「是要出大亂子嘍！」

青唯回到自己院子，心中還想著薛長興的叮囑，她有點擔心，不僅僅因為崔芝芸。玄鷹司懷疑她，一直派人在暗中盯著她，倘高府真生了亂子，就怕會引火焚身，被人發現藏在這裡的重犯。

日前曹昆德說，玄鷹司不日會有新的當家，屆時，會是送薛長興出城的最佳時機。可她困在這深宅大院，幾日過去了，也不知玄鷹司新當家的調令下來了沒有。

青唯正思索著出門打探消息，一抬頭，崔芝芸正在院中徘徊。

「芝芸？」

崔芝芸回過身來，見是青唯，泣聲喚了句：「阿姐。」

「來找我？」青唯問。

崔芝芸咬著唇，點了點頭。

青唯把崔芝芸帶進屋，讓她在木榻上坐了，茶壺裡只有清水，青唯倒了一杯給她。

說起來，青唯雖在崔家住過兩年，她與崔芝芸並不算多麼相熟。她們太不一樣了，崔芝芸是在錦繡堆裡長大的，有姑娘家天生的矜貴與柔善。而青唯少時流離，知禮疏離，很少與人走得過近。

因此，崔芝芸一直直呼青唯的名，若不是此次上京，她恐怕都不會改口喊一聲「阿姐」。

崔芝芸有些侷促，那日在公堂，是青唯幫她頂了罪，但她心中害怕，一連幾日，竟連謝都不曾來謝過，「阿姐，當日袁文光他……他為何會……」

「袁文光的事，我沒和妳說實話。」

不等崔芝芸問完，青唯便道：「那日我從集市回來，其實先遇到了袁文光。他聲稱是被妳所傷，央求我救他，我跟他說，他這樣的卑鄙小人，不如死了乾淨。他氣得很，對我破口大罵，說我見死不救，揚言要讓我償命。」

「或許正因為此，後來到了公堂，他才指認我的吧。」

「此事沒預先告訴妳，一來是怕妳聽了擔心，二來，我事後也悔得很，如果我沒有意氣用事，先行救了他，妳也不至於背上一條人命。所以說到底，這樁命案，我也有責任，我在公堂上，並不算幫妳頂罪，妳不必往心裡去。」

青唯這一番話說得半真半假，但暫且瞞住崔芝芸足夠了。

崔芝芸低聲道：「原來是這樣……」她從前從不覺得自己柔弱，忽然遭逢大難，才發現自己經歷得太少，一時間難以支撐，她指尖不斷地絞著絹帕，囁嚅道：「這一路上，若不是阿姐，只怕我……只怕我……」她說著，不禁哽咽起來。

她坐了一會兒，漸漸平緩心緒，「阿姐路上說過，等把我送到京城，安頓好了，要去找從前教妳功夫的一位師父。我若嫁了人，阿姐是不是就不和我一起了？」

青唯看著她，「嗯」一聲。

崔芝芸心頭一陣難過，她忽然起身，直直跪下：「阿姐幫我！」

「我與表哥兩情相悅，實在不想嫁去江家，我眼下已沒了家，不能再沒了表哥。還請阿姐為我出出主意，讓我能留在高家！」

青唯看著崔芝芸，秋光斜照入戶，將她的目光映得決然。

崔芝芸與江辭舟的親事，並不是一夕之間定下的，從她接到信，一路上京，到入住高宅，她有許多次機會拒親，但她都猶豫了。眼下忽然下定決心，想必有緣由。

「今日江家老爺上門議親，怠慢妳了？」青唯一念及此，問道。

崔芝芸忍了半晌，才咬唇點頭：「今早江府的老爺上門，我去正堂裡側的屏風後偷聽，那個江老爺他、他實在是……」

崔芝芸回想起江逐年趾高氣昂說話的樣子……

「聘禮是寒磣了點，這也是沒法子的事，江家兩袖清風，不是什麼富貴人家，高兄見諒。」

「幾日前，官家深夜傳召犬子，高兄可曾聽聞？」

「犬子不才，蒙官家青眼，賜了個蔭補官，眼下是玄鷹司新任都虞侯了。」

「哪裡哪裡，實在是聖上慧眼如炬，祖上積德庇佑，犬子才有了施展拳腳之機。玄鷹司目下人才凋零，前些日子聽說還拿錯了人，犬子新官上任，江某也著實為他捏一把汗。」

「犬子高升，今夜在東來順擺席，宴請親朋，高大人可也要來啊？」

「也罷。高兄差務繁忙，待改日得空，江某與犬子必當另設酒宴，還請高兄一定賞光！」

「那個江老爺稱是想湊一個雙喜臨門，把過門的日子草草定在了七日後。言辭百般推脫，三五句話，怕不是省去了半個帳本！他一副花一個銅板都心疼的樣子，必定是瞧不上我，既然如此，當初何必寫信來議親？若嫁去了這樣的人家，往後的日子不知何等艱難，我還不如留在高家，陪著姨母，誰也不嫁了！」

崔芝芸說到末了，眼眶泛淚，語氣已帶恨意。

青唯心中微感訝異，不曾想玄鷹司大當家的差銜，居然落在了江家小爺的頭上——

那晚夜風洶湧，青衣公子醉臥宮樓，乍一看，分明是個不省事的。

青唯不動聲色，卻問：「今日羅姨母不在？」

「姨母每月月中要上佛堂頌經祈福，今早天不亮就去了。」

青唯憶起薛長興的話，心知該悉心勸慰崔芝芸，但她遇事從不拐彎抹角，見崔芝芸身陷兩難，覺得當快刀斬亂麻才是。

青唯於是直言道：「妳姨母慣來疼妳，今日江家老爺上門議親，她卻不在家中，妳可想過為何？」

崔芝芸一愣。

青唯又道：「高宅僕從無數，妳去正堂偷聽兩位老爺說話，這是無禮之舉，底下卻沒一個人攔妳，妳可曾想過緣由？」

崔芝芸臉色漸漸白了。

今日江逐年上門提親，羅氏豈會不知？她若真想把崔芝芸留下，憑他江逐年怠慢至斯，當面婉拒了便是。

可她沒有，她有心無力。

而高郁蒼留下一道屏風，讓崔芝芸聽到他和江逐年議親，也是一樣的道理。

他不想再收留這個身陷困境的表姑娘，又不好當面直說，便隔開一道屏風，讓她自己體悟。

原來高家，也非容身之所。

可是她眼下除了高家，還能去哪兒呢？

青唯問道：「妳想留在高家這事，與妳表哥商量過嗎？」

崔芝芸搖搖頭，聲音已哽咽沙啞：「我、我想著，我與表哥，到底是有情誼在的，此事，便是我不開口，他心裡也該知道……」

她是女兒家，有些話，哪裡是她能主動開口的？

所以她一等再等，等到今日。

青唯道：「那妳先去問問他，再做決斷。」

她沒有告訴她在荒院裡聽到的，高子瑜窩囊，可他好歹對崔芝芸有情，若一切真如那夜羅氏與高郁蒼爭執時說的，崔弘義獲罪，只因江逐年在裡頭推波助瀾，那麼江家對於崔芝芸，更非什麼好的去處。

青唯看著崔芝芸：「凡事睜眼看，仔細聽，用心思量，待妳問過高子瑜，究竟是去是留，只有妳自己能為自己做決定。妳也不必急，眼下離出閣還有幾日，妳認真權衡，拿定主意，到時若有我幫得上的，妳再尋我不遲。」

崔芝芸臉色慘白，緊咬著唇，唇上齒痕深陷，眼淚接連不斷地滑落而下。

半晌，她抬手無聲揩了一把淚，握緊拳頭，點了點頭。

耳房沒有窗，薛長興只能透過木扉上的一條縫隙辨別晨昏，外間日暮西沉，霞色漫天，薛長興想著青唯都是等天黑了才送吃的過來，正準備閉眼打個盹，門一下子被推開，青唯進來，把一身黑衣黑袍兜頭扔給他：「先換上，明早城門開啟的第一時間我們就走。」

薛長興把袍子從頭上扒下來：「城門口的嚴查撤了？」

「嗯。」青唯點頭，「玄鷹司抓不到人，這麼攔著城門也不是辦法。他們上頭來了個新當家，今天午時就把禁障撤了。明早是出城的最佳時機，不可錯過。」

薛長興聽完，也不囉嗦，當即便把一身夜行衣換上，見青唯要走，忙問：「妳要去哪兒？」

「我得再出去打探。」青唯道：「你這案子，是玄鷹司等了五年等來的機會，依衛玦、章祿之的脾氣，不可能輕易放棄。新來的這個都虞侯，他們服不服他還兩說，如果衛玦以退為進，我得早做防範。」

「哎，妳等等——」薛長興看青唯三兩句話已經步至院中，急忙道：「咱們打個商量唄。」

「商量什麼？」

「那什麼，」薛長興嘿嘿一笑，「我在流水巷有個相好，這不，要走了，我想著等待會兒夜深了，偷偷去……」

「不行！」不等薛長興說完，青唯斬釘截鐵地打斷，「出城前，你哪裡都不能去！」

薛長興道：「妳不是好奇當年洗襟臺坍塌後，我分明撿回一條命，為何會在京城現身麼？我實話跟妳說，就是因為我的這個相好。她當初淪落風塵，我有一半責任。我涉險前來，就是為了能見她一面。」

「涉險是一回事，找死是另一回事。你為了見她，命不要了嗎？」

薛長興見青唯打定主意要攔自己，負氣道：「那我不走了，不見到她，我就在高府住到死。」

「自助者天助，自立者人恆立之，你既自暴自棄，」青唯冷聲道：「那你自便吧。」

薛長興存心胡攪蠻纏：「我非但不走，等玄鷹司找上門來，我還要告訴他們，當日我能逃出暗牢，全因有妳相助！」

青唯道：「你大可以去說。巡檢司十數精銳攔不住我，沒有你這個負累，玄鷹司刀兵之下，我照樣可以全身而退，外面天大地大，我還能被困死在這一隅之地麼？」

薛長興看她軟硬不吃，急道：「唉，我就是去見相好一面怎麼了？妳也說了，巡檢司十數精銳攔不住妳，玄鷹司眼下派不少人盯著妳，可妳日日翻牆出府，往來自如，甩開他們輕而易舉。我也會功夫，不會給妳添亂的，不過就是在出城前，繞個道，先去一趟流水巷罷了。」

他切聲道：「我為何來京城？我不知道這是找死麼？可是，五年前洗襟臺坍塌，我的親人、故友，死的死，傷的傷，如今活著的還有幾人？梅娘她……她幾乎是我在這世上唯一的親人了。我今日一走，與她可能就是一別生死，往後再無機會相見，我就想去看她一眼，怎麼了？」

薛長興越說越急，回到耳房，往地上一坐，氣憤道：「看妳年紀輕輕，本該天真爛漫，為何如此冷硬不通情理？也罷，事已至此，妳走吧，梅娘我自己會想法子去見，妳不用管我了。」

秋日的黃昏只有須臾，夕陽很快西沉，四下浮起薄薄的暝靄，薛長興正盯著屋角的草垛子發呆，忽然間，一把匕首被扔在草垛子上。

身邊傳來青唯冷冷的聲音：「拿著防身。」

薛長興一愣，一個咕嚕爬起身：「妳肯陪我去了？」

青唯沒理他，拿起一旁的黑袍往身上一裹，罩上兜帽，只說：「深夜去流水巷不行，巡檢司的人馬夜裡都布在流水巷。今晚玄鷹司新任都虞侯在東來順擺宴，衛玦等人想必皆會赴宴，你只能賭一賭眼下。」

她說完，逕自便往外走。

薛長興連忙追上去，奉承道：「還是女俠思慮周全。」

他又好奇：「妳怎麼突然改主意了？良心發現了？還是我適才哪句話觸動妳了？我收回我之前說的，妳不是不通情理，妳是刀子嘴，豆腐心……」

流水巷是大周上京最繁華的一條街巷。這裡有最紅火的酒樓，有最闊氣的錢莊，昭化年間，宵禁制度愈寬鬆，這裡愈發成了龍蛇混雜之地，有上上人，也有陷在深溝的坎精，拐進一個暗巷，有做皮肉生意的暗閣，有黑心的賭坊，裡頭什麼三教九流都找得到。

薛長興要去的是一家叫作「蒔芳閣」的妓館。他早年在沙場上受過傷，腳有點跛，好在動作俐落。很快到了妓館背巷的牆邊，薛長興雙手掩嘴，發出幾聲類似鷓鴣鳥的叫聲。

等了不到一時，牆邊一扇被藤蔓掩住的小門開了，出來一個身著大袖綾羅綢衫，挽著盤雲髻的女子。她三十來歲上下，眼角已有了細紋，一雙眸子卻秋水橫波，媚態猶存，正是薛長興要尋的「蒔芳閣」老鴇梅娘。

梅娘見薛長興來了，也是訝異：「當真是你？我還以為，是我聽錯了。」她目光移向一旁的青唯：「這位是？」

「是我的一位朋友。」薛長興言簡意賅，「時間緊迫，我們換個地方說話。」

梅娘點點頭，將薛長興與青唯引入院中。

這扇暗門連著的是蒔芳閣側邊的一間小院。這個院子應該是梅娘一個人的居所，青唯進來後，迅速觀察周遭地勢，右旁靠街的位置，坐落著一個兩層高的小樓，小樓與街牆之間有一個狹長的池塘，這是唯一的死角。樓閣朝南開窗，臨窗望去，應該能看到整座院館與蒔芳閣前門長巷。

梅娘將薛長興二人引上小樓，一邊說道：「我聽說你從暗牢裡逃出來了，一直派人去找，可是，怎麼都找不到你的蹤跡。我怕打草驚蛇，也不敢大張旗鼓行事，前幾日城門口那些官兵，是不是就是拿你的？你眼下準備怎麼辦，若是沒地方去了，我在流水巷的西南邊還有個暗宅……」

薛長興道：「我不能再留在京城了，上回讓妳收好的東西呢？」

「仔細藏著呢。」梅娘掩上門，正要去取，腳步一頓，目光遲疑著落在青唯身上。

小樓二層只有一間屋子，青唯一身黑袍，又與薛長興同來，顯然不易在人前現身，梅娘不好叫她去外間等著，詢問著又看向薛長興。

薛長興搖了搖頭。

梅娘於是沒多說什麼，將薛長興引至榻前的屏風後，拿了銅匙打開木榻頭的暗格，把藏在裡頭的木匣取出來給他。

兩人在屏風後說話，饒是低言細語，因為沒有刻意避著青唯，沒能躲過她的耳朵——

「你拿著這些，終究是負累，這場殺身之禍，不就是這樣招來的麼？你一日不放棄，就一日見不了天日，依我看，不如算了吧……」

「不行，當年葬在洗襟臺下的，皆是我的兄弟同袍，我不能讓他們這麼背負罵名，白白送命……」

「五年了，你這麼下去，愈走愈險，往後沒有活路的。那些人，你跟他們耗不起的，你此次來京，好歹有我為你守在這裡，往後若是、若是連我也不在了……」

青唯聽著梅娘與薛長興說話，越聽越疑，這哪裡像是闊別已久的情人？

直到最後這幾句傳出，她暗道一聲：「壞了！」倏地起身，正預備強行帶走薛長興，小院裡，忽然傳來一聲：「官爺，哎，官爺，我們這裡可是正經營生……」

似乎有人在竭力攔人。

屏風後，梅娘與薛長興也同時一凝。

梅娘疾步走到窗前，推開一條縫，臉色霎時煞白：「不好了，是玄鷹司，玄鷹司找來了！」

話音未落，院中果然傳來章祿之的聲音：「把此處圍起來，仔細搜，一寸都不許放過！」

青唯搶到窗前一看，章祿之推開小院門口的僕從，一步跨入院中，而衛玦就在其後。

形勢危急，她來不及細究玄鷹司為何會找到這裡，趁著視窗有樹梢遮掩，一步躍上窗臺，同時回頭對薛長興道：「跟上！」

薛長興把木匣往懷裡一揣，緊隨青唯躍出窗外。

還沒落地，上方忽然伸出一隻手，緊抓住他的手腕，把他吊在半空——原來青唯適才躍出窗，足尖在窗臺上借力，竟是往上竄了半個身形。眼下她一手攀著屋簷，一手吊著薛長興，咬著牙，一寸一寸無聲朝樓閣緊貼街巷的一面挪去。

此處是小院的死角，兩邊有樹蔭隔擋，下方是一個池塘。

青唯方挪到位，樓閣裡就傳來衛玦的聲音：「適才有人來過？」

梅娘柔著聲打馬虎眼：「官爺，瞧您說的，奴家敞開門樓做生意，人來人往，不是很正常麼？」

衛玦「哦」一聲，聲音涼涼的：「來妳這裡的客人，都喜歡跳窗走？」

青唯心中暗道不好，定然是玄鷹司來得太快，梅娘沒來得及擦去窗臺上的足跡！

薛長興吊在青唯下方，仰頭悄聲問：「女俠，眼下怎麼辦？」

青唯看他一眼，依稀說了句什麼，但薛長興沒聽清，只覺得她目色似乎十分痛苦。

薛長興問：「妳說什麼？」

「鬆手……」青唯再次重複，她攀住屋簷與吊著薛長興的手背青筋凸起，豆大的汗液從額角滑落：「你怎麼……這麼沉，我的手要……要斷了……」

薛長興一聽這話，急忙鬆開握著青唯的手。

可他下方就是池塘，倘若跌進去，一定會驚動玄鷹司。

就在這個時候，只見一道青芒從青唯手腕間纏著的布囊裡伸出，如同一道玉鞭，直直擊中薛長興的背脊，把他送去了池塘邊緣。

池塘中水波晃動，與此同時，青唯也一併躍下，「走！」她暗道一聲，在薛長興背後一提，兩人同時躍牆而過。

一路逃出暗巷，到了熙來攘往的街頭，兩人才停下來喘了口氣。

青唯低著頭，將軟玉劍繞臂而纏，仔細收回手腕間的布囊。

薛長興看著她，遲疑著道：「妳這軟劍……」

青唯聽到這一句，心下一凝。

她的師父岳魚七之所以被稱作「玉鞭魚七」，就是因為他的兵器很特殊，是一柄狀似玉鞭、韌若纏蛇的軟劍。

這些年青唯輾轉流離，為防暴露身分，甚少用它。

她微頓了頓，迎上薛長興的目光：「這軟劍怎麼了？」

「這軟劍……太厲害了！」薛長興贊道：「這麼厲害的兵器，當時妳劫獄，怎麼不用它？妳要用了它，什麼巡檢司、玄鷹司，哪裡還逮得住妳？早被妳甩開十萬八千里嘍！」

青唯正要開口，忽聽身後傳來一聲：「那逃犯就在流水巷，速去攔住各個街口！」

竟是玄鷹司又追來了。

青唯暗道不好，再度折身，往來時的街口走去，走了幾步，發現薛長興竟沒跟上來，一回頭，他居然走了另一個岔口，往沿河大街去了。

沿河大街是流水巷的正街，直直通往此處最紅火的酒樓東來順。走到盡頭還有一個小岔口，通往一條死胡同。

換言之，往沿河大街上走，就是往死路上走。

青唯幾步追上薛長興，一把拽住他：「你走這邊做什麼？！」

薛長興指了一下東來順，「這不是往人多的地方躲嗎？」

青唯真是懶得跟他解釋，來前她就說過了，今晚玄鷹司新任當家的在東來順擺席，他還妄圖往兵窩裡藏，怎麼不直接往刀口上撞。

可他們已來不及掉頭了，只因猶豫了這一瞬，玄鷹司已然派人攔住了身後的各個岔口。

青唯正焦急，忽聽東來順那頭，傳出一陣鼎沸的人聲，似乎是掌櫃的在送客。

她展目望去，只見一眾貴公子眾星捧月般簇擁著一人從酒樓裡走出，此人臉上罩著半張銀色面具，身穿玉白寬袖襴衫，手裡拎著個酒壺，醉得步履蹣跚，還一邊暢飲一邊與人說笑。

正是那晚她在宮樓上見過的江辭舟。

這位江小爺今夜在東來順擺酒，為的是慶賀鶯遷之喜，衛玦、章祿之一干玄鷹衛不赴宴道賀也就罷了，還在這附近攔路抓人，這分明就是不把這新當家的放在眼裡。

青唯一念及此，心生一計，她急聲對薛長興道：「你想辦法混入人群，順著人流先回高府。」

「那妳呢？」

「我把人引開。」她來不及解釋太多，只說，「你放心，我有辦法脫身，你只管逃便是。」

但見薛長興的身影遁入人群，青唯朝後一看，衛玦、章祿之的手下已然注意到她。

青唯裹緊斗篷，在玄鷹衛追上來前，低著頭，疾步往前，直直往江辭舟走去，似是不經意，一下子撞在他身上。

江辭舟本就醉了酒，這麼被她一撞，整個人險些沒站穩，拎著酒壺的手一下子脫力，碎裂在地，酒水四濺而出，身旁立刻有人罵：「誰啊！走路沒長眼，敢衝撞你江小爺！」

青唯低垂著頭，賠罪道：「公子，對、對不住。」

周圍喧囂不止，這聲音一出，卻引得江辭舟移目。

他眉眼都被面具罩著，看不出神情，嘴角卻彎起，說了句醉話：「哪裡來的小娘子？嗓子……好聽！」

身後衛玦一行人也趕過來了。他們與青唯已打了數回交道，眼下青唯雖罩著斗篷，離得這麼近，單憑聲音就認出了她。

奈何江辭舟在場，衛玦帶著眾人朝他行禮：「大人。」

江辭舟還未應聲，一旁有個穿著藍袍，戴著綸巾的公子先行冷笑一聲：「巧了，這不是衛掌使嗎？今日你家虞侯擺席，分明請了你，掌使卻以重案在身之由推脫。照我看，哪裡有什麼重案，掌使不一樣也在流水巷尋樂子麼？怎麼，掌使眼高於頂，是瞧不上東來順的酒菜，還是瞧不上旁的什麼呢？」

衛玦聽了這話，沒理藍袍子，朝江辭舟拱手：「大人見諒，實在是此前追查的案子有了線索，卑職一路追蹤到此，發現賊人的蹤跡。」

「賊人？」藍袍子輕嗤一聲，「衛掌使說的賊人，就是眼前的這個小娘子？」

章祿之道：「她可不是什麼尋常小娘子，她是——」

「民女不知何處得罪了大人。」不等章祿之說完，青唯逕自打斷。她頓了頓，目光落在地上碎裂的酒壺，「倘是因為民女打翻了大人的酒，民女賠給大人就是。」

她說著，從袖囊裡取出一個荷包，將裡頭的銅板盡數倒出，雙手呈上。

藍袍子又嗤笑一聲：「小娘子，妳可知道江大公子這一瓶『秋露白』值多少銀子，就妳這幾個銅板，只怕還不夠嘗一口的。」

青唯低聲道：「我自然知道酒水貴重，可這些銅板已是民女全部錢財，還望大人網開一面。」

章祿之聽到這裡，忍不住對江辭舟道：「江大人，你不要聽她混淆視聽——」

江辭舟手一抬，止住了章祿之的話頭。

他盯著青唯，一手拿過藍袍子手裡的扇子，吊兒郎當地走到青唯跟前。斗篷的兜帽遮住她大半張臉，他俯眼看去，只能瞧見她蒼白的下頜，緊抿著的唇。

他又更走近一步。

他們二人男女有別，大庭廣眾，離得這麼近，已是很不妥了。

但青唯沒動。

江辭舟於是抬扇，支起兜帽的邊沿，慢慢挑起。

入目的是高挺秀氣的鼻梁，濃密的長睫，低垂著的雙目，以及……左眼上，猙獰可怖的紅斑。

青唯一直沒抬眼，卻能感覺到支在斗篷邊沿的扇柄微微一頓，很快撤走了。

兜帽落下，重新罩住她臉上斑紋。

江辭舟將扇子扔回去，任人扶著，又說起醉話，「幾個銅板是不值錢，不過，」他調笑著，滿口不正經，「加上這一眼，夠了。」

他吩咐：「銀貨兩訖，放人吧。」

「大人——」

章祿之還欲再攔，卻見衛玦一個眼風掃來，只好息了聲。

周遭玄鷹衛得令，讓開一條路來。

青唯緊攏住衣袍，低著頭，匆匆走了。

青唯回到高府已近亥時，她自荒院翻牆而入，疾步跨過院中，一把推開耳房的門，「你來京城，根本不是為了什麼相好，你是為了洗襟臺的案子！」

「你不服當年朝廷的徹查結果，這些年一直在自行追查。後來定是有了線索，冒死來京取證，無奈被朝中人發現，這才被關押入城南暗牢！」

薛長興已在耳房裡等了一時，見青唯一臉慍怒歸來，說道：「小丫頭腦子靈光，一點風吹草動，什麼都猜到了。妳別急，坐下來，我仔細跟妳說。」

青唯不坐，冷目緊盯他：「你今夜與梅娘也不是久別重逢。你一到京城就見過她，後來你發現自己被朝廷的人馬盯上，還把找到的證據交給她保管，你今晚去流水巷並不是為了見她，而是為了拿回你好不容易找來的線索！」

薛長興嘆道：「是這樣不假，但我也是……」

「但你沒和我說實話！」青唯道：「城南暗牢被劫，玄鷹司久查無果，他們找不出劫匪，必然會追本溯源，從你身上追查線索。查到梅娘只是遲早的事，他們要的是一個絕佳時機。而今日江辭舟高升，撤走城門嚴查，擺席東來順，對他們而言，就是最好的時機！他們算準你必會在今日去見梅娘，早就派人暗中盯緊了蒔芳閣，只要梅娘有異動，他們就會來個甕中捉鱉！可是這些，你通通沒有事先告訴我！我若知道你這麼會找死，今夜我絕不會讓你踏出這個院子半步！」

她惱怒至極，喘著氣，胸口幾起幾伏。

薛長興自認理虧，聽她發作，也不吭聲，直到末了，才說道：「今夜之事，我也並非故意瞞妳。妳既知道我是什麼人，當年怎麼活下來的，就該知道我的那些同袍兄弟，故人舊友，他們是怎麼死的。洗襟臺的案子，我實在是放不下，若不弄個清楚明白，這一輩子都難以安寧。人行在世，小命固然重要，可有些事，在我看來，遠比小命更重要。」

「今夜的禍是我闖的，我認栽，妳放心，我此前說什麼要跟玄鷹司供出妳，都是逗妳玩的。我薛長興頂天立地一條漢子，妳捨命幫了我，我哪怕死，都不會陷妳於不義。妳是個有本事的小丫頭，我不擔心妳，只是有個物件，我眼下無人託付……」

他說著，伸手探進懷裡，取出在蒔芳閣拿到的木匣。

「起來。」青唯看那木匣一眼，卻沒接，「我們立刻走。」

薛長興怔住。

青唯上前，將草垛子理平整，攏住地上的灰塵，重新鋪灑在地，做出從沒有人來過的樣子，說道：「你在流水巷現身是事實，明早之後，城門必會重新封禁，到時候你插翅也難逃。好在衛玦行事講規矩，今夜他主子喝醉了，等他主子醒酒，請到調令關閉城門還有一時，你必須趁現在出城。」

薛長興聽了這話，迅速爬起身，他張了張口，想對青唯說些什麼，又覺得無論說什麼分量都太輕了，最後只道：「多謝。」

青唯看他一眼，沒應聲。

薛長興已然暴露蹤跡，哪怕出了城，也並不好逃。她本來聯絡了曹昆德，請他事先派人接應，眼下情況突變，只能試試曹昆德早前教她的應急法子了。

她步至院中，下唇抵住雙指，急吹三聲鳥哨。

不一會兒，只見一隻羽泛黑紋的隼在半空盤桓而落，歇在青唯抬起的手臂。

青唯把事先備好的紙條塞進牠腳邊綁著的小竹筒裡，一抬胳膊：「快去吧。」

隼遁入夜空，很快不見了。

青唯指了指院門，對薛長興道：「走這邊。」

玄鷹司一直派人緊盯著她，今晚風聲鶴唳，荒院暗巷這一處，不知加派了多少人手，相比之下，玄鷹司為防驚動高家，在前門四周布下的人手卻要少許多。

兩人一路避開府中僕從，穿過迴廊，到了青唯住的小院，青唯對薛長興道：「你且等等。」

她回到房中，褪下今晚穿的裙裝，很快換上一身夜行衣，罩上斗篷，正準備推門離開，低目一看，忽然愣住了——

門下悉心鋪著的一層煙灰早已散得到處都是。

她從來小心謹慎，每回出門，為防有人在她離開後，窺探她的行蹤，必要在門前鋪下煙灰。

也就是說，今晚她不在，有人來房中找過她？

此事可大可小，因為尋她的人，可能是丫鬟、嬤嬤，發現她不在，也就離開了；又或者，此人沒那麼簡單，聽見過外頭的風聲，聯想她幾日來的行蹤，懷疑她是劫匪，甚至一點一點，牽出她的真正身分。

青唯從屋裡出來，眉間仍是緊蹙著的。

薛長興見她這副樣子，不由問：「出什麼事了？」

青唯一搖頭。

罷了，管不了那麼多了，當務之急，先送薛長興出城。

「我們走。」

青唯事先備了馬，到了藏馬之地，一刻也不敢多耽擱，取了馬便往城外疾奔。

薛長興蹤跡暴露，玄鷹司已有了警覺，雖然暫且瞞過了城門守衛，路上馬蹄印在，玄鷹司很快就會循到他們的蹤跡。

出城只是第一步，想要徹底甩開玄鷹司，必須逃離京城地界。

眼下拚的就是一個快——快一步出城，快一步避開追蹤，快一步到達接頭地點。

兩人亟亟打馬，因為時間緊迫，甚至不能避走山野，只能沿官道趕路。

跟曹昆德約定的地方原本在京郊吉蒲鎮，然而形勢突變，只好臨時改換行程，隼送信去了八十里外的昌化，曹昆德在那裡另行安排了人手。

昌化縣在寧州地界，兩人連趕近三個時辰路，等看到寧州府的界碑，天際已浮白了。

寧州山多，此處尚是荒郊，展眼而望，只見群山縱橫，滿目蒼翠。

官道蜿蜒繞山延展，如果走大路，到昌化還要大半日，好在山間有條捷徑，青唯到了這裡，立刻驅馬往山上走。

又走了小半個時辰，到了半山腰的岔路口，青唯「吁」一聲勒停了馬。

她抬起馬鞭指向前方，對薛長興道：「過了這段山路，應該能看見一個茶水棚子，接應你的人就等在棚子裡，到時候他們會掩護你離開。」

她說完，雙腿一夾馬肚，正準備繼續趕路，身後薛長興忽然喚住她：「小丫頭，僱妳救我的人，是曹昆德吧。」

「宮裡有人養隼，專門用來傳信。當年洗襟臺出事，我逃離追捕，撞見過一個小內侍，他見了我，用三聲鳥哨喚隼。不過隼這種鳥，必然不是一個尋常內侍養得起的，仔細想想，只能是曹昆德這種大璫了。」

薛長興說著，問：「妳這些年，為曹昆德辦事？」

青唯勒轉馬頭，看向薛長興。

山中晨風漸勁，長風拂過，掀落青唯的兜帽。

她的神情十分平靜，目光幾無波瀾。如果能略去她眼上的大片斑紋，她的五官其實長得很好，那是一種得天獨厚的秀麗乾淨，彷彿丹青名家描像，增一筆嫌多，減一筆嫌少。

薛長興忽地笑了：「罷了，想想也知道不可能，溫阡之女，岳氏後人，怎麼可能任一個閹黨擺布？定是他有恩於妳，或是拿著什麼重要的消息與妳做了筆買賣吧？」

薛長興問：「妳在找岳魚七？」

其實早在她用出軟玉劍的一刻，薛長興就該認出她了。

他是長渡河一役的將士，而當年戰死在長渡河的將軍岳翀，正是青唯的外公，岳魚七的養父。

青唯默了半晌，「嗯」了一聲。

薛長興道：「當年岳魚七被朝廷緝捕後，再沒了消息，此前我也試著找過他，可惜無果。」他環目而望，笑了笑，說，「我這幾年南來北往，一直在想法子上京。別的不提，便說京周這幾個山頭，每一個我都來過，地勢也摸遍了。要是有一天，我把該辦的事辦完了，流落這山野裡，能當個土霸王。」

他下了馬，拍了拍馬匹，駿馬一揚蹄，順著岔口往通往昌化的大路上跑去了，「行了，小丫頭，就送到這裡吧，接下來的路我認得，趁著玄鷹司還沒到，妳趕緊離開吧。」

他說完，卻沒走青唯適才給他指的路，而是去了岔路口的一條山間小徑。

青唯怔了怔，立刻下馬，三兩步追上去：「這條小徑是絕路，盡頭是山頂的——」

「我知道，」薛長興沒回頭，聲音帶著笑意，「妳忘了？我來過這裡，能做這山頭的土霸王。」

小徑不長，但是很陡，幾步上去，密林漸漸展開，入目的是一片開闊的斷崖。

山野空曠，晨間鳥聲空鳴，細細聽去，能從鳥鳴中辨出遠處細微的馬蹄聲。

青唯不知薛長興要做什麼，只道是不能再耽擱，她幾步上前，屈指成爪，直朝薛長興的左肩抓去。薛長興背後像是長了眼，感受到勁風襲來，側身一避，左手瞬間握住青唯的手腕。然後，他的臉色暫態變了——沒想到青唯手上這一襲只是虛晃一招，轉眼之間，腳下已成勢，架住他往前的腿，令他一時間動彈不得。

青唯道：「跟我回去！」

「不錯，小丫頭的功夫厲害，沒枉費妳這一身岳氏血。可惜嘍，如果我的腳沒跛，指不定還能陪妳過上個十來招。」薛長興笑著道。

他很快把笑容收起，又問：「回去做什麼？小丫頭，曹昆德是個什麼人，妳當真不明白？」

青唯道：「他是不值得信任，但今日你無論落到誰手中，都難逃一死，他至少能保住你的性命。」

「保住我的性命，然後呢？我今日為他所救，來日就要受制於他，成為他手上黑白不分的一枚棋子，被他，還有他們，用於攻訐、屠戮、排除異己？」

薛長興道：「而今朝廷，章鶴書以重建洗襟臺為由，黨同伐異，打壓太后及何姓一黨，洗襟臺再掀波瀾，人心惶惶。何拾青一派四處抓人，恨不能找盡天下的替罪羊，堵住章黨的嘴，崔弘義為什麼會獲罪，不正是因為此嗎？常人唯恐惹禍上身，恨不能躲得越遠越好，姓曹的卻在這個時候救我，妳說他是什麼角色？他是存了心要救我嗎？！」

青唯道：「曹昆德自然居心叵測，但你若被何黨的人拿住，必會遭災！你和崔弘義不一樣，他只是替罪羊，你原本就是海捕文書上的重犯，朝廷的人馬不會放過你。你跟著曹昆德，在他手下保有一命，以後倘能掙脫桎梏，天大地大，哪裡不能去？」

「妳說得不錯，大丈夫能屈能伸，跟著曹昆德不失為一個選擇。可洗襟臺那麼大一個案子都能出差錯，我跟著他，當真能輕易脫身？何況我與這些人，本來就是血海深仇不共戴天！溫青唯，我問妳，今日局面，倘換成妳師父魚七，換成妳母親岳紅英，妳會怎麼選？妳還會攔下他們，逼著他們跟一個閹黨苟活嗎？」

青唯微愣，足間力道漸鬆。

薛長興掙脫出來，頭也不回地往山頂走：「當年將軍岳翀出生草莽，本是一介匪寇，奈何咸和年間，生民離亂，外敵入侵，他帶著一干山匪投身行伍，從此建立岳家軍。」

「咸和十七年，朝廷羸弱，蒼弩十三部壓境而來，士大夫張遇初與一眾士子投河死諫，只有岳翀一人請戰。我輩中人，多少慷慨義士拜在岳氏麾下，江水洗白襟，沙場葬白骨，我自投身行伍，前人之英勇便是我輩信念，前人之彌堅便是我輩脊梁，卻被一個坍塌的洗襟臺毀於一旦！常人不解我為何冒死來京，但我自始至終只有這一條路可走。伏法玄鷹司，投誠曹昆德，死也好，生也罷，我都不選，我要為自己賭一把！」

他看了身後的斷崖一眼，忽地笑了笑，問青唯：「小丫頭，妳這麼有本事，身上還帶著魚七留給妳的軟玉劍，從這裡跳下去，應該會沒事吧？」

青唯微一愣，心中驀地浮上不好的預感，她道：「你若實在不想跟曹昆德走，那我們不與他的人手接頭，我們往西走，我護你。」

「不用了，小丫頭，我這一遭，已經拖累妳夠多了，就在此做個了斷吧。妳若當真為我捨了命，改日到了九泉之下，我有何顏面去見妳的父親？」薛長興笑著道：「修築洗襟臺那些日子，妳父親總是與我提起妳，說他在辰陽故居有個女兒，雖然姓溫，身上流的卻是岳氏血，一身倔脾氣。妳母親過世，妳還生他的氣，離家出走，他已許多日子沒見到妳了。那時我還不知道妳叫青唯，一直聽妳父親喚妳的乳名，小野。」

「那時一直想見見妳，沒想到這麼多年過去，竟是在這樣的情形下與妳相見了。其實我知道，妳這麼聰明，單憑曹昆德的一封信函，一個似是而非的消息，怎麼可能說動妳來京救我。妳這麼費勁心力捨命相護，不過是因為妳知道，我是妳的薛叔。」薛長興說著，指了指左眼，「小野，妳眼上這斑紋，是怕人認出妳的身分，故意弄上去的麼？」

這麼多年了，自洗襟臺坍塌，這還是頭一回，有人喚她小野。

青唯張了張口，正欲答話，忽然聽到馬蹄聲由遠及近，她眉心緊蹙，幾步上前，欲捉薛長興的手，「玄鷹司快到了，你我快走，你信我，我必當護你——」

薛長興卻猛地退後一步，語氣一下激昂：「溫小野我問妳，當年洗襟臺坍塌，朝廷口口聲聲說是妳父親督工不力，妳信嗎？！洗襟臺修成前，雨水急澆三天三夜，妳父親不只一次喊停，可朝中之人誰曾理會他？！他們把這樓臺當作進身之階，一心只為私利！洗襟臺修築時，為何三改圖紙？洗襟臺建成之日，妳父親為何不在？那根支撐洗襟臺的木樁，最後為何竟是小昭王下令拆除？這些疑點，妳從沒有在心裡深究過嗎？如此潑天大案，草草了結，妳心中可曾甘心？！」

「眼下朝中虎狼橫行，想要查明真相無異於以卵擊石，可縱是披荊斬棘，我亦願以一身蚍蜉之力撼樹！妳是溫阡之女岳氏之後，是不是也願意在這荊棘叢生的亂象裡搏出一條明路？」

薛長興說到這裡，語氣忽地悲涼：「這些年，故人飄零，親友離散，妳我這樣餘下的人，也算是親人了，薛叔若知道妳還活著，早該找到妳，可惜……」

馬蹄聲已近在耳畔，林外有人呼喊：「這裡有馬蹄印——」

薛長興抬目看向雲端：「故舊英烈在上，今日薛某縱行到末路，絕不折骨投敵。當初在洗襟臺下衣冠塚前立下的誓言，無一日敢忘，五年來日日枕戈待旦，無愧於心。今次倘能僥倖苟活一命，待來日必將披肝瀝膽，再度前行；倘葬身於此，見我等後輩長成，已堪重任，吾心甚慰，去了九泉之下，還望與諸位同杯暢飲！」

他說完轉身，朝向斷崖，決然躍下。

日光破雲而出，山嵐拂面，斷崖荒草萋萋，上頭還殘留著腳印，可先才還在這裡的人卻不見了。

青唯怔怔地立著，半晌，才開口喚了聲：「薛叔……」

可是沒有人應她。

青唯反應過來，踉蹌幾步追到崖邊，探身往下，斷崖下秋霧未散，竟是什麼都望不見。

風聲盤旋蒼勁，似乎人一下去，就消失在這天地間了。

青唯訥訥地，又張口：「薛叔？」

聲音碎裂在殘風裡。

「薛叔——」

第四章　替嫁

深宮的甬道窄而長，尤其到了夜裡，前方一團漆黑，像是看不到盡頭。

墩子提著燈，在前頭引路，聲音壓得很低：「姑娘這邊走。」

東舍的院子靜悄悄的，曹昆德的身影就映在窗紙上，佝僂著，一動不動。

墩子上前，叩了叩門，「公公，姑娘到了。」

好半晌，裡頭才傳來細沉的一聲：「進來吧。」

墩子應「是」，推開門，躬身退下了。

屋中瀰漫著靡香，曹昆德側身而坐，指尖還捻著細竹管，他閉著眼，對著桌上煙筒深吸一口氣，把無憂散最後一縷青煙納入肺腑，然後自沉淪中慢慢睜開眼，「來了？」

青唯單膝跪下：「青唯辦事不力，功虧一簣，請義父責罰。」

曹昆德把細竹管收進匣子裡，聲音和動作一樣，慢慢悠悠的：「事情咱家都聽說了，不怨妳，是玄鷹司逼得太急，衛玦章祿之連他們主子擺宴都不去，就盯著蒔芳閣呢。」

他看青唯一眼，「不過妳也確實大意了，臨了，怎麼任那薛長興自投羅網呢？」

青唯道：「只因薛長興稱在蒔芳閣有位故人，擔心此去一別生死，我想著，不過一名勾欄妓子，便是一見，應無大礙，沒想到竟暴露了行蹤。」

她說著一頓，曹昆德慣來耳目靈通，如果已經查明了事由，應該不會多此一問，所以他提起蒔芳閣是因為——

「義父，蒔芳閣出事了嗎？」

「被玄鷹司查封了，裡頭的人都被帶走了。」曹昆德還是不疾不徐，「玄鷹司沒能找回薛長興，正把蒔芳閣的人關在銅窖子裡一個一個審呢。」

「謹慎得很！」他「啪」地把桌上的金絲楠木匣子一闔，聲音驟細，「除了他們手下親信，誰也不讓進，不知是問出了什麼！」

青唯低垂著雙眸：「也許是吃了上回袁文光的虧，擔心消息走漏，長了記性。」

曹昆德移目看向她，片刻，目中的冷色漸漸褪了，語氣重新緩下來，「照理說，那個薛長興跑不掉。寧州山野就那麼幾條路，馬都找到了，人卻不見了，這是什麼道理？再者說，咱家的人還等在昌化口的茶水棚子裡，來路去路通通堵了個遍，可是人呢？」他盯著青唯，「總不至於是妳故意放跑了薛長興，戲弄咱家吧？」

青唯俯下身去：「義父明鑒，當時我二人到了寧州山野，薛長興稱是熟悉此地，可以自行與義父的人手接頭。玄鷹司的人馬就在身後，我沒法子，只能先走官道，幫他引開追兵。我也不知他為何遁入山野就消失無蹤，也許……也許玄鷹司已找到了薛長興，只是暫時沒有對外透露罷了。」

彼時薛長興取道山間小徑，的確讓自己的馬回到了官道，單從馬蹄印分辨，應該看不出太大蹊蹺。

何況曹昆德陷於深宮，對於種種事由鞭長莫及，便是他心存疑慮，想要發難，也暫時找不出發難的點。

良久，曹昆德笑了：「也罷，此事妳已盡力，義父自然信妳。薛長興此人狡猾多端，滑手的魚似的，溜了，誰都找不著，如此也好。這事就算是過去了，義父眼下有另一樁要事交代妳。」

「義父儘管吩咐。」

「幾日前衛玦肅清底下人手，摘掉了不少義父安插的眼線，眼下玄鷹司跟個鐵桶似的，誰都進不去。好在，官家讓江辭舟做了玄鷹司的當家，崔弘義的那個小女與江辭舟成親在即，義父希望，妳能藉此時機，以陪嫁為由，跟去江家。」

此言一出，青唯眉心驀地一蹙。

她沉默半晌，說道：「此事……青唯恕難從命。」

「不是青唯不願替義父辦事，眼下玄鷹司已經盯上了我，查到我是劫匪是遲早的事。再者，高家也有人窺破了我的行蹤，京城於我而言，已非久居之地，我便是去了江家，最後也會被玄鷹司抓捕，投入銅窖子，無法再為義父獲取消息，為今之計……只能先行離京。」

屋中靜悄悄的，夜色太昏沉，外間一點風聲都沒有，燈油即將燃盡，可是卻無人來添，一點光亮照不明這間晦暗的屋子，乍一眼看去，似乎這團光亮才是突兀的。

「也好，妳也長大了。」許久，曹昆德道：「這是妳的事，便由妳自己拿主意吧。」

囚犯逃離城外，守在高府周遭玄鷹衛暫時撤走了。

青唯從荒院翻牆而入，在院中稍稍駐足，看了耳房一眼，隨後匆匆回到自己的小屋。

門前的煙灰再次被動過了，高府已不是久留之地，何況玄鷹司盯著她，曹昆德也不再全然信任她，說什麼有師父的消息，八成是誆她來京的幌子，她必須盡快離開，暫避風頭。

青唯很快洗漱，臨睡前收好行囊，和衣上榻。

她在黑暗中盯著房梁。

這些年來來去去，輾轉奔波，可從前饒是寄人籬下，好歹有落腳之處，眼下這一走，竟不知道該去哪兒。

小野……

青唯恍惚著，聽到有故人這樣喚她。

她閉上眼，很快入夢。

這回竟不在辰陽故居。

山間草木葳蕤，籬笆圍起的院落裡種著一片翠竹，她坐在當中，拎著一把重劍，悶不吭聲地將一截木材劈成兩半。

「妳外公要知道妳這麼暴殄天物，拿一把玄鐵重劍劈柴，棺材板該壓不住了。」身後傳來一個帶著笑意的聲音，岳魚七拿著手中剛剛削好的竹笛走過來，「妳生妳父親的氣，離家出走，然後就到我這裡來作威作福？」

青唯不吭聲，拿起一截新的木樁，重新舉劍。

魚七手中竹笛往下一壓，撥開她的手腕，四兩撥千斤般奪了劍，溫聲說：「小野，妳母親這個坎，妳過不去，難道溫阡就過得去？妳這樣賭氣，他其實傷心。」

青唯低著頭：「我沒瞧出來他有多傷心。」

「他又不像妳，小丫頭片子，難不成傷心了還要叫人瞧出來，都是藏在心裡的。再說了，妳一個不樂意，跑到我這裡來，我這把年紀了，又沒娶妻，到時候哪家姑娘來了，看到妳這麼個丫頭片子，以為我有這麼大一個女兒，嚇跑了，妳說我怎麼辦？妳這不是壞我姻緣？」

青唯頓了頓，起身就要回屋收東西：「那我走就是。」

「哎，逗妳玩呢，怎麼就當真了？」魚七連忙攔下青唯，「妳不是想學我的軟玉劍？今天我把祕訣傳授給妳好不好？所謂軟玉劍，別看是『劍』，要訣都在一個『軟』字上，最大的作用，是當繩子用。妳別不信，有它在，哪怕從高處落下，都不會受傷……」

青唯陡然睜開眼。

外間天際已泛白，她一下子翻身坐起，額間盡是細密的汗。

當年母親過世，師父說軟玉劍當繩子用，自然是為了哄她開心，可是……

昨日薛長興在斷崖邊，問過她一句似是而非的話——

「小丫頭，妳這麼有本事，身上還帶著魚七給妳的軟玉劍，從這裡跳下去，應該會沒事吧？」

青唯像是明白了什麼，她起身起身裹住斗篷，斟了碗涼水猛吃一口，拉開門正要走，展目一看，卻見崔芝芸正在小院中徘徊。

她似是天不亮就來了，眼底有深深的黑暈，眼眶紅腫，應該是哭了一夜，仔細望去，甚至能辨出殘留的淚痕。

前日青唯讓她去尋高子瑜問明究竟，她八成已去過了。

崔芝芸一見青唯，上前泣聲道：「阿姐，表哥他，他……」

青唯心中實在焦急，稍一遲疑，打斷道：「對不住芝芸，我有要事在身，妳等我半日，回來再說。」

青唯去驛站僱了馬，一路打馬疾行，順著官道，很快來到昨日的斷崖。

此處玄鷹司應該已搜過了，到處都是馬痕足印，正午未至，秋光清澈，將四下裡照得透亮。崖下的深霧也散了，俯眼看去，崖壁橫木交錯，隱約可見崖底。

昨日薛長興身上是帶著他千辛萬苦找來的證據的。他走投無路，決定投崖搏命，但他也許會拿自己的命賭，絕不會拿手上的證據去賭。

那麼當時情形危機，他為何沒有把證據轉交給她？是不認為她能躲開玄鷹司的追蹤嗎？還是不信任她背後的曹昆德？

應該都不是。

青唯垂目看向崖下。

薛長興一到此處，便與青唯說：「京周這幾個山頭，每一個我都來過，地勢都摸遍了。」

「小丫頭，妳從這裡跳下去，應該會沒事吧？」

青唯後退幾步，扶住自己的左腕，放出布囊裡纏繞著的軟玉劍。

軟劍青芒如蛇，在山嵐中吐信。

長風在她的目光裡捲起濤瀾，青唯閉上眼，聽著那風聲拂身而過，耳畔似乎又迴響起薛長興的切切追問——

「溫小野我問妳，當年洗襟臺坍塌，朝廷口口聲聲說是妳父親督工不力，妳信嗎？！」

「如此潑天大案，草草了結，妳心中可曾甘心？！」

「眼下朝中虎狼橫行，想要查明真相無異於以卵擊石，妳是溫阡之女岳氏之後，是不是也願意在這荊棘叢生的亂象裡搏出一條明路？」

信嗎？

甘心嗎？

願意嗎？

她的父親是大築匠溫阡，母親是岳氏紅英。當年江水洗白襟，沙場葬白骨，她太小了，甚至不明白發生過什麼。

直到稍微大了些，親人不在，孤身往來伶仃，只覺那些事太沉太舊，亟亟奔走不敢觸碰。

可一條路循環往復，終點在哪兒呢？在這世間輾轉飄零，又該往哪兒去呢？

不如一搏。

她一身岳氏骨，流著溫家的血。

她已長大了。她願意。

青唯再度張開眼，目光已恢復平靜。

手中青芒急出，迅速捲在崖壁一根橫木上，青唯投崖而下，足尖在崖壁上借力，隨後抽回玉劍，纏住下一根枝蔓，伸手攀住斷崖的凹凸處，在劇烈的風聲中急速下行。

崖底是一片草木稀疏之地，位於兩山地勢低窪的地方，朝南是死路，只有一片高聳的山壁，向北走是唯一的出口。

草木中有血跡，應該是薛長興昨日受了傷留下的，可是卻不見他的人。

這裡也有玄鷹司搜查的痕跡，大概只是匆匆掠過，因為沒尋著人，很快走了。

青唯四下看去，這地方說大不大，說小也不小，找起東西來也麻煩，要是薛長興把那個裝著證據的木匣子埋進土裡，她總不至於把這裡的草皮子都掀開來看一遍。

他此前一定提醒過她。

青唯仔細回想薛長興昨日說過的話——

斷崖。絕徑。

她從地上拾起一個石塊，掠過草地，來到南面盡頭的山壁前，一寸一寸地敲過去。大片山岩幾乎被敲了個遍，在左下方接近草地處，忽然聽到一聲空響。

青唯立刻俯身看去，這一塊岩石似乎是嵌在山壁裡的，四周有細小的縫隙。

她取出匕首，撬開石塊，伸手往裡探去，裡頭果然放著薛長興從蒔芳閣取來的木匣。

木匣不重，裡頭應該沒有裝太多東西。

青唯拿到木匣的這一瞬間，忽然明白了昨日薛長興為何沒有直截了當地把這木匣轉交給自己。

他希望她能夠自己做出抉擇。

前路何其艱險，如果不是心甘情願，如何在荊棘遍生的荒野裡走出一條路來。

青唯注視著手中樸實無華的木匣子，伸手打開。

裡頭除了幾張洗襟臺的圖紙，另外還放著一個錦囊，青唯拿起錦囊，裡頭的東西有些硌手，她正欲取出，忽然聽到腳步聲。

居然也有人找到了這裡。

朝南的山壁是死路，眼下沿著斷崖上山更是來不及，青唯四下一望，唯一可以掩藏身形的地方便是一旁的幾株老榆。

青唯飛快躍上樹梢，藉著枝葉暫且掩住身形，透過葉隙望去，來人身形修長，一身月白緞衫，臉上罩了半張面具。

竟然是江辭舟。

江辭舟身旁還跟著兩人，一人作廝役打扮，五官白淨秀氣，另一人平眉細眼，單看他走路足不沾塵的樣子，應該功夫不低。

「這裡也找過了？」江辭舟問。

「早上就找過了，」廝役答道：「血跡還在，人不見了，什麼都沒留下。」

青唯聽了這話，心中不由起疑。

江辭舟是玄鷹司的都虞侯，哪怕自行前來搜查，找的也該是薛長興這個人。可聽這廝役的語氣，他們竟是在找什麼東西？

他怎麼會知道薛長興留了東西？

青唯的目光落在手中的木匣上，略一思量，將木匣藏進斗篷裡。

她微感不安，正欲想個辦法離開，那頭江辭舟似乎覺察到什麼，竟往她躲著的地方看了一眼，緊接著，就朝這處走來。

大片樹梢可以從遠處遮掩住青唯，卻抵不住就近搜查，江辭舟的腳步不疾不徐，愈來愈近，青唯屏住呼吸，慢慢扶住手腕，腕間的軟玉劍蓄勢待發。

然而就在這時，江辭舟竟在她前方的一株老榆前停住了。

他伸手，自垂下的樹枝上摘下一片葉。

葉片邊沿已泛黃，只有中間莖脈處還留有些許綠意。

身後的扈從與廝役跟上來：「公子，這片葉？」

「……層林盡染，深秋將至。」江辭舟道。

他指腹微鬆，葉片從他修長的指尖緩緩滑落，「罷了。」他折回身，「找尋無果，我們走吧。」

「大娘子、二少爺、二表姑娘一起去了佛廟，要用過齋飯才回來，老爺今晚歇在衙門，大表姑娘可是要吃夜飯？奴婢讓人去備。」

青唯回到高府，見崔芝芸不在，尋人來問，底下的嬤嬤如是說道。

青唯只道是吃過了。

她在斷崖下撞見江辭舟，耽擱了一陣，回到自己房中，已是暮色四合。她點上燈，把木匣子裡的東西取出來，除了洗襟臺的圖紙，另就是一個錦囊。

洗襟臺的圖紙一共四張，除了第一張初始圖紙，後面三張都是改動後的，可是薛長興說，洗襟臺只改建了兩次，那麼其中一張多出來的圖紙有何蹊蹺？

青唯的目光落到錦囊上。

她直覺線索應該在錦囊裡，然而取出裡頭的東西，竟是一支女子用的玉簪。玉色通透，簪尾鏤著一對雙飛燕，談不上名貴，算是中上品。

一支玉簪能與一個洗襟臺扯上什麼關係？

青唯百思不得其解。

怪只怪薛長興走得太急，沒能給她留下其他線索，她本想找蒔芳閣的老鴇梅娘問問，可是蒔芳閣已被查封，梅娘與閣中一干妓子皆被帶去了玄鷹司銅窖子裡。

且不說眼下的玄鷹司跟個密不透風的鐵桶似的，玄鷹司的衙署在禁中周邊，就算青唯本事過人，至多能在衙門前打探點消息。

青唯有點後悔，昨日曹昆德讓她陪嫁江家，她不該那麼莽撞地拒絕，哪怕暫時應下，事後虛與委蛇，她也能暫藉曹昆德之力，見到困在銅窖子裡的梅娘。

青唯正一籌莫展，忽聽外院傳來羅氏的聲音。

「派人去找找，不過是去買塊糕糖，這都一日了，還不回來，莫不是遇上歹人了。」

「是。」

應該是羅氏與崔芝芸幾人回來了。

崔芝芸早上過來尋她，看樣子約莫有要事，青唯將木簪與圖紙收入木匣子，仔細藏好，推開門，正瞧見崔芝芸低垂著頭從院中快步走過。

「芝芸。」青唯喚住她，「妳此前尋我何事？」

崔芝芸看她一眼，移開目光搖了搖頭：「沒……已沒事了。」

這間小院本就是給她們姐妹二人住的，崔芝芸初來高家那幾日，心緒十分不安，羅氏心疼她，便任她與自己同住了。

青唯見崔芝芸往小院的東屋走，不由問：「妳回來住了？」

崔芝芸又看她一眼，飛快地笑了一下：「我一個馬上要嫁人的人，總、總不好一直住在姨母的院子裡。」

青唯見她神色有異，直覺不對勁，幾日前還說什麼無論如何都要留在高家，眼下怎麼忽然認命了？

她步下階沿：「妳想通要嫁去江家了？」

崔芝芸緊緊絞著手帕：「我能怎麼辦呢？婚姻大事，父母之命，媒妁之言，哪裡是由我想不想的。」

她說著，折身快步往自己的屋子走去，一邊說道：「阿姐，我累了，想歇息了。」

青唯看著她的背影，倏忽憶起適才府中上下似乎在找什麼人，再聯想崔芝芸的異樣，她幾步上前，抵住門，不由分說推開：「究竟如何想通的？」

崔芝芸用力掩了幾下門，掩不住，只好任青唯進屋。

她點上燈，逕自坐在妝奩前，對著銅鏡摘耳飾：「我……已問過表哥了，他言語間推三阻四，想來是做不了主，沒法留我在高家。我眼下除了嫁人，也沒旁的路可以走了。」

青唯環目望去，這間屋子比她住的那間要大一些，裡外隔了道屏風，透過屏風望去，床前似乎落了簾。

天尚未暗人尚未睡，落什麼簾？

青唯的目光又落在崔芝芸的手上，她的手背有三四條青紫交錯的抓痕。

她走過去，握住崔芝芸的手腕：「妳的手怎麼了？」

崔芝芸抽出自己的手：「我在佛堂裡摔、摔了一跤。」

「這是摔傷？」青唯緊盯著她。

崔芝芸只覺青唯的目光似乎要把自己灼穿，她倏地起身，語調亦高了三分：「阿姐，妳、妳回吧，我要歇息了！」

青唯沒理她，幾步繞過屏風，一把掀開簾，指著裡頭的人說：「這就是妳問過高子瑜的結果？」

被崔芝芸藏在簾後的人正是惜霜。

她的嘴被絹帕堵了，手腳都被繩索縛住，額角細密有汗，臉色蒼白，似乎已昏迷多時。

青唯迅速拿出惜霜嘴裡的絹帕，併指一探脖頸，還好，脈搏尚在，人應該沒事。

身後傳來喃喃一聲：「阿姐，妳要幫她？」

青唯沒吭聲，正欲給惜霜解綁，崔芝芸的聲音一下變厲：「阿姐！」

崔芝芸的手上不知何時握了把剪子，她抬手抵住自己的脖子：「阿姐可知，阿父他之所以獲罪，全賴那江家老爺在當中推波助瀾。此前我不知此事，尚可以委屈求全，今若再要讓我嫁給仇敵之子，做仇人之妻，我、我寧死不從！」

青唯聽了這話，目色平靜。

她鬆開惜霜，朝崔芝芸走去。每進一步，崔芝芸就被她逼得退後一步。直到退無可退，撞上身後的妝奩。

「哐當」一聲，妝奩落地，裡頭簪飾四散，崔芝芸這一分神間，幾乎沒看清青唯的動作，只覺得手臂一麻，剪子脫手而出，被青唯半空撈回。

青唯把剪子收進櫃閣裡鎖好，重新回到榻前。

「阿姐……」良久，崔芝芸喚了一聲。

見青唯不答，她又懇切道：「阿姐，妳別幫她……」

青唯並不理會她，幫惜霜解開身上的繩索。

崔芝芸見狀，一下子撲過來，她雙手扶住青唯的手腕，淚水漣漣：「阿姐，我才是妳的妹妹啊，我眼下只有這個法子了——」

「什麼法子？」青唯道：「妳覺得妳姨母留不住妳，高子瑜下不了決心娶妳，都是因為這個丫鬟嗎？」

「不、不……阿姐妳聽說我，父親獲罪，姨父、姨父他擔心我牽連高家，不肯收留我，這些我都知道。可是……」崔芝芸顫著聲，嚥了口唾沫，「可是那個江辭舟，他並沒有見過我，我可以讓惜霜代我嫁過去。只要拜過堂，行過天地禮，木已成舟，這門親，就算是成了。到時我留在高家，我可以不做崔芝芸，隱姓埋名，等風聲過去了，再嫁給表哥。」

青唯簡直覺得不可理喻：「妳做出這樣損人利己的事，高子瑜會怎麼看妳，妳憑什麼覺得他還會甘心娶妳？」

「眼下離妳出嫁還有五天，妳藏了這麼大一個人在屋中，妳憑什麼覺得高府上下不會發現？」

「妳偷天換日，讓惜霜代妳出嫁，可妳與她這樣不同，妳又憑什麼認為江辭舟覺察不出蹊蹺？他一旦察覺，到時候壞的就是高家與江家的情誼。高家這位老爺本來就不願收留妳，倘若東窗事發，他會怎麼待妳，妳可想過？！」

崔芝芸被青唯這一通詰問駭得跌坐在地。

可是，她已沒有退路可走了。

她揩了把淚，很快爬起，「我是考慮不周，可是阿姐……妳一定有法子幫我對不對？妳這麼有本事，妳幫我，好不好？到時……到時就說是惜霜她攀附權貴，主動替我嫁去江家的。」

青唯只覺得她的言辭愈發匪夷所思，幫惜霜把腳上的繩索也解開，欲喚醒她。

崔芝芸見青唯打定主意不願幫自己，心下一橫，說道：「阿姐，其實……妳就是玄鷹司找的那個劫匪對不對？」

青唯動作一頓。

「那日在公堂上，妳辯說自己正午從集市回來的。其實不是，妳找到我時，已經是深夜了。」

「前天晚上，我曾去妳房裡找過妳，可是妳不在。今早我去廟堂，恰好聽說前天夜裡，那個被劫的囚犯在流水巷暴露了蹤跡。」

「還有，那囚犯暴露蹤跡後，連夜出了城，昨天夜裡，妳也是一夜未歸。是妳幫他逃出城的，對嗎？」

青唯聽了這話，回過頭來，看向崔芝芸。

這麼說，這幾日到她房中，踩亂門前鋪散的煙灰的人是她。

「妳刻意打探我的行蹤？」

崔芝芸淚流不止，她看著青唯，搖了搖頭，聲音哽咽：「我、我是想去找阿姐時，無意間發現的。」

確定是崔芝芸，青唯反倒放下心來。

她的聲音鎮定一如往常：「單憑我這幾日不在，妳就斷定我是劫匪？那麼上京城中，來來往往這許多人，多少個昨天夜裡不在家中，他們都是劫匪嗎？」

「不，不是，我不是這個意思……」崔芝芸見似乎惹惱了青唯，瞬間亂了陣腳。「城南暗牢裡關著的囚犯，是當年洗襟臺下的工匠，與我父親有同袍之情，與我師父也是舊識。我來京，是為了尋找我的師父，得知那囚犯逃了，前去打探消息，這樣也值得懷疑？」

崔芝芸慌忙解釋道：「阿姐，我當真不是懷疑妳。哪怕……哪怕妳真是劫匪，當日在公堂，是妳幫我頂了罪，我怎麼可能陷妳於不義。何況那城南暗牢把守重重，妳一個女子，如何劫囚。我不過是走投無路了，希望阿姐能幫幫我……」

青唯看著崔芝芸：「妳想讓惜霜替妳出嫁，妳可曾想過，憑妳一個手無縛雞之力的人，如何將這麼一個丫鬟輕易綁了手腳，縛在自己屋中？」

崔芝芸怔怔地望著青唯。

「因為她已有了身孕，身子太過虛弱。」青唯道：「且她腹中，懷的正是高子瑜的骨肉。妳這樣綁著她，傷了她事小，若是傷了她腹中的孩子呢？」

崔芝芸徹底駭住了。

她沒騙青唯，她當真是走投無路才做出這樣的事，她此前，並不知道惜霜已有了身孕。

青唯掐住惜霜的人中，頭也不回地吩咐：「倒碗水來。」

崔芝芸訥訥地點了點頭，跌跌撞撞地爬起身，到桌前斟了碗水，她的手一直顫抖著，水端到青唯跟前，已經灑了一半。

青唯扶起惜霜，把水一點點餵下，隨後把碗擱在一旁。

不一會兒，惜霜漸漸轉醒。

她第一時間撫上自己的腹部，緩緩睜眼，見眼前竟是青唯與崔芝芸，目色巨駭，迅速向床角縮去，張口欲喊。

青唯在她叫出聲前，迅速捂住她的嘴，冷聲道：「我這個妹妹有幾斤幾兩，我心裡清楚得很。她能把妳綁在這裡，今日必然是妳到她房裡招惹她，妳拿高子瑜納了妳做通房挑釁她，激怒她，逼勸她嫁去江家，否則她絕不會出此下策。妳什麼目的，我看得出來，我奉勸妳一句，隔牆有耳，妳在荒院裡怎麼跟高子瑜示弱，人前一套背後一套，若要人不知，除非己莫為。妳一個丫鬟，膽敢做出威脅表姑娘的事，便是高子瑜袒護妳，傳到大娘子耳裡，她這樣疼愛芝芸，以後可有妳的好日子過？妳不為自己想，也該為妳腹中這孩子想想，我眼下可以放妳走，但妳出去以後，該當怎麼做，妳可仔細想好了。」

惜霜睜大眼，驚懼地盯著青唯。

片刻之後，她似聽明白了青唯的意思，目色漸漸平靜，露出悽楚之意。

青唯問：「想明白了？」

惜霜點了點頭。

青唯鬆開手，惜霜垂淚而泣，卻也知情識趣：「大表姑娘教訓的是，今日之事，是惜霜有錯在先，還望兩位表姑娘寬宏大量，惜霜出去以後，一定……一定三緘其口。」

「妳走吧。」青唯也不囉嗦，「出去尋個大夫看看身子。」

「是……」惜霜聲如蚊蠅，「多謝大表姑娘。」撫著小腹，低垂著頭，匆匆走了。

崔芝芸看著惜霜的背影，目色一如死灰。

青唯看她一眼，說道：「妳過來，我且問妳，叔父獲罪，是江家告的狀，這事妳是如何知道的？」

照道理，羅氏與高子瑜都不可能與崔芝芸提起這事，她是哪裡來的消息？

崔芝芸啜泣道：「是惜霜……今日她說急了，說漏嘴的。」

原來如此。

青唯沉默下來。

此前她欲離開京城，一是因為門前的煙灰散亂，擔心有人窺破自己的行蹤；其二也是因為她拒絕陪嫁江家，得罪了曹昆德，擔心曹昆德心生齟齬，派人加害自己。

可眼下情況不一樣了。

到她屋中尋她的人是崔芝芸，她不必擔心自己的行蹤暴露。

薛長興留給她的雙飛燕玉簪撲朔迷離，想要弄清楚這其中關竅，她必須去玄鷹司銅窖子裡見梅娘一面。

而江辭舟，眼下不正是玄鷹司的都虞侯嗎？

曹昆德希望她陪嫁江家，就是希望她能藉機接近江辭舟，如果她辦到了，非但有了見到梅娘的一線契機，還能重新換取曹昆德的信任，今後要查洗襟臺的真相，多少都需要曹昆德助力。

如此三全其美，機不可失，失不再來。

青唯問崔芝芸：「妳當真不想嫁去江家？」

「當真不嫁。」崔芝芸斬釘截鐵，「是江家害了父親，我絕不做仇人之婦！」

「好。」青唯道：「我替妳。」

「阿姐替我？」崔芝芸一愣，似是難以置信，「阿姐是說，願意替我嫁去江家？」

青唯頷首。

左右嫁過去，只要拖過前幾日，一旦取得新的線索，日後天大地大，她還能被困在江府嗎？

「我是崔原義之女，高郁蒼之所以不願意留妳，大半也是我父親的緣故。何況江家的來信上，只說了要娶崔氏女，並未說是崔氏芝芸，由我替妳，妳在姨母那邊，也說得過去。」

她再次道：「便說定了，我替妳嫁去江家。」

「紅石榴翠珠兒耳飾一對，鴛鴦雲錦枕一雙，白玉簪一支，銀元寶十枚，合計一百兩，另還有紅木壓錢箱一個，銀算盤、銀剪子、銀梳一個，以及……」

外間禮炮聲不斷，青唯坐在妝奩前，聽嬤嬤念完嫁妝單子。

羅氏坐在一旁，「事出倉促，只能為妳添置這麼些物件兒，妳嫁過去，有這樣的底子，不至於拮据。」

幾日前青唯決定替崔芝芸出嫁，心知瞞不過羅氏，便讓芝芸去與羅氏說了。

這事不地道，羅氏聽後，原本是猶豫的，但一來，她捨不得崔芝芸，二來，崔弘義的罪正是江逐年揭發的，她擔心崔芝芸過去受罪，青唯雖也是崔家人，到底少了層親緣。再者，高郁蒼不願意讓崔氏兩姐妹長住府中，多半還是因為青唯的父親是昔日洗襟臺的工匠，眼下大的禍害送走了，至於小的這個，她再去說說情，想必留下無妨。

她安慰自己，青唯患有面疾，還是罪人之後，半生飄零無依無靠，親事必然艱難，眼下嫁去江家，到底是有了歸宿，算作兩全其美。

「多謝姨母。」青唯道：「只是我在京城露過面，崔青唯這個身分，不可能瞞得住江家。他們在議親信上雖然只寫了崔氏女，此崔氏女非彼崔氏女，江家吃了啞巴虧，以後大約會與高家結下梁子。」

「由他結去！本就是那江逐年理虧在先，芝芸為何落得如今這般地步，不正是拜他所賜？此事妳不必多慮。」羅氏說著，又溫聲道：「等妳嫁去了江家，那江辭舟膽敢待妳不好，妳儘管來與姨母說，姨母會為妳出頭。」

青唯頷首。

她知道羅氏說的都是場面話，聽聽也就罷了。

外間一名小僕進來稟道：「大娘子，吉時快到了，姑娘該出閣了。」

同心髻已梳好，羅氏端詳著鏡中人。

真是可惜，好好的人兒，怎麼就長了這麼一塊可怖的斑？

若能去掉這斑紋，憑她真嫁替嫁，那江家豈有不願意的道理？

青唯看了立在一旁的崔之芸一眼，對羅氏道：「姨母，我還有些話想單獨與芝芸說。」

羅氏點點頭，帶著一屋子嬤嬤與侍婢出去了。

「阿姐……」崔芝芸哽咽喚了一聲，今次青唯出嫁，到底是她有負於她。

青唯道：「這幾年我寄住崔宅，叔父有恩於我，我幫妳，應該的。而今我嫁去江家，乃是我心甘情願，妳不必覺得有愧。只是，每個人的路都是自己選的，我嫁去江家，是我的選擇，妳留在高府，也是妳的選擇。高子瑜優柔寡斷，惜霜腹中已有了孩子，姨母雖袒護妳，能做主的終究是高家老爺，妳選的這條路並不好走。妳生來平順，年紀太輕，此前遭逢驚變，處事失了分寸，莽撞不能瞻前顧後，好歹都過去了。說是一夜長大，可誰能一夜長大？但我走後，在高家的一切種種，便只能靠妳自己了。切記，未能自立前，擅自依附於人，那人反會成為妳的附骨之疽。我話到這，妳我各自珍重。」

青唯說罷，拿起紅蓋頭，就要推門而出。

「阿姐。」崔芝芸追了幾步。

在崔宅的兩年，她與她相交太淺，上京這一路上，她改口喚她阿姐，說到底是出於依賴，眼下眼見她出嫁，要離自己而去，心中空茫無著，才恍惚生出了一點真正的姐妹情。崔芝芸一下子覺得漂泊無依，像是被斬去了根，可是她又想，當年青唯寄住在崔家時，是不是也時時覺得自己沒有根，「若是……若是妳在江家過得不好，若是阿父能夠昭雪，崔家、崔家……」

她想說，崔家永遠都是青唯的家。

可是她覺得自己是自私的，那些願景也是渺茫的，這句話她說不出口。

末了，只垂下頭，吶吶如蚊吟：「阿姐的教誨，芝芸都記下了。」

青唯見她傷心，覺得她實在不必如此。她本以為嫁去江家必會遭到百般攔阻，不曾想羅氏輕易就幫她擋去了麻煩。

她前幾日還為一支來路不明的玉簪百思不得其解，為如何見到梅娘一籌莫展，眼下是柳暗花明又一村。

青唯神色輕鬆，很淡地笑了一下，再次道：「保重。」推門而出，任等候在外的嬤嬤為自己罩上蓋頭。

今日是個難得的豔陽天，秋高氣爽。

接親隊已到，高府外頭已簇擁著許多人。江逐年官職雖不高，與太后、何家走得卻近，江辭舟近日升作玄鷹司都虞侯，雙喜臨門，派頭拿得很足，迎親的馬隊排了十八列，他勒馬在頭前，一身大紅吉服。

青唯還沒走到門口，就聽到外頭人聲鼎沸，「新娘子出來嘍！」大約是哪戶小孩子瞧熱鬧，說些吉利話去討糖吃。

青唯蓋著紅蓋頭，被人攙著過了大門，身旁的嬤嬤驀地撤了手。過了一會兒，有人把一截紅綢子遞到她手中。

青唯拿著紅綢子，不知是要做什麼。

成親是倉促間的決定，她這幾日都在籌劃怎麼去見梅娘，成親的禮節是一點沒學。她立在原處，往前也不是，往後也不是，直到紅綢另一端，遠遠地被人拽了拽，才下意識邁了一步。

周遭一陣笑聲。

身邊的媒媼笑著出聲提醒：「娘子，這是紅綢花繩。」

紅綢花繩是月老落在凡間的姻緣線，專牽有緣人，眼下這紅綢一端連著她，另一端連著江辭舟。兩人算是自此結了緣，直到送入洞房，花繩都是不能斷的。

青唯這才反應過來，「嗯」了一聲，在紅綢的牽引下，上了轎子。

羅氏此前與她說過，江家的人口很簡單，早年一場大火，江家大娘子喪生火海，江辭舟臉上也被火燎著了。江逐年思念亡妻，沒有續弦，自此府上只餘了父子二人。又因江家大娘子與太后有親緣，太后心疼這個表外甥，多年來一直照應，便說五年前修築洗襟臺，為了讓江辭舟建功，還讓他跟著小昭王一起前去督工，後來洗襟臺塌，他受了點傷，好在撿回一條命。

到了江府，府上已賓客滿院，青唯由那花繩引著跨了火盆，到了正堂，還沒拜天地，就聽一旁有人喊「江小爺早生貴子」，「江小爺抱得美人歸」！

江辭舟笑了一聲，他眼下沒吃醉，尚算規矩，沒理這些人，和青唯行過天地禮，把她送入洞房。

前院還有賓客，新娘子入了洞房，要等候至深夜。

羅氏原本要給青唯陪嫁丫鬟，但青唯沒要，左右自己在江府待不了幾日，等她走了，恁的耽誤人家小丫頭。

身邊的嬤嬤很快退了出去，青唯掀開蓋頭，四下望去。

適才她是從前院過來的，依循記憶，這裡應該是東跨院。眼下這個屋子是東跨院的正屋，裡外兩間用雕花梁柱隔開，沒置屏風，另一頭一間耳房打通，放了浴桶、竹屏、衣架。屋子南北開窗，要瞞住人出去很容易，往哪邊走還待探過地勢再行斟酌。

桌上備了不少吃食，她的嫁妝箱子也都抬進來了，青唯將薛長興留給她的木匣從袖袍裡取出，暫時鎖進其中一個紅木壓錢箱裡。

她已仔細想過了，要尋梅娘，她必須尋個合適的藉口進到玄鷹司的衙署，眼下她暫成了江辭舟的妻，這個藉口很好找，天涼了送衣，夜深了送吃食。

只是要做到這些，哪怕江辭舟再不滿她這個替嫁妻，這幾日絕不能與他撕破臉。若實在做不到溫柔體貼，那麼順從，好脾氣，裝也要裝出來。

青唯在心中盤算著，把所有可能性裡裡外外想了個遍，不知覺間，夜已深了，外間賓客宴飲漸歇，倏忽間傳來雜亂的腳步聲：「少爺，少爺這邊走——」

「哎，少爺，您悠著點兒。」

似乎是那日跟著江辭舟的白淨臉廝役。

青唯迅速將蓋頭罩上。

等腳步聲到了門口，只聽江辭舟吩咐道：「行了行了，都散吧。」

聲音含糊得很，似乎醉得不輕。

門被推開，隨即又闔上了。

青唯聽得腳步聲忽近又遠，一時又聽到東西翻倒的聲音，似乎是在找什麼。

「德榮——」過了一會兒，只聽江辭舟喊道。

「在！」屋外廝役應候，「少爺有事吩咐？」

「挑蓋頭的玉如意呢？」

「少爺，您仔細看，就掛在床榻前的金鉤上呢。」

屋外的聲音又消歇下去，只餘下江辭舟醉意蹣跚的腳步聲，青唯垂著眼，透過蓋頭底下的縫隙，看到他在自己的面前停住，取下玉如意。

如意探到蓋頭邊緣，就要挑起來。

青唯屏住呼吸，方至此時，她才感受到一絲緊張，雖然她並不姓崔，也並未覺得自己真正成親了，可此時此刻，行完天地禮，要被挑蓋頭的，實實在在是她。

對方似乎也猶豫，玉如意幾度伸來，又幾度撤下。

如此循環往復，實在煎熬。

直至末了，青唯耐心終於告罄，她抬手，正要扯落蓋頭，與此同時，那頭玉如意也似下定決心，將蓋頭挑了起來。

紅蓋頭在這一挑一拽下，飄然拂落在地。

蓋頭落地無聲。

那頭江辭舟好似也沒了聲音。

順著青唯的視線看去，江辭舟的手還頓在半空，手指修長如玉，幾乎與他指尖的如意一樣色澤。而他整個人似怔住了，竟是動也不動。

青唯忍不住抬起眼。

江辭舟一身紅綢新服，長身如玉。

他還戴著面具，可屋中紅燭滿室，燈火通明，透過面具，那一雙眸子清晰可見。

那一雙眸子，眸光清朗，靜如深海，正看著她。

有一瞬間，青唯覺得自己幾乎要被這樣的目光灼透了。

她從沒有過這樣的感受，這些年，尋常人見了她這張臉，都是避之不及的。

她覺得莫名，在迎親時，上轎時，甚至拜天地時，未曾感受到的困窘忽然鋪天蓋地襲來，她抿了抿唇，正欲開口說些什麼，江辭舟驀地退後一步，眸中清意不見了，似乎方才那一瞬間只是紅燭光照下的錯覺，他蹣跚著步子，一開口，滿口醉意——

「娘子這新妝，化得忒濃了。」

第五章　新婚

「娘子這新妝，化得忒濃了。」

「……官人誤會了。」青唯略頓了頓，「妾身患有面疾，眼上這個不是妝，是斑。」

「不是妝？」江辭舟似乎不信，他湊近了些，語氣帶著疑惑，「我怎麼瞧著妳……有點眼熟？」

他吃醉了酒，身形十分不穩，俯身立在青唯跟前，眼看就要撞上來，青唯一下起身，江辭舟栽倒在榻上。

青唯謹記此前擬下的計畫，提醒自己一定要順從，說道：「當日在東來順外不慎撞了官人，碰灑了官人的酒，承蒙官人寬宏大量不計較，妾身一直感恩在心。」

這嗓子……

江辭舟翻身坐起：「我想起妳了，妳是那個……那個……」

青唯點了點頭。

「這、這……」江辭舟大約是從衛玦口中聽過青唯的名字，瞬間酒醒了一半，「這不對，我娶的是崔弘義之女，說是喚作什麼芸——」

「妾身的確有個妹妹喚作芝芸。」青唯解釋道：「只是妾身這幾年寄養在叔父門下，叔父是把妾身當作親女兒看的，妾身是姐姐，芝芸是妹妹，哪有姐姐未出閣，妹妹就先嫁為人妻的？官人來信，信上只說要娶崔氏女，眼下我為崔氏長女，合該我嫁，這是禮，夫君說是也不是？」

江辭舟坐在榻邊看著她，醉意似又散了些，點點頭。

青唯道：「其實我拿了信，原也惶恐。我與官人遠日無恩近日無義，官人乍然說要娶我，實在匪夷所思，原本打算上京後，過府問個清楚，免得其中有什麼誤會。但妾身的妹妹是個烈脾氣，聽聞居然是公公一紙狀書把叔父告到了御前，說仇人之家，死也不嫁，自古忠孝難兩全，官人可理解她？」

江辭舟看著青唯，又點了點頭。

青唯繼續胡謅：「官人如果想娶芝芸，趁著成親禮未畢，趕去高家，把話說開了，把芝芸換回來，也不是不可以，就怕妹妹這脾氣，一個想不開抹了脖子，人命是小，倘若事情鬧大了，旁人說江家不親不義兩面三刀，一面迎新婦進門，一面陷害親家，官人這後半生，都要被人戳著脊梁骨過日子。所以我嫁過來，實在是天上月老牽的線，沒有別的路可走了。」

她語氣不疾不徐，總結起來三個要點，倫理綱常、形勢利害、不得已而為之。

總之把他退親的路通通堵了個遍。

江辭舟沉默須臾，長嘆一聲，他起身，到桌前坐了，提起酒壺斟酒：「娘子說得不對。」

青唯有心請教：「哪裡不對？」

「妳我這哪裡是月老牽線？」江辭舟笑了笑，「妳我簡直是月老拿捆仙繩綁在了一起，外還加了十二道姻緣鎖，借來蓬萊的昆吾刀都斬不斷。毀人姻緣遭雷劈，毀自己姻緣五雷轟頂，被雷轟了不要緊，就怕到了陰曹地府，十殿閻羅也把妳我的名字寫在三生石上……還不過來？」

青唯看著他，不知是要過去做什麼。

江辭舟拿起斟滿酒的酒杯，遞了一杯給她：「伸頭一刀縮頭保命，乾了這杯合巹酒，妳我認栽吧。」

鼓足勇氣嫁過來是一回事，可真要面對了是另一回事。

青唯在江辭舟對面坐下，默了一下，接過他手裡的合巹酒。

紅燭映照，江辭舟靠近，伸臂環過她的手腕，慢慢湊近。

帶著清冽酒香的鼻息噴灑在面頰，青唯一下子垂眸，目之所及只有指圈裡一盞輕漾的酒水。

青唯曾隻身淌過無數兵戈刀劍，也曾孤身走遍大江南北，去城南暗牢營救薛長興，面對巡檢司十數精銳命懸一線她尚且沒有怕過，因為她知道不入虎穴焉得虎子，做什麼都要付出代價，可這一刻的艱難，該怎麼形容呢？就好比她站在斷崖，投崖而下，卻忘了拋出袖囊裡的軟玉劍。

不知道跌下去是生是死。

鼻息愈近，溫熱微癢，青唯驀地一閉眼，仰頭飲下杯中酒。

好在酒飲罷，腕間繞著的手臂鬆開，江辭舟也沒逼著她行別的禮，收了酒盞，去打通的耳房裡洗漱，回到榻前，一邊脫靴一邊指了指左眼：「妳這個，是怎麼弄上的？」

青唯道：「生來就有，當時只是一小塊，後來一場風寒，不知怎麼的，就成這樣了。」

她沒有新婦的自覺，看著江辭舟脫靴，並不幫忙，立在一旁禮尚往來地問：「你臉上呢？」

「兒時家中起過一場火。」江辭舟道：「妳這個，有得治嗎？」

青唯搖了搖頭。

江辭舟長嘆：「唉，娘子，妳我真是醜到一處了。」

說著，他拍拍床榻，意示青唯過來睡。

此事青唯早已想好了如何應對，先行吹熄了屋中燭火，在黑暗中褪下嫁衣，散下長髮，穿了白淨的中衣就上了榻。

江辭舟放下床簾，掀開被子，俯身而來，撐在她上方。

帳子裡太暗了，就這麼望過去，青唯只能看見他臉上未摘的半張銀色面具，聞到一種從他身上散發出的，非常乾淨的味道。

昏黑中，江辭舟喚了一聲：「娘子。」

他的聲音其實很好聽，沉澈，混雜在暗色裡，有一絲啞。

青唯「嗯」了一聲。

江辭舟於是沒再說什麼，慢慢俯身。

人的後頸有一處穴位，一擊之下，必定昏迷不醒。青唯擱在身邊的手併指為刃，看來這幾日，只能用這招招待他了。

青唯在黑暗裡抬起手，江辭舟忽然抬起頭：「娘子，為夫不摘面具，沒什麼不妥吧？」

「妾身自然覺得無妨，只是妾身與官人是命定的姻緣，有天上的月老做媒，就怕月老覺得你我心不誠。」

這話出，江辭舟似也在思量。

半晌，他道：「娘子說得是，如此天作姻緣，倘不能坦誠相對，必定會唐突了天上的神仙。」

他翻身坐起，理了理被衾，在青唯身旁平躺而下，「只是為夫怕摘了面具嚇著妳，不如妳我先適應幾日，等再熟悉些，再行該行之事不遲。」

青唯道：「是，來日方長，不急於一時。」

「……替嫁？替嫁？！我找高家說理去！」

「我是告了崔弘義，怎麼了！姓崔的要沒犯事，莫要說我一紙狀書，就是有人擊登聞鼓告到御前，他照樣能好端端的，官家下旨拿他，那是官家英明！」

「……生米已煮成熟飯了？人都沒瞧清，你怎麼就……吃醉了？你糊塗啊！一醉誤終身！」

「唉，當初你執意寫這議親信，我就不同意，早知如此……」

翌日天剛亮，正院那頭就傳來江逐年的咒罵，間或伴著茶盞摔碎的聲音。青唯睜著眼，隻身躺在榻上，身旁空蕩蕩的——江辭舟黎明前就起了，大約終於酒醒，悔不當初，先行去正堂與江逐年解釋了。

青唯等到江逐年的罵聲消歇下去，起了身，外間的丫鬟聽到動靜，推門而入：「少夫人可要梳洗了？」

這兩名丫鬟青唯昨日見過，一個叫留芳，一個叫駐雲，是江家專門撥來伺候她的。青唯不慣被人伺候，說：「妳們幫我打點水，餘下的我自己來就行。」

留芳笑道：「今日怕不成，待會兒娘子要隨少爺進宮，馬虎不得。」

「進宮？」

青唯反應過來，新婦過門第一日，要向長輩敬茶，江辭舟的長輩，除了家裡這個江逐年，另就是宮中的太后了。

駐雲道：「太后疼愛少爺，娘子要進宮跟太后請安呢。」

青唯臉上有斑，出行要戴帷帽，駐雲手巧，為她梳了個便行的墮馬髻，簪了兩根墜玉簪。

江逐年早就等在正堂了，他不罵了，但氣未消，一臉慍色地坐在圈椅裡，聽到身邊僕從說「娘子來了」，只當是沒瞧見。

青唯看了江逐年一眼，他身形乾瘦，蓄著長鬚，額頭寬大，如果不是板著臉，眉眼倒是和善，乍一眼看去，有點像年畫上托著蟠桃的壽星爺瘦一些的模樣。

青唯從留芳手裡接過茶，奉給江逐年：「公公請吃茶。」

江逐年睨她一眼，目光落在她眼上的斑，「嘶」地抽了口涼氣。

可是木已成舟，他能怎麼辦？

他晾了青唯一會兒，從她手裡接過茶，涼聲道：「江家祖上耕讀，書香傳家，不奉行什麼女子無才便是德，妳既嫁進來，就是江家人，不可目不識丁，妳可念過書？」

「念過。」青唯道：「小時候父親請先生教過《論語》與《詩三百》，《孟子》也會誦幾篇。」

江逐年頷首，臉上剛露出點悅色，只聽一聲：「不過……」

青唯是習武之人，她知道自己行走站立皆成姿態，等閒瞞不住旁人眼睛，何況這兩年在岳州，她曾不只一次出手教訓過袁文光身邊的小嘍囉，這些事，江逐年一查便知，「不過因為父親是工匠，我自小跟著他南來北往，總得有點自保的本事，父親後來為我請了武藝師父，我念了兩三年書，就學功夫了。」

她知道此話必會引起江逐年不滿，往回找補，「我功夫雖不高，足以應付尋常家賊，大江南北走得多，出行亦很有經驗，可以隨護……」

江逐年「嘶」地又抽一口涼氣：「打住打住，我問妳，子陵娶妳，是為了看家護院出入平安嗎？」

子陵二字，應該是江辭舟的字。

青唯搖了搖頭，閉嘴了。

一旁江辭舟道：「上回路過谷寧酒坊，我讓朝天給我買壺酒，他不去，說什麼讓我把酒戒了。不聽話的扈從，帶在身邊有什麼用？還纏著我掏銀子給他打了把新刀。她會功夫，我看就很好，以後朝天也不用跟著保護我了，換她。」

「少爺——」江辭舟身邊，那名平眉細眼，名喚朝天的扈從錯愕道。

江逐年罵道：「都成了親的人了，你看你說的什麼胡話，她不懂規矩，你更不成體統！」

這時，一名廝役進來稟道：「少爺，馬車備好了。」

他們今日還要進宮向太后請安，江逐年看他們一個兩個都不順眼，擺擺手，讓他們趕緊走。

卻見江辭舟與青唯一前一後走到門口，一個吊兒郎當，一個步履如風，江辭舟他都罵膩了，今日正好撿個新的：「你看看她，再給她配把刀，出門就是江湖！」

青唯頓了頓，立刻收緊步子，規矩行了幾步。

江辭舟吩咐德榮：「聽見了麼？去把朝天那把新刀拿來，給娘子配上。」

朝天臉色又一變：「少爺？」

「江家與太后的關係，說親也親，說不親也確實高攀不上，過世的大娘子是太后的遠房表妹，與太后原本走得並不近，只與榮華長公主相熟。這個榮華長公主是誰呢？就是先帝的妹妹，今上的姑姑，小昭王的生母。因著這一層關係，江家才漸漸親近了太后。」

去宮裡的路上，江辭舟嫌細說起來麻煩，把德榮喚進車室，讓他與青唯解釋江家與宮裡的淵源。

德榮說起話來生冷不忌，強在直白易懂。

「五年前，先帝爺不是下旨修築洗襟臺麼？太后興許是覺得少爺久無建樹，洗襟臺是個機會，就讓小昭王帶著他去了。後來呢，那樓臺塌了，少爺受了傷，不是外頭傳聞的輕傷，你想想，跟少爺一起受傷的小昭王，眼下還躺在宮裡命懸一線呢，少爺受的傷挺重的，養了兩年才好。太后或許是覺得愧疚，此後愈發關心起少爺，每逢大日子，都要召少爺去宮裡一見。」

「說回洗襟臺。照道理，太后是深宮之人，不能見外臣的，但是洗襟臺塌了後，先帝鬱鬱而終，官家繼位時，還很年輕，那陣子朝綱有些亂，是太后輔政，才穩住了朝局。官家孝順，念太后恩德，默允了與太后有親緣的外臣後輩，每逢大日子進宮探望太后。」

與太后有親緣的外臣都有誰呢？除了江家幾個小戶外，另就是何府了。

當朝中書侍郎何拾青，正是太后的親弟弟。

而太后的親姪子何鴻雲乃年輕一輩中的佼佼者，眼下已官拜工部水部司郎中。

這些青唯都聽曹昆德提過。

江辭舟這一路上都不發一語，馬車到了朱雀街，他撩開車簾，拿扇子敲了敲朝天的肩膀：「谷寧酒坊到了，給我買壺酒去。」

朝天不去，「老爺說了，讓少爺戒酒。」

「你的刀到底要不要了？」

朝天靜坐半晌，跳下馬車，不一會兒，提了一壺羅浮春回來，他把酒遞給江辭舟，神情複雜地叮囑：「快進宮了，少爺少吃些。」

「你懂什麼？」江辭舟拿過酒壺，把蓋子撬開，「到宮裡了才該吃酒。」

馬車在紫霄城的西華門停駐，西坤宮的人知道江辭舟今日要帶新婦進宮，很早就到宮門裡側來迎了。

聞到江辭舟一身酒氣，迎候的公公見怪不怪，只笑說：「江小爺這新禧的勁頭可濃著哩！」

西坤宮在四重宮門內，走過去要小半個時辰，正值辰時，太后剛誦完早經，眼下正在苑中的亭子裡餵魚。苑中有湖，湖上曲折棧橋以漢白玉鋪就，青唯摘下帷帽，跟著江辭舟走過棧橋，發現亭中除了太后外，還立著一個年輕男子。

此人年不及而立，一身淺紫官袍，身形偏瘦，眉眼穠麗，長著一個鷹鉤鼻，遠望去，竟與太后有些像。

一見江辭舟，他笑道：「姑母，子陵來了。」

在西坤宮裡，能喊太后姑母的外臣，大概只有此前德榮提過的何鴻雲了。

太后的模樣倒是比想像中的年輕些，一對長眉斜飛入鬢，見了江辭舟，目色分外柔和：「適才念昔要走，哀家說，讓他等等，子陵該帶著新婦來看哀家了，說不得，一說就到了。」她的目光落在青唯臉上，含笑著道：「是個好姑娘。」

江辭舟道：「如何說不得？今早起身，子陵想的第一樁事就是帶著娘子進宮見太后。」

他一開口，一股酒氣。

太后蹙了眉，爾後道：「你剛成親，哀家說不得你，說了怕壞你的喜氣。但你也大了，眼下更是成了家的人，這幾年下來，算是經歷了些事，沒往常那麼渾了，就是這吃酒的毛病，怎麼至今不改？官家看重你，把玄鷹司交給你，這是你的福氣，也是你的擔子，你可不要辜負了官家信任。」

江辭舟道：「子陵記住了，下回一定少吃。」

何鴻雲在一旁打趣道：「姑母適才還說，子陵新禧，絕不說他的不是，眼下卻又忍不住，姑母愛重子陵，親得很，姪兒看著嫉妒。」

他仗著太后寵愛，說話沒什麼顧忌，太后聽後，看他一眼，語氣平靜：「你也一樣，官家交給你的新差事，你著緊仔細辦，千萬辦妥了。哀家知道你這個人，肚子裡九曲回腸，很聰明，你要把心思花在你的生意經上頭，不是不能夠，只要你把正業做好，哀家擋著，誰能說得了你？」

何鴻雲得了垂訓，合袖稱是。

幾人陪太后說了一會兒話，不多時，曹昆德過來了，他看見跟在江辭舟身邊的青唯，不動聲色，與太后拜道：「官家早上的政務議完了，午時得空兒，說是願過來西坤宮陪太后用膳。」

太后和顏道：「他孝順，讓他來便是。」

曹昆德應了，剛欲走，太后又把他喚住，「你去一趟元德殿，讓皇后也來。」

曹昆德稱「是」，離開前路過青唯與江辭舟，說了句：「恭賀江小爺新禧。」

皇帝要來，江辭舟與何鴻雲也不好多留，陪著太后又說了幾句話，一齊告辭了。

宮裡的小黃門引著幾人往外走，出了三重宮門，何鴻雲步子一頓：「子陵留步。」

江辭舟回過身：「有事？」

何鴻雲搓著手，看了青唯一眼，似乎有點猶豫。

青唯立刻會意，讓小黃門引著自己先一步往西華門去了。

何鴻雲道：「有樁事，在下不得已，要拜託子陵。」

「念昔只管說來。」

「前一陣玄鷹司查封了流水巷的蒔芳閣，聽說是要抓城南暗牢裡逃脫的賊人，不知此案可有了結果？」

江辭舟道：「此事我不清楚，這案子一概由衛玦負責。怎麼？念昔也想找到那賊人，立上一功？」

「哦，這倒沒有。就是子陵你也知道，我有個莊子……」

江辭舟一聽他提「莊子」，一下子就笑了，「適才太后才讓你不要把心思放在生意經上，這麼快又打起算盤了？」

何鴻雲的莊子叫祝寧莊，在城郊，說是莊子，實際上是一處狎妓吃酒的私密園子。

何鴻雲苦笑道：「實在是我這莊子上，近來除了一個『扶冬』，沒一個好貨，恁的惹人笑話，我心中也堵著口氣。可你說我怎麼辦？流水巷十八條胡同，做買賣的多了去，上三等，下九流，什麼樣的美人沒有？我頂著這麼個身分，總不能明著搶人，眼下……」他頓了頓，悄聲道：「你也知道，太后盯我盯得正緊呢。」

「所以，」他退後一步，合袖朝江辭舟行了個禮，「不得已，只能拜託到子陵頭上，衛玦此前不是查封了蒔芳閣麼？要我說，那暗牢裡的賊人早跑了，他審幾個妓子，審了這麼多日了，審出什麼了？他就不是個腦子靈光的人！所以子陵，你能不能想個法子，把梅娘和她手下的妓子一併與了我，我一定……」

「好啊。」不等何鴻雲說完，江辭舟就道，他戴著面具，不露眉眼，只有嘴角噙著一絲笑，「人在銅窖子裡，你何時要？」

何鴻雲沒想到江辭舟這麼爽快就答應了，他搓手思量了一下，「這個，自然越快越好。不過我也知道，眼下子陵你剛上任，衛玦、章祿之兩個驢腦袋，跟你不大對付……」

「這卻沒什麼。」江辭舟笑道，朝上指了指，「我什麼德行，官家心裡頭清楚，除了吃酒，只會享樂，叫我去管玄鷹司，官家也是一萬個不放心，從殿前司裡抽調了兩百人，讓我併入玄鷹司裡。我手上有人，到時候隨便下個調令，讓我的人跟銅窖子的看守輪個班，那些妓子，給你弄出來就是。你看明日如何？」

「明日？」

這話一出，何鴻雲都詫異了，眼下江辭舟正是新婚燕爾，怎麼說都該緩幾日，何鴻雲本想客氣幾句，但他確實急得很。

江辭舟似乎看出他的躊躇，說道：「你也不必覺得麻煩我，我肯幫你，是有條件的。」

何鴻雲連忙道：「子陵儘管說來。」

「蒔芳閣的梅娘，有一手『梅枝舞』的絕技，據說可以在冬雪梅枝上起舞，但見梅花落，雪紛紛，而梅枝不折，她後來將這技藝傳授給了不少人，但沒一個人跳得比她好，她年紀大了，收山了，不跳了，我卻還想親睹一回真正的『梅枝舞』。」

何鴻雲聽了這話，有些猶豫。

可眼下人在江辭舟手上，容不得他討價還價，便點頭：「好，人若到了我莊子上，今冬第一場雪至，我必讓她跳給子陵看。」

江辭舟又道：「貴莊以兩樁事聞名，一曰佳餚『魚來鮮』，我想嘗一嘗；二曰『美人扶花』，我想看一看，當年名震一時的扶夏姑娘病了幾年，我怕是沒這個眼福了，眼下新到的這個扶冬姑娘，不知可有幸一見？」

「這好說！」何鴻雲一口答應，「明晚在下要在莊上擺宴，子陵的幾個知交，徐家的公子、曲家的小五爺，還有鄒平，他近日剛升了巡檢司的校尉，都會前來。原本也想給子陵遞帖子，這不，怕打擾了子陵你新婚麼？那就這麼說定了，明晚你也來，到時無論是『魚來鮮』還是扶冬，只要子陵想嘗的想見的，我通通讓你享受個痛快！」

江辭舟道：「你也說了，我剛成親，明晚就不去了。至於『魚來鮮』，這樣，明日我讓朝天去貴莊上自取，順道認個熟臉，以後我但凡得了空，自行過去就是。」

這話說出口，竟有個要常來常往的意思。

何鴻雲不由得取笑他：「原以為洗襟臺那事兒過後，子陵這幾年學規矩了，沒想到，都成了親的人了，也不忘了風流。」

翌日天剛亮，青唯還未甦醒，身邊傳來一絲輕微的動靜。

江辭舟輕手輕腳下了榻，去耳房裡洗漱。

青唯警覺地睜開眼，隔著紗幔看去，江辭舟立在屏風前穿衣，一身繡著雄鷹暗紋的箭袖玄衫，外罩紫紗袍，腰間束了根青銙帶，是玄鷹司都虞侯的官服。

看這裝束，他今日要去衙門？

他們剛成親，朝廷給了七日休沐，這是天恩，照道理，如果沒要緊的事，是不該去衙門的。難不成是玄鷹司有什麼急務喚他？

青唯正思量著，忽然聽到腳步聲。

江辭舟穿好衣裳，朝床榻這裡走來。

青唯立刻閉上眼。過了一會兒，紗幔輕動，似乎是江辭舟把簾子撩開了。

青唯能感覺到他的目光落在自己身上，她不知道他在看什麼，只覺得他在榻前佇立的時間太長了些。

良久，江辭舟才無聲把紗幔放下，屋門「吱呀」一聲推開，又闔上了。

青唯在榻上睜眼躺了一個時辰，直到天徹底敞亮了，她才起身，外間的留芳駐雲聽到動靜，推門進來：「奴婢去給少夫人打水，備早膳。」

青唯問：「怎麼沒瞧見官人？」

留芳道：「少爺早上說有急差，趕去衙門了，要等午過才回來，走前還吩咐奴婢們不要吵醒少夫人。」

果然是去玄鷹司了。

青唯道：「走得這麼急，用早膳了麼？」

駐雲與留芳皆道：「沒有，德榮送少爺走的，想必路上會用。」

青唯道：「他近日在衙門是掛了休沐牌子的，早膳解決了，午膳呢？咱們府上灶房裡有備的麼？」

即便掛了休沐牌子，偌大一個玄鷹司，哪裡會短了堂堂都虞侯一口吃的？

但是駐雲伶俐，見青唯一問再問，很快聽出了話裡藏著的意思。

她想著少爺少夫人大約是新婚燕爾，一刻也不捨離分，笑著回道：「有的，奴婢這就讓人把食盒備好，娘子是要差下人送去，還是……要親自送去？」

青唯也似思量了一陣，「我親自送吧。」

府上的廝役驅車送青唯去衙門，途中路過谷寧酒坊，青唯特地買了一壺羅浮春。

玄鷹司的衙署在三重宮門之外，走東華門旁的小角門入，由看門的侍衛驗過牌子。

這裡不算禁中，各部辦事大院與衙署遍布，四品官以上的家眷准允偶爾探訪，但通常都是打發府上僕從過來，只因女眷大都會被攔在角門外再三盤問，以各種理由拒之。

今日的侍衛知道江辭舟剛成親，沒怎麼為難青唯，放過了。

青唯到了玄鷹司衙署外，早有一名身形頎長，模樣極其年輕的玄鷹衛來迎，此人名喚祁銘，尊稱青唯一聲「夫人」，說道：「大人一個時辰前喚了衛掌使、章校尉去值房裡議事，眼下還沒議完，小的先幫夫人去通稟一聲。」

青唯打量他一眼，他身上的玄鷹袍簇新，像是個新來的。

青唯道：「不必了，我不過是送食盒來，等等便是。」

祁銘稱是，把青唯引至公堂內一間靜室坐了，奉上茶，退了出去。

曹昆德早前與青唯說過，玄鷹司分內外衙，外衙就是辦事的，玄鷹司四大部，鶚部、鶻部、鴟部、隼部的公堂，以及上頭都虞侯、點檢的值房，都在外衙。外衙行事相對寬鬆。但玄鷹司真正的核心卻在內衙，譬如臭名昭著的銅窖子，就建在內衙最深處。

因此，進到玄鷹司的外衙容易，但想進到內衙，尤其在衛玦整肅過玄鷹衛之後，難於登天。

青唯吃了會兒茶，在心中把種種藉口都思量好，重新戴上帷帽，推開門，與祁銘只道是坐累了，不顧祁銘面上難色，逕自往內衙的方向走去。

內衙的大門設在衙署內，與外衙以一道內巷相隔。

內巷寬大，大約等同於一個院落。

青唯不經意走過去，還沒到內巷，便被內衙門前的玄鷹衛喝止：「玄鷹司重地，不得擅闖！」

內衙的門開著，從青唯這裡望過去，院中每隔一段距離，便佇立著一名披甲執銳的玄鷹衛，拐角處、內門處，每一道關卡，更有多達四名玄鷹衛把守。

這還只是內衙的第一重門，而銅窖子是在三重門內，也就是說，想要見到梅娘，要闖過三個這樣戒備森嚴的衙地。

曹昆德此前的話一點都不假，玄鷹司眼下就是個密不透風的鐵桶，莫要說她了，連隻蒼蠅都飛不進。

青唯心中暗自後悔，她實在太衝動，也太高估自己了。

眼下玄鷹司在審的案子只有梅娘這一樁，江辭舟說有急差，她擔心情況有變，急趕著送來食盒。轉念想想，她與江辭舟成親不過三日，彼此之間並不很熟，忽然體貼至斯，難道不會惹人生疑嗎？

尋常人倒也罷了，可是江辭舟……她直覺這個人不像看上去這麼簡單。

早知如此，她該從長計議的。

青唯非常自責，她後悔自己打草驚蛇，可眼下草已打了，只能盡量把家中那條蛇安撫下去。

青唯不動聲色地往回走，忽見前方行來一列玄鷹衛，足有三五十人之多，他們身上的玄鷹袍與祁銘一樣，是簇新的。一路行來，目不斜視，到了內衙門口，為首一名頭戴羽翅盔的玄鷹衛出示一張令牌：「奉都虞侯之命，今日我等與鴞部諸位調班。」

內衙的守衛一愣，說道：「此處乃內衙重地，玄鷹簿上有令，除非見到三張調令，不能臨時調班。」

所謂三張調令，指的是玄鷹司三位當家的，即都指揮使、都點檢、都虞侯的調令，然而眼下玄鷹司人才凋零，上頭除了一個虞侯，往下便是衛玦和章祿之了。

為守的羽翅盔頷首，又出示兩張令牌：「這是衛掌使與章校尉的。」

守衛接過，自己驗過後，又交給旁邊的人檢驗。須臾，他將令牌交還給羽翅盔，拱手道：「在下能多問一句，虞侯為何要忽然調班嗎？」

羽翅盔露出一個淡笑：「虞侯新禧，犒賞大夥兒吃酒，大夥兒莫要不給虞侯面子。」

守衛的還是遲疑，但衛玦、章祿之都應了，他們哪能不從，「好吧，你們的人先進去，我再讓鴞部的人撤出來。」

青唯看了一會兒，見玄鷹衛撤換人手，回到靜室裡靜坐片刻，過了一會兒，她把食盒交給祁銘，告辭道：「我一個女眷，不好在此多打擾，既然虞侯還在議事，小兄弟幫我把食盒轉交給虞侯便是。」

祁銘應了，旋即要把青唯送至宮門，但青唯道是認得路，自行走了。

青唯離開玄鷹司，越走越快。

她適才已仔細觀察過了，雖然內衙進不去，但是內外衙交界處，有一個天井與旁邊的衙署相連，形成一個死角，伏在簷上，既可以遮掩身形，又可以看到內巷裡的動靜。

她直覺玄鷹司忽然調班沒這麼簡單，且今日請求調班的玄鷹衛，身上的袍服簇新，換言之，他們極可能是新來的。

青唯此前一直與曹昆德有聯絡，直至薛長興投崖，她不曾聽說有任何新人調入玄鷹司，換言之，這些新來的，應該是這幾日剛到玄鷹司，大概是皇帝擔心江辭舟獨木難支，給他分派的人手。既然是新來的，他們很可能對內衙的情況不熟悉，更有甚者，他們並沒有見過梅娘與一干妓子！

青唯沒有妄想要在這些人的眼皮子底下闖進內衙，但這是最好的機會，她必須再去看看。

青唯走到一處無人的牆根下，雙指抵住唇，急吹三聲鳥哨。

隼飛來半空，她擔心驚動旁人，沒有去接，隼不下落，盤旋片刻，飛回去了。

青唯不知道曹昆德看到來而復返的隼，會不會出手幫助自己，她來不及多想，足尖在牆根上借力，暫態躍上屋簷。

衙署之地雖不如禁中戒備森嚴，也有巡邏的侍衛，青天白日，青唯一身青衣，實在顯眼，她俯身在瓦頂匍匐前進，不敢弄出一點動靜。

這幫新來的玄鷹衛果然有異。

青唯剛到天井的死角處，玄鷹司已調完班了，衛玦的人馬一撤，為首的那名羽翅盔便吩咐：「把門掩上。」隨後立刻看向下頭幾人：「快去。」

幾人頷首，疾步往內衙去了。

又待片刻，只聽一陣倉促嘈雜的腳步聲，間或伴著壓低的催促：「走快點！」數十名穿著綾羅綢衣的女子一個接著一個走出來，正是蒔芳閣的妓子！

她們被關了數日，身上有些髒，好在大多看起來都沒受傷，大概是緝拿梅娘時順便拿的。梅娘落在最末才出來，她受了刑，身上有數道帶血的鞭痕，走路也一瘸一拐的。她是經歷過大風大浪的，並沒有讓人攙扶，神色鎮定地步至內巷，在玄鷹衛的吩咐下，與前頭一干妓子一樣蹲下身來。

羽翅盔於是吩咐：「你們在這裡守著，我去看看人到了沒有。」說著，從內巷西側的小門出去了。

青唯暗自錯愕，看這架勢，他們是想把人送走？

可是，看那羽翅盔區區一個玄鷹司校尉，必不敢這麼做，那麼就是領了江辭舟的命令？把人送走，要送去哪裡？青唯不由得想，薛長興失蹤，只留給她一個木匣，她想查洗襟臺的真相，除了一根玉簪，沒有任何線索，曹昆德終究靠不住，梅娘是她最大的機會。

如果梅娘此行遇害了呢？她必須現在行動。

青唯讓自己冷靜下來。

這些妓子出來時，羽翅盔沒有點算人數，說明他對她們並不熟悉；這些玄鷹衛行事倉促，面有急色，說明他們所辦之事隱祕、見不得光；羽翊盔沒有把內衙的玄鷹衛全調出來看守妓子，說明他不想鬧出動靜，引起騷亂。

因此，這些妓子裡，多一個人，少一個人，只要不被人發現，又有什麼分別呢？

青唯看了眼自己的衣裙，她今日亦穿綢紗，與妓子們略像，在瓦頂趴久了，蹭得一身灰塵，與她們一般無二，而最大的不同——她眼上這斑實在太扎眼了。

青唯於是摘下帷帽，從腰囊裡取出一個小巧的白瓷瓶，倒了些藥粉在手中，以掌心捂熱了，覆於左眼之上。

左眼周遭的肌膚微麻微涼，但很快，涼意就褪去了，升騰起一股熱來，青唯於是順手一抹。

她在瓦頂拾起三枚碎石，俐落一擲，碎石帶著力道，直擊西側門檻。

趁著內巷裡幾名玄鷹衛不備，青唯無聲從屋簷躍下，迅速併入妓子後方。

她動作太輕了，幾乎沒有妓子注意到她，挪至梅娘身邊，青唯低聲喚了句：「梅娘。」

梅娘移目過來，隨後就怔住了。

她淪落風塵十數年，什麼樣的美人沒見過。

可眼前這個姑娘，該怎麼形容呢？乍一看，只是覺得好看，膚白清透，秀麗多姿，可只要多望一眼，便會不自覺被她吸引。

她太獨特了，五官的線條非常乾淨，眼尾上翹，鼻峰秀挺，頰邊的兩顆痣有些俏皮，像是春日裡開得恰到好處的桃花，又帶著秋霜的冷，覆著凜冬的雪。

梅娘確信她不是蒔芳閣的人。

但她知道，她能無聲無息地出現在這裡，靠得這麼近，卻不出手傷她，應該不是敵人。

青唯發現梅娘沒有認出自己，做了個口型：「薛長興。」

梅娘愣了愣，恍然大悟，原來眼前這個姑娘，竟然是那夜罩著黑斗篷，功夫極高的女子。

時間緊迫，青唯也不拖沓，立刻就要取出袖囊裡的雙飛燕玉簪給梅娘看，這時，適才去接頭的羽翅盔回來了，他環目望了內巷中的妓子一眼，沒有發現異樣，朝旁吩咐了句：「人到了，帶她們走吧。」

此言出，妓子們目中均露駭色。

她們被關得太久了，沒人敢問眼下是要去哪兒，她們甚至不知道此行是不是去送死。淪落風塵已是命苦，眼下風雨飄搖，命在一線，有的人已低低嗚咽起來。

旁邊的玄鷹衛不耐，呵斥道：「哭什麼？小點兒聲，都跟上！」

妓子們一個接著一個，從內巷西面的小側門邁出。青唯落在最末幾個，望向前方，正午已過，西斜的光透過那一扇小門照進來，生休開，死傷驚，她也不知跨過了這道門，前方是吉是凶，可眼下已沒有回頭路了。

青唯落在梅娘後方，跟著一群妓子一起，往小門走去。

祁銘在江辭舟的值房外等到申時，方見衛玦與章祿之離開。

祁銘連忙拱手行禮：「衛掌使、章校尉。」

衛玦「嗯」了聲算應了，章祿之卻一臉慍色。

其實祁銘知道他二人面色為何如此難看，早上江辭舟喚衛章議事，祁銘是在一旁的。說是議事，江辭舟交代了兩點，一是內衙調班，二是放了梅娘。

章祿之不忿，「敢問虞侯為何要放走梅娘？」

江辭舟以一句「做個順水人情」搪塞了他，爾後一直拘著衛章二人，直到吳曾那邊徹底將人放走。

不一會兒，江辭舟也從值房出來了，他沒瞧見一旁的祁銘，逕自往內衙走，祁銘連忙跟上去，說道：「虞侯，適才夫人來過了。」

江辭舟步子一頓：「誰來過？」

「夫人。」祁銘道：「虞侯在衙門掛了休沐牌子，夫人擔心衙門不供飯菜，特地送食盒來的。」

江辭舟愣了一會兒，又問一次：「她來給我送吃的？」

祁銘道：「是，還有一壺酒。屬下已把酒與食盒拿去灶房裡熱著了。」

祁銘很快把酒與食盒送來值房，江辭舟默坐了一會兒，把盒蓋揭開。食盒裡的飯菜是他家中常備的，沒什麼特別，酒水是谷寧酒坊的羅浮春，大概是他昨日路過，催促朝天去買，她記住了。

江辭舟看著公案上的酒菜，沒有動筷子，他只是坐在那裡，不知在想什麼。面具遮了臉，不見眉眼，日光卻透窗而入，落在他流轉的眸色。

屋外傳來叩門聲，江辭舟回過神。

他蓋上食盒蓋子，說道：「進來。」

來人名喚吳曾，便是青唯適才在內巷見過的，那名頭戴羽翅盔的玄鷹衛，到了桌案前，吳曾拱手一拜：「虞侯，人已平安送走了，小何大人的人接應得及時，這些妓子沒被人發現。」

江辭舟「嗯」了一聲。

吳曾的目光落在他桌案上的食盒，不由得問：「虞侯還不回麼？」

「還有點事。」江辭舟抬眼看他，「怎麼？」

吳曾笑了笑：「沒什麼，想著虞侯新禧，不該將好時光耗在公堂裡。適才卑職路過宮門，瞧見江府的廝役驅車等候，以為虞侯要回了。」

「我府上廝役？」

他上下值慣常由德榮來接，德榮吳曾是認得的。而今日何鴻雲莊上擺宴，朝天被他打發去莊子裡認門了，府上怎麼還會有廝役來接他？

江辭舟的目光落到食盒上，稍怔了一下，喚道：「祁銘。」

祁銘推門而入：「虞侯。」

「青……我娘子她，是何時走的？」

「走了快兩個時辰了。」

江辭舟轉頭問吳曾：「蒔芳閣的妓子是一個時辰前離開的？」

「正是。」吳曾道，見江辭舟立著不動，喚了聲，「虞侯？」

江辭舟拿了薄氅，逕自往外走，聲音一改往日輕佻，沉肅清冷，「找個認得何鴻雲莊子的，立刻跟我走一趟。」

馬車一路顛簸，行駛了近兩個時辰才停下。

須臾，車外有人催促：「都下來！」

青唯與擠在車室內的數名妓子依次下車，入目是一座莊園。莊園占地極廣，傍山而建，白牆黛瓦，草木葳蕤。

妓子們由幾名護衛打扮的僕從引入莊內，穿過一片翠竹林，在一扇月牙門前停下。月牙門上有個匾額，寫著「封翠院」三個大字，匾額下立著幾個嬤嬤，見了她們，其中一個管事模樣的高聲道：「從今往後，妳們就住在這兒了。這兒的客人可不比外頭，什麼下三等、下九流，通通沒有！來咱們這兒的，都是貴客，妳們機靈些，守規矩，把他們伺候舒服了，今後有的是福氣享，倘是不守規矩，記住了，這兒也不是養閒人的地兒，嬤嬤我有的是法子讓妳們長記性！」

話到這，妓子們心裡頭也了然了。

外頭的勾欄瓦舍太扎眼，達官貴人們講體面，不愛去，可又按捺不住風流本性，怎麼辦？有人投其所好，修了莊子。莊子明面上看去，像大戶人家的宅邸，實際上呢，是專供這些貴人們吃酒享樂、宴飲狎妓的場所。

這樣的莊子在京城不少，場地通常隱祕，大小不一，要進入莊內，還得有熟人引薦才行。這些青唯從前只是略有耳聞，沒承想今日長了見識。

領頭的嬤嬤又吩咐：「排好隊過來，一個一個報名字，名字不好聽的，換了重取，記完名就去院中另一間屋子裡候著，等人過來給妳們驗身子。」

旁邊還有護衛跟著，青唯摸不準狀況，不敢貿然行事，跟著梅娘排隊，到了月牙門前，記名的嬤嬤問：「叫什麼？」

「這是我們蒔芳閣新來的姑娘，還沒來得及起……」梅娘擔心青唯不知怎麼應付這狀況，在一旁代答。

「問她，妳插什麼嘴？」嬤嬤厲聲打斷，又問一次，「妳叫什麼？」

青唯隨意編了個名，嬤嬤點頭，提筆記到一半，筆鋒忽然一頓，她抬頭，仔仔細細打量了一番青唯，與一旁領頭嬤嬤對視一眼，拿起手旁的印章，在青唯編的花名下蓋了個豔麗的桃花戳。

入了院，守衛便不跟著了，封翠院很大，當中挖了池塘，池塘後是一座兩層高的小樓，驗身子的屋子是小樓一樓正間，門口也守著人，似乎還要重新記一次名。

梅娘到了迴廊上，見後頭的妓子尚未跟來，低聲問青唯：「姑娘，薛官人他……」

「他走了。」青唯知道梅娘想問什麼，說道：「當日我們被玄鷹司追蹤，出城以後，逃到寧州地界，我掉頭回京城，他逃走了。」

青唯沒說出全部實情，倒不是不放心梅娘，只因實在沒這個必要。

梅娘舒了一口氣：「他這幾年一直想要上京，在京郊附近幾座州府徘徊多日，到了寧州好，寧州的山野他很熟悉，定能平安逃脫。」

青唯是混進來的，不宜在莊上久留，她四下一看，見無人注意到她們，單刀直入：「薛叔這些年一直在追查洗襟臺坍塌的真相，這個妳知道，對嗎？」

梅娘點了點頭。

「薛叔離開前，把這個留給了我。」青唯說著，探入袖囊裡，把雙飛燕玉簪露出來給梅娘看，「這支玉簪，妳可知道淵源？」

玉簪擱在薛長興留下的木匣子裡，梅娘幫薛長興保管過木匣，見是見過，只是……

梅娘搖了搖頭：「我只記得薛官人說，這支玉簪與洗襟臺息息相關，不可輕易示人，別的，他沒有與我多提。」

對於梅娘的不知情，青唯早作了準備，她並不氣餒，繼續追問：「又或者，與玉簪無關，他冒險來京，除了見妳，必然還有非常重要的事，他將木匣交給妳時，與妳提過什麼旁的沒有？」

旁的？

經青唯這麼一提點，梅娘瞬間想了起來：「折枝居！」

「折枝居？」

「是流水巷的一個小酒館，就在東來順附近，薛官人向我打聽過這酒館，還說想去一趟。」梅娘道，見青唯沒反應過來，把方位告訴她，「順著沿河大街直走，快到東來順，有一個岔口，從岔口拐進去是一個死胡同，折枝居就在死胡同的盡頭。」

梅娘這麼一提，青唯一下就記起來了。

當夜她與薛長興逃出蒔芳閣，身後玄鷹司急追，她本想避走小巷，從來路離開流水巷，可薛長興頭也不回地往東來順走，以至他們避無可避，她不得不使計撞上江辭舟，碰灑他的酒水，掩護薛長興離開。

眼下想想，薛長興不是個莽撞的人，他知道江辭舟在東來順擺酒，怎麼會選擇去東來順呢？

還是說，一切正如梅娘說的，薛長興的真正目標，並不是東來順，而是那個死胡同裡的酒館，折枝居。

在那樣走錯一步攸關生死的時刻，他還念著要去那個酒館，這酒館一定有玄機！

青唯道：「我知道了，多謝。」

幾句話的工夫，兩人已到了迴廊盡頭。驗身的屋子前拉起帷幔，外頭排著長龍，屋門口另守著幾個嬤嬤，其中一個正在訓話：「驗好了身子，有人會領妳們去各自的住處，晚間有人來教妳們技藝，技藝學得好——」嬤嬤抬手，往封翠院後幾座單獨閣樓小院一指，「瞧見那兒沒有，咱們這兒的花魁紅牌們，都住著這樣的地兒！這是妳們在外頭想都想不到的福氣！」

言罷，問一旁一個護衛：「名冊送到了沒有？」

「應該快到了。」護衛道，看了妓子們一眼，「她們是從牢裡放出來的，衙門麼，辦事章程多，名冊也不是一時半會兒能送到的，先點著人數，記完名，到時候再核。」

嬤嬤冷聲道：「正是因為來路不正，才不能掉以輕心，多了一個少了一個，指不定就要惹出禍端。」

青唯一聽這話，暗道不好，沒想到這莊子規矩如此森嚴，還要查驗妓子的人數。

她是臨時混進來的，一旦這些嬤嬤拿到玄鷹司的名冊，把她揪出來太容易了。

時值黃昏，四下暮靄漸起，青唯趁著無人注意到自己，默不作聲地退後一步。梅娘見青唯要走，捉住她的手腕。

她有些擔憂地看了青唯一眼，做了個遮臉的動作，褪下身上的絹紗遞給她。

青唯接過絹紗，對梅娘一點頭。

避至妓子最末，青唯以廊柱掩住自己身形，一個縱躍，躍上廊頂。她動作雖輕，若仔細觀察，發現她其實不難。好在封翠院的護衛沒料到有人能潛入莊內，注意力都放在廊下了。

暮色更深了，青唯藉著夜暮掩護，很快到了高處屋簷。

她四下望去，這莊子比她想像中更大，眼下她所處的封翠院，在莊子的西側。由西朝北而望，緊接著封翠院的便是適才嬤嬤指給她們的，花魁、紅牌們住的閣樓小院。閣樓小院再往北是一條寬巷，寬巷後是偌大的膳房，膳房外，衣著妍麗的侍女們端著各色珍饈進進出出，穿過一片樟木林，就到了莊子前院。

今夜前院似乎在擺宴，從這裡看去，只見燈色滿眼，曲水流觴，間或有笙歌鼓點傳來，靡靡之音不絕於耳。至於莊子的東側，看上去應該是莊上主人、貴客的居所，而南側住的則是莊子的護衛與僕從。

青唯適才是從西門進的莊，照眼下的情形看，東南兩邊護衛太多，都不能走，回西門，從那裡混出去，是最好的辦法，只是，一旦玄鷹司的名冊送到，發現妓子裡多出一人，西門一定會第一時間封鎖，她不能冒這個險。

那麼只剩下北邊正門。

青唯的目光落在樟木林後的膳房，為今之計，只能假扮送饌侍女，去到前院，然後趁著宴席人來人往，混出莊子了。

青唯在屋簷上幾個起落，很快掠過閣樓小院，到了膳房屋頂。

夜色已至，奈何她今日沒穿夜行衣，雖有梅娘的絹紗掩面，卻不敢隨意現身，她蟄伏在翹簷後，靜待時機，忽聽簷下傳來人聲：「江小爺若喜歡『魚來鮮』，打發人到莊子上說一聲就是，下頭那麼多跑腿兒的，閒吃飯的麼，勞煩護衛親自取，實在罪過。」

「少爺打發我來，也是為了認個熟臉。以後得了空，必然是要常來往的。」

青唯一愣。

這聲音……怎麼有點耳熟？

她朝下看去。

適才說話的兩人已走了出來。其中一人看打扮，應該是莊子上的管家，走在他身後的，一身青白相間的勁衣，二十出頭年紀，平眉細眼，面貌乾淨，腰間配了把刀，不是朝天又是誰？

朝天怎麼會出現在這裡？

管家的道：「那敢情好，日後江小爺要來，提前說一聲，莊子上只管備好『魚來鮮』候著！我送護衛。」

「不必了。」朝天客氣道：「小何大人擺宴，前頭還忙，不多耽擱徐管事。」

與管事的道了別，朝天提著食盒，自行走了。

青唯盯著朝天的背影，暗暗覺得不對勁。

梅娘被抓，與城南劫囚有關，這是大案，江辭舟不會不知道。可他今日前腳才放走了梅娘，後腳就讓朝天到這莊子上來取什麼「魚來鮮」，這不可能是巧合。

還有適才朝天提的小何大人，小何大人不正是何鴻雲？

難道那天何鴻雲留下江辭舟，就是為了跟他討要梅娘與這些妓子？

青唯隱約覺得自己找到了癥結所在，她不肯放過這個機會，見朝天沒發現自己，暗中跟了上去。

朝天離開膳房，穿過寬巷，繞至一處拐角，見前後似乎無人，匆匆將食盒放下。他撥開盒下的一個機關，從寬大的暗格裡，取出一身黑衣斗篷，罩在身上，隨後往牆頭一躍，迅速往住著花魁紅牌的閣樓小院去了。

閣樓小院中，每一間樓閣都有專人把守，朝天目標明確，到了一間叫作「扶夏館」的樓前，趁著兩名守衛反應過來，雙手為刃，左右各一個重擊，兩名守衛便昏暈過去。

朝天躍上閣樓二層，稍待猶豫，推門而入。

青唯見了這場景，心中驚異，她避身在院中一株高大的樟樹上，又看了樓名一眼——扶夏館。

這個扶夏館，有什麼蹊蹺嗎？

罷了，硬想是想不出來的。

青唯足尖在樹梢上借力，無聲落在二樓的寢房外。夜色昏昏，屋中燭火通明，朝天大約是為了方便離開，進屋後，沒有完全將門掩上，青唯透過門隙望去，寢屋的圓榻邊垂著紗幔，裡頭似乎有一人正在酣睡。

朝天走近榻邊，喚了那人一聲：「扶夏姑娘？」可榻上無人回應他。

朝天走得更近了一些，想要伸手撩開紗簾，他的動作非常小心，幾乎要屏住呼吸。屋外，青唯也跟著屏住呼吸。

就在朝天的手觸到紗簾的一刻，封翠院那頭，忽然傳來護衛焦急的聲音：「多了一個？怎麼會多了一個？！」

「千真萬確，屬下已再三核實了，送過來的妓子裡，確確實實混進來了一個！」

「立刻查！看究竟是誰混了進來，後門封禁，不准任何人出入！」

青唯心中一涼，她的行蹤被人發現了！

她再顧不上朝天，正欲離開，那頭，朝天聽護衛找的不是自己，鬆了一口氣，伸手掀開紗簾。

正是這時，似乎有什麼重物落在床榻，伴著「咔」一聲，竟是機關觸動的聲音！朝天警覺地一個後仰，數十飛矢從床榻內射出——原來床上根本無人，只是一個鼓起來的被囊罷了。

與此同時，扶夏館屋頂上，一截的焰火衝上高空，斑斕紛繁的色彩在夜色裡綻開。

是鳴鏑！

這一刻，青唯什麼都明白了，朝天必然是以取「魚來鮮」為由，潛進扶夏館找人，沒想到對方早有防備，甕中捉鱉，反將了他一軍。

這莊子究竟是個什麼地方？

朝天觸發了機關不要緊，壞就壞在她也是潛進來的，他把人引來，她就要跟著倒楣。

適才的飛矢沒有射到人，緊接著又是「呩」的一聲，青唯想也不想，立刻一個縱躍，飛身躲上一旁高大的樟樹，幾乎是同時，朝天也破窗而出，迅速觀察地勢，躍向同一株樟樹。

兩人站在樹上四目相對，心有餘悸地又看了小樓一眼。

如果他們慢一步，眼下恐怕已被扎成篩子了。

朝天重新看向青唯，夜色中，她以絹紗覆面，只露了一雙眼，加之眼上沒有斑，他根本認不出她。

認不出她，卻不妨礙知道她大概是什麼人——適才護衛們的喊話他聽到了，莊子裡混進來一名女賊。

青唯恨朝天莽撞，猶豫著要不要一腳把他踹下樹再逃。

對面朝天卻先動了。

他三下五除二地解下自己的斗篷，兜頭罩在青唯身上，說了句：「保重！」任青唯一腳踹在自己腹部，摔下樹去，屁股落地。

朝天揉著屁股，對趕來的武衛急喊：「貴莊可是進了賊？我適才瞧見一個女賊闖扶夏館，她眼下就躲在樹上！」

青唯：「……」

第六章 龍潭

前院酒席正酣，今夜赴宴的除了莊上的常客，還有京中幾戶貴胄公子哥。

何鴻雲正在敬酒，前門迎賓的閽人忽然來報：「四公子，江家的少爺來了。」

何鴻雲別過臉看去，江辭舟連官服都沒換，一身紫紗玄鷹袍，外罩鴉青薄氅，已然跨入院中。

何鴻雲迎上去，欣喜道：「子陵不是說不來麼，怎麼忽然改了主意？」

江辭舟笑得輕佻，「衙門待著無趣，家中也膩煩，想來想去，還是念昔你這裡有意思，不來湊個野趣，始終覺得遺憾。」

何鴻雲聽了這話，只當江辭舟是按捺不住風流本性，笑說：「子陵早該如此！我輩中人，不羈於世，何必拘泥於俗禮？」

他今日收了蒔芳閣的妓子，相當於得了江辭舟一個天大的人情，禮尚往來，眼下江辭舟既到了，怎麼都該把面子給足了。

前院花池中架了個檯子，臺上舞姬一曲舞畢，何鴻雲朝領舞的招了招手：「扶冬，妳過來。」

扶冬正是莊上新到的花魁，至今未曾在人前露過臉，一眾賓客見何鴻雲將扶冬招至江辭舟處，紛紛移目過來。

何鴻雲笑著道：「江家少爺剛成親，忍不住來見妳，妳可不要不給面子，趕緊敬江少爺一杯。」

「是。」扶冬屈膝，對江辭舟行了個禮，摘下面紗，從一旁的托盤裡取了酒，柔聲道：「奴家敬江公子。」

已至深秋，扶冬穿得卻單薄，薄紗下，隱約可見賽雪的肌膚，她身姿嫋嫋婷婷，一雙翦水秋瞳，單看一眼，便叫人覺得含情脈脈，又見她櫻唇微起，聲線柔媚婉轉，若是定力不好的，只一聽，骨頭就該酥了。

果真絕色佳人。

江辭舟目不轉睛地看著扶冬，半晌，接了酒，笑說：「我書念得少，不知當怎麼形容美人，只問小何大人一句，今夜將美人捨了予我，如何？」

「常言道君子不奪人所愛。」江辭舟話音落，筵席中立刻有人接話，「扶冬姑娘剛到祝寧莊不過幾日，江小爺做了第一個看花人，還要做第一個摘花人麼？不妥吧，江小爺不是剛成親麼？」

江辭舟移目看去，說話人名喚鄒平，其父乃衛尉寺卿，又拜中散大夫。鄒平原本毫無建樹，近日藉著老子的名頭，混上了巡檢司的校尉，行事逐漸傲慢起來，無論走到哪兒，底下都要帶上一列巡衛。

近來朝中章何二黨相爭愈烈，京中的這些貴公子哥們也審時度勢，漸漸有了拉幫結派的跡象。何鴻雲既然被稱小何大人，為人雖有點鑽營，比起孤高的小章大人，強在平易近人，是以鄒平這幾個，尤愛跟著他混。

只是，他們雖跟著何鴻雲混，心裡卻瞧不上江辭舟。

何鴻雲之父乃官拜二品的中書令，姑姑就是當朝太后，何家何等地位？而江逐年當年不過一名縣令，遷到京城久居閒職，至今也就是個集賢殿六品修撰。真要說就是江家運氣好，攀上了榮華長公主與小昭王，眼下小昭王出了事，反叫太后把江辭舟當親外甥心疼，何家順帶著，也禮待江家。

鄒平看不慣江家趨炎附勢的勁兒，更瞧不起江辭舟，加之江辭舟近日被官家欽點，成了玄鷹司都虞侯，鄒平一雙眼紅得都快滴出血來了，說話也夾槍帶棒：「還是說江小爺眼下平步青雲，官場得意，行走各處也不將我等凡俗之輩放在眼裡了，一個花魁算什麼，凡江小爺相中的，不撥一個頭籌，便不算稱心如意。」

這話說得有點過，何鴻雲剛欲勸和，忽然聽到一聲尖銳的箭鳴，與之同時，夜空中焰火升空，在高處綻開。

竟是鳴鏑。

何鴻雲臉色一變，吩咐身邊扈從：「去看看。」

扈從不到一刻便急趕回來，「四公子，不好了，有賊人進莊，闖了扶夏館！」

何鴻雲聽是扶夏館，反倒放下心來，扶夏館裡機關遍布，尋常人闖入，哪能活著出來？

他心中雖這麼想，面上卻關切道：「扶夏可安好？」

扈從眼中急色不減：「扶夏姑娘尚好，只是這潛進莊子的女賊極其凶悍，功夫過人，眼下她已逃出閣樓小院，往前院這邊來了，劉閶帶了十數精銳過去，根本攔不住！」

十數精銳都攔不住？

何鴻雲正待將自己的貼身扈從也分派過去，忽聽一陣喧嘩，他展目一望，只見一名身覆黑衣斗篷的女子破出樟木林，逕自朝前院這邊奔逃過來。樟木林外，數名護衛撲襲而上，那女子不躲不避，暫態衝到一人跟前，一個矮身奪走他腰間鋼刀。

幾乎是眨眼之間，刀鋒爭鳴出鞘，她回身騰躍，當空橫劈，幾名護衛還沒反應過來，便被這來勢洶洶的刀勢震退數步，與之同時，她後背如同長了眼，刀柄瞬間脫手，投擲而出，扎在身後偷襲她的人腳上。

何鴻雲被這場景驚得嚥了口唾沫，連忙吩咐近旁扈從：「快、快攔住她！」

四名扈從應「是」，齊齊奔向黑衣女賊。

江辭舟目不轉睛地盯著前方打鬥處，少傾，身邊傳來氣喘吁吁一聲：「公子。」是朝天趕回來了。

朝天四下望了一眼，見是無人注意，低聲跟江辭舟回稟：「沒尋著人，碰到機關，辦砸了。」

江辭舟目光注視著前方，淡淡道：「沒事。」

朝天立刻道：「是沒事，公子放心，我中途碰上這女賊，把闖扶夏館的過失扔給她了，想必不會有人懷疑我。」

江辭舟愣了一下，不看青唯了，別過臉來，看著朝天。

不知怎麼地，饒是隔著面具，朝天仍能感覺到主子的目光不善。

朝天以為江辭舟是在責備自己行事大意，解釋道：「這女賊功夫極高，輕功極好，一直跟著我，我竟絲毫沒有覺察。這些人恐怕一時半會兒不是她的對手，待我去助他們一臂之力！」

說著，扶了扶腰間刀柄，正要衝過去，不防被江辭舟叫住：「回來！」

「公子？」

江辭舟一度欲言又止，忍了忍，最後只問：「魚來鮮呢？」

朝天一頭霧水，公子什麼珍饈沒吃過，這等關頭，管那魚來鮮做什麼，他直覺江辭舟這話有深意，正深思，只聽江辭舟吩咐，「先去把魚來鮮取回來。」

「可是——」

「快去！」

「……是。」

何鴻雲的扈從自四方朝青唯合圍過來，青唯立刻警惕，單看姿態，這四人的功夫遠在莊子其他護衛之上，若是就地與他們一搏，她未必會輸，奈何她眼下沒有兵器在手，加之她的目的是出莊，並非與這些人纏鬥，拚個你死我活，對她沒有好處。

青唯目色如炬，一一掠過四名扈從，巧了，其中一人的兵器居然是九節鞭。

九節鞭雖不雷同於軟玉劍，比之刀劍，對她來說已算非常稱手了。

時間緊迫，她只有一擊的機會，青唯辨準時機，在眾人反應過來前，剎那間身挪影動。她將速度提到極致，幾乎成了一個黑色的虛影，朝手握九節鞭的扈從突襲過去，屈指成爪，直取他的面門。

扈從被青唯這悍橫異常的舉動懾住，一時間不敢迎擊，雙臂交錯於前，做出格擋之姿。豈知青唯突到近前，掌風卻沒有如期而至，青唯的目標倏忽一變，握住他的手腕，反手一擰，隨著扈從一聲慘叫，九節鞭脫手而出，青唯瞬間接住，掄空急出，在夜色裡拉出數道銀芒，將四周剛成陣勢的護衛再次擊退。

銀芒吐信，青唯毫不遲疑，見重圍已出現豁口，收鞭撲取餘下三名扈從，她並不直攻，到了近前，矮臂下行，九節鞭瞬間變作在草野裡盤遊的毒蛇，纏繞住其中兩人的小腿，青唯藉著巧力，縱躍而起，鞭子隨之高提，伴著「咔嚓」兩聲，兩名扈從往前跪倒，腿骨折裂。

青唯突出重圍，心中卻沒有鬆快多少。

她知道一人之力實在有限，隨著趕來的護衛增多，她必將有不支的一刻，哪怕她成功劫馬，出逃莊外，待會兒還要應付追兵。她不能在此纏鬥，必須保存體力。

而保存體力的最好辦法——青唯的目光掠過筵席上一干賓客——劫持人質！

莊上賓客見她悍然至斯，有的甚至已躲到了水池檯子上，莊門附近只剩了何鴻雲、江辭舟、與鄒平幾個公子哥兒。

何鴻雲身邊多的是護衛，鄒平身邊也有巡衛保護，幾個公子哥神色惶然，在護衛的掩護下紛紛後撤，只有江辭舟立在原地。

青唯也不知道他為什麼還立在那裡。

他看上去像是沒反應過來，可夜風襲來，拂動他的薄氅，薄氅之下身姿如松，又覺得他不是不知危險，只是並不懼罷了。

直到扶冬喊了聲：「江公子，快躲開——」

江辭舟似才回過神，「啊」了聲，後知後覺地朝後退去。

然而已經太晚了，青唯已經到了他身邊。

她伸手握住江辭舟的右臂，反折至他身後，同時整個人也掠到他後方，緊貼他的後背，抬手扼住他的喉間：「都別過來！」

青唯刻意壓低了嗓子，沒有人聽出她是誰。

夜風陣陣，宴席上的笙歌早就停了，所有人駭然色變，均望向前院空地上，挾人對峙的女賊。

她穿著寬大的黑衣斗篷，兜帽遮住大半張臉，周身似有騰騰殺氣，將一眾護衛迫得不敢逼近。

朝天取了「魚來鮮」回來，瞧見的便是這副場景。

青唯的功夫他是見識過的，眼下主子被挾持，他不敢托大，悄然擱下食盒，避於人群後方，從懷裡取出三枚梅花鏢。

梅花鏢還未擲出，江辭舟驀地出聲：「朝天！」

他的聲音有些發顫，似乎是害怕，提醒道：「不要輕舉妄動。」

青唯立時警惕，挾著江辭舟更後退數步，直至抵住莊門。

朝天失了先機，只能罷手。

何鴻雲心知這樣僵持下去不是辦法，高聲與青唯協商：「閣下稍安勿躁，只要閣下不傷人，其餘的一概好說！」

青唯道：「讓你的人都撤開！給我備匹馬！」

何鴻雲應諾，看了周圍的護衛一眼，護衛們立刻扔下手中鋼刀，往後撤了數步。

一旁鄒平卻是不忿，忍不住道：「區區一個女賊，量她也不敢出手傷人性命，小何大人何必顧忌再三？就算她武藝高強，左不過孤身一人，小何大人有百餘護衛，我還有巡衛，跟她耗下去，還擔心救不出人質麼？」

何鴻雲根本不理他。

鄒平說得輕巧，近來太后與官家如何看重江辭舟，鄒平不知道，何鴻雲卻瞧在眼裡，萬一這位江虞侯在他這兒受了傷，事情鬧大了，指不定該怎麼善後呢。

何鴻雲只管照青唯說的吩咐：「給她牽匹馬來。」

鄒平見苦勸無果，一時間覺得十分難堪，他心中本就對江辭舟有成見，憤憤不平之下，腦中忽地閃過一個念頭，他惡向膽邊生，高聲吩咐：「巡檢司！」

「在！」

鄒平身邊的十數巡衛列陣，只待一聲令下。

「放弩箭！」

「是！」

箭矢上弓，霹靂弦驚，剎那間只聞破風之音，十數箭矢飛速朝青唯與江辭舟射去。

青唯見了這場景，亦是錯愕不已，她只當何鴻雲禮待江辭舟，不會不顧他的性命，沒想到這莊子上有人連何鴻雲的面子都不給。

她雖挾持了江辭舟，沒想過要真正傷他，眼見飛矢破空而來，青唯霎時鬆開扼在江辭舟喉間的手，幾乎是下意識，把他往一旁推去。足尖在地上一挑，勾起一柄鋼刀，青唯騰身接過，在莊門借力，仰身而倒，堪堪避過迎面襲來的飛矢，將鋼刀格擋在身前。

箭矢並不多，如果只有青唯一人，一把刀在手，足以應付，可她適才為了推開江辭舟，耽擱了一瞬，眼下反應雖迅速，還是漏出破綻，第二輪箭矢襲來，青唯一個不慎，被一道飛矢割裂衣袍，在她的左臂拉開一道血口子。

左臂的疼痛還是其次，要命的是她已經失去人質了。

莊中護衛瞧準這個時機，聯合鄒平的巡衛，再度撲襲而上。

青唯往後看去，也是巧，莊上僕從正牽了馬過來。

她三兩步掠出莊門，從地上撿了根飛矢，扎入馬身，她才不放心何鴻雲給她備的馬，任駿馬痛嘶，狂亂著掙脫僕從之手，奔入莊中，衝散襲來的護衛。

青唯手提鋼刀，隨意找了輛馬車，一刀斬斷韁繩，劫了馬，絕塵而去。

傷馬踏過莊門，在莊中四下奔撞，一眾賓客紛紛躲散，何鴻雲著惱至極，只覺這幫護衛簡直一群酒囊飯袋，連匹馬都馴不好。

他心中雖氣，並不表現出來，待扈從終於制住傷馬，連聲下令：「追！趕緊追！」

朝天搶至莊子門口，扶起江辭舟，「公子，您沒事吧？您怎麼會——」

他本想問憑公子的本事，哪怕他不在，怎麼會任那女賊近身。

可不等他說完，江辭舟抬手打斷了他的話。

江辭舟朝莊門望去，片刻，伸手撫上自己脖間。

脖間火辣辣的，八成是留了指印，但他知道，適才青唯用的力道十分巧妙，剛好拿捏在制住他與不傷他之間。

何鴻雲提袍疾步趕過來：「子陵可有受傷？」

江辭舟搖了搖頭，他稍稍一頓，隨後一言不發地看向一旁的鄒平。

明明隔著一張面具，鄒平卻感覺到那目光似乎異常的冷。

江辭舟從前什麼德行，紈褲子弟一個，鄒平與他半斤八兩，哪有不清楚的。然而此時此刻，鄒平有了種異樣的感受，他說不出這感受究竟是什麼，只覺得自己適才不該衝動放箭。

此事到底發生在自己的莊子上，既然沒傷著人，何鴻雲願作和事佬，他斥了鄒平幾句，轉頭對江辭舟道：「說起來，那女賊急於劫馬出逃，不敢傷人，懷忠雖魯莽，虧得他下令放箭，子陵才及時得以脫身，懷忠，還不與子陵賠罪？」

鄒平自認理虧，眼下也做低姿態，從托盤上拿了酒，說：「我這些巡衛從前乃衛尉寺弩箭庫出身，放箭極有準頭，適才見虞侯被劫，我著急救人，下令時沒過腦子，只當他們絕不會傷到虞侯，眼下想想，當真是衝動了，我自罰三杯，還望虞侯莫怪。」

鄒平言罷，自飲三杯，又親自斟了盞酒，遞給江辭舟。

江辭舟接過酒，並不飲，反是看了候在何鴻雲身邊的扶冬一眼，笑著說道：「我今夜過來，不為別的，只為一睹美人姿容。適才鄒公子說，我已做了第一個看花人，便不該做第一個摘花人，我想了想，這話有理，但花開在眼前，賞賞總是應該的。今夜我到莊上，下馬車時，隱約聽見扶冬姑娘唱曲，甚是婉轉悠揚。我是個俗人，平生只好風月，奈何今夜紛亂，沒了賞曲的氛圍，改日我另擇地方擺席，不知請不請得動貴莊的扶冬姑娘？」

這話表面上說給扶冬聽，實際上卻是說給何鴻雲聽的。

要外借扶冬，何鴻雲原本不願，然而今日江辭舟先是將梅娘一干妓子捨了他，又在他的莊上遭人挾持，他若不立時應了，說不過去，於是痛快道：「這是小事，子陵只管定日子，我差人把扶冬送去便是。」

一旁扈從過來請示：「四公子，封翠院那邊——」

何鴻雲點了點頭，此前追捕女賊時，他隱約聽說這女賊是混在梅娘一干妓子中潛入莊子，爾後才闖了扶夏館。

扶夏館被闖了不要緊，她來得這麼早，就怕她還發現了莊上其他玄機。

他必須盡快去後頭看看，絕不能讓這女賊逃脫！

何鴻雲見江辭舟吃了鄒平的賠罪酒，正欲請辭離席，手已抬了起來，手腕卻被江辭舟握住了。

江辭舟道：「念昔不一起吃一杯麼？」

「實在是莊上出了事，在下不得不先一步……」

「莊上出了什麼事？」江辭舟不等他說完，「不就是進了賊麼？」

他笑著道：「念昔家大業大，巍巍赫赫一座莊園，進個賊麼，很正常，看這女賊兩袖空空的樣子，也沒偷著什麼，我一個被挾持的人還想留下吃酒呢，念昔卻不作陪了，不知道的，還當是我敗壞了念昔的興致。」

「子陵哪裡的話。」

江辭舟盯著何鴻雲，見他仍是猶豫，忽地道：「適才聽人說那女賊闖了扶夏館，莫不是扶夏姑娘受了傷？念昔急著趕去後頭，可是為這事？這卻不好，我隨念昔一起過去看看？」

那扶夏館機關重重，豈是能輕易讓人瞧見的？

何鴻雲心道一聲罷了，這女賊雖狡詐，在他莊子上任意來去，不怕沒留下線索，改日再找也是一樣。

在座賓客誰都不是傻子，他的莊子進了賊，響了鳴鏑，已然惹人生疑，如若他這就趕去後院，任人發現他莊中關竅，才是真正因小失大。

何鴻雲一念及此，笑了笑，端起酒盞：「子陵說的是，不過進個賊罷了，何至於大驚小怪。今夜良宵佳時，你我只當把酒共飲，不醉不歸。」

青唯把馬丟棄在附近的一個巷弄，徒步回到江府。

子時將近，城中宵禁已過了，府內靜悄悄的，青唯繞府看了一圈，府後院的高牆上停著一隻隼。青唯抬起胳膊，任隼落在自己右臂，從牠腳邊的小竹筒裡取出字條。

字條上是曹昆德的字跡：「已派人扮作妳回到江府。」

青唯收好字條，放走隼，躍上後院院牆，院中果然停著今早送她去玄鷹司的馬車。她出行都戴著帷帽，曹昆德派來的人只要與她身形相似，要瞞過駕車的廝役容易，瞞過駐雲與留芳也不難，但是要瞞過江辭舟，幾乎是不可能的。

青唯不敢掉以輕心，輕手輕腳地潛進自己院中，院子裡黑漆漆一片，駐雲留芳的後罩房裡熄了燈，大概早就歇下了，江辭舟還沒回來。

青唯鬆了口氣。

適才疲於奔命，倉皇中，只在衣角撕了塊布條，草草止住傷口的血，顛簸了一路，左臂傷處火辣辣地疼。

她想檢查自己的傷口，又擔心吵醒後罩房的丫鬟，猶豫了一下，只點了一盞油燈，用銅籤將燈火撥得極其微弱，在院中水缸裡打了一盆水，取了藥粉與綳帶。

藉著燈火，青唯撤下左臂纏繞的布條，朝傷口看去。

不出所料，她的傷勢不輕，傷口雖不長，足有近一寸深，皮肉翻捲綻開，周遭已經發白。

青唯用清水清洗了傷口，撬開藥瓶，她本想直接上藥，奈何藥粉氣味太重，若是被人聞見，只怕要生疑。青唯想了想，目光落在腰間的牛皮囊上。當年岳魚七愛喝燒刀子，逼著她嘗，害的她小小年紀，便知此酒玄妙，這幾年她到處找他，總想著第一眼見到他，合該拿這酒孝敬，於是養成習慣，無論走到哪兒，都要裝上滿滿一囊。

青唯將手撐在木盆裡，用牙撬開牛皮囊的木塞，咬緊牙關，將酒水淋在傷口上。

傷處本來就疼，被燒刀子一澆，頓時如針扎蟻噬，簡直像被人活脫脫刮去皮肉。

等青唯上好藥，拿繃帶把傷口包紮好，身上衣裳已經裡三層外三層，全被汗液浸濕了。

所幸有了酒氣遮掩，便聞不著藥味了。

身上髒得很，青唯擔心驚動旁人，不敢燒熱水，取來涼水倒在浴桶裡，用皂角粉將渾身上下清洗乾淨。爾後換上衣衫，坐在妝奩前，看著銅鏡中乾淨的臉，從嫁妝箱子中取出一個胭脂盒，將左眼上的斑紋重新描上。

這盒胭脂是用一種特殊的赭粉所製，所描斑紋水洗不去，酒澆不去，除非遇到青灰，否則一直存在。

青唯隨後將帶血的衣物扔了，把屋中的浴桶、木桶一併清洗乾淨，找了個空酒壺，將牛皮囊中剩下的燒刀子倒了進去。

做完這一切，青唯才在屋中靜坐下來。

往好了想，今日曹昆德幫她，也許助她瞞過了江府上下，可她破綻太多了，只怕是糊弄不住江辭舟。

她眼下幾乎確定江辭舟這個人不簡單。

不說論的，單論今夜朝天闖扶夏館，必然是受江辭舟指使。

青唯不知江辭舟讓朝天闖扶夏館的目的是什麼，但她能猜到，他將梅娘一干妓子交給何鴻雲，絕不是做個順水人情那麼簡單。

還有她今夜挾持他，彼時她分神無暇，若不是江辭舟出聲阻止，險些被朝天出手偷襲。她甚至懷疑，他出聲喝止，也許是故意的。

他若出於好意，她自然領受，她也無意探究他想做什麼。

青唯這些年都是獨來獨往，一個人飄零久了，並不想與任何人牽扯過深。

青唯思來想去，還是覺得自己莽撞了。

闖扶夏館是朝天掉以輕心，可她以少夫人的身分擅自去玄鷹司衙署，引起江辭舟疑心，實在是平生經歷得還太少，思慮得也太少了。

有樁事說來十分奇怪，她雖是溫阡之女，這幾年卻並未如薛長興那般遭到朝廷追殺。

當年海捕文書下來，指明要緝捕溫阡所有親眷，可她的名字上，早已被畫了紅圈。

青唯後來問過旁人，畫上紅圈的意思是這個人已經不在了。

是朝中有人說，她早已死在了洗襟臺下。

青唯不知這個傳言是出自誰人之口，然而正因為這個人的這句話，她這幾年才得以安穩保命。

她從前一人獨行，雖然走遍大江南北，遇到最大的危機，不過是去城南暗牢劫獄，薛長興乍然將她帶上了這條路，洗襟臺之難，於她卻是兩眼一抹黑，她循著一絲似有若無的線索往前摸索，甚至不知危機在何方。

今夜涉足淺探，才隱約察覺前方龍潭虎穴，遠比她想像得凶險太多。

凶險便凶險吧。

她在斷崖前立了誓，踏上此行，就不會再回頭。

青唯想到這裡，用銅籤撥亮燭火，取了酒杯，提壺滿上酒，等著江辭舟回來。

等了沒一會兒，前院響起馬車停駐的聲音，「吱嘎」一聲府門開啟，德榮的聲音傳來：「公子，哎，公子，您怎麼又吃這麼多酒？」

江辭舟醉得糊塗：「小何大人莊子上的——秋露白，釀得好！聽說……出自扶冬姑娘之手，帶著股異香，改日我——帶你們嘗嘗去！」

「快拿醒酒湯來！」

夜已很深了，前院一陣騷動，將江逐年也鬧了起來，沒一會兒，就聽見江逐年在外頭責罵：「才成親第三天，就吃酒吃成這個樣子，成什麼體統！你娘子還在屋中等著，你自去與她賠不是！」

江逐年罵了一會兒，似乎覺得孺子不可教，扔下一句「懶得管了」，回了房中。

須臾，外間腳步聲漸進，青唯攏了攏衣衫，算準時機，迎出院中：「官人回來了？」

江辭舟正在吃德榮端來的醒酒湯，一碗飲盡，醉醺醺地看向青唯，忽地笑了：「娘子又添新妝了？」

青唯只當他在說渾話，問朝天：「官人這是去哪兒了？」

成親第三日，就在外頭狎妓吃酒，喝得爛醉如泥，雖然事出有因，這事兒怎麼說怎麼沒理，朝天立刻打掩護：「今日公子公務繁忙，一直忙到晚間，夜裡幾個同僚來找，被灌了幾杯，少爺今日就在衙裡，哪兒也沒去，因為趕著回府，連夜飯都沒吃。」

青唯笑了笑，「嗯」一聲。

朝天直覺她笑得十分詭異，見她的目光落在自己手裡的食盒，連忙解釋：「這是少爺回來路上買的夜食，屬下這就去為少爺熱了吃。」

正要走，被江辭舟一把握住手腕，江辭舟盯著朝天，嘴角噙著一枚笑：「熱什麼？魚來鮮魚來鮮，要緊的就是一個『鮮』，回過灶頭，鮮味盡失，這會兒就吃。」

「這會兒吃？」朝天一愣。

魚來鮮的確以鮮味著稱，只是公子怕是最糊塗了，眼下這食盒裡的魚來鮮哪還稱得上鮮美，早被他扔在閣樓小院的牆根下受了一夜秋風，兼之一路騎馬顛簸回來，恐怕已敗壞得不成樣子，色香味盡失還是其次，這大半夜的吃了，必定要鬧肚子。

江辭舟頷首：「這會兒吃。」

朝天無奈，正預備將食盒送去江辭舟屋裡，只聽江辭舟又道：「回來。」

「我說是我吃了嗎？」

「公子？」

江辭舟慢條斯理地道：「今夜吃酒吃飽了，這碗魚來鮮，賞你了。」

「公子，可是——」

江辭舟抬手，拍了拍朝天的肩：「魚來鮮來之不易，你可千萬吃好了，一根魚骨頭都不許剩。」

駐雲與留芳打好了熱水，讓江辭舟沐浴。江辭舟沐浴從不讓人伺候，等他洗好，醉意已散了許多。他換好衣衫出來，聞到一屋子酒氣，目光落在桌上，「娘子還備了酒。」

「是。」青唯道：「想著官人喜歡吃酒，今日便出門打了一壺，不承想官人已吃過了。」

她說著，站起身就要收酒盞。

「不忙。」江辭舟按住她的手腕，從她手裡拿過酒盞，舉起來聞了聞，笑了，「燒刀子？」

他坐下來，盯著青唯：「看不出，娘子喜歡烈酒？」

他這話語氣明顯有異，青唯立刻警惕。

她不動聲色：「妾身不懂什麼酒，只是見官人喜歡，今日去衙門，還給官人帶了一壺羅浮春。可官人適才回來，又說喜歡什麼秋露白，說那酒帶著股異香，不知是哪家巧手釀的，官人不妨告訴妾身，妾身回頭把燒刀子換了。」

江辭舟道：「今日娘子送午膳來，我正在議事，沒見著娘子，錯過了，甚是可惜。後來追出來，卻瞧見了府上廝役，以為娘子在宮禁裡迷了路，叫我一通好找。往後娘子要去哪兒，想去哪兒，哪怕只為買個酒，與我說一聲，妳我夫妻同心，何必妳藏我追？」

「我在宮裡迷了路，所幸最後找回來了。回來時碰到德榮，說朝天似乎是去哪家酒館給官人取佳餚了，可適才朝天又說，那佳餚是回來路上順帶買的，官人醉酒，莫不是朝天也跟官人一樣醉糊塗了，去了哪兒，買了什麼，在找什麼，都被酒沖散了，通通不記得。還是公公說得好，這酒該戒。」

江辭舟道：「娘子迷了路，今夜平安回家乃是大幸，眼下雖是太平盛世，並非沒有賊人，為夫今夜得了個經驗，有的人看起來無害，實則危險，娘子夜路走多了，萬一撞上哪家女賊，這般不設防，怕是被劫了都不知道。」

他說著，仰頭將杯中燒刀子一飲而盡。

「酒雖烈，但很可口。」

他言語裡各中試探，她聽明白了。

但他藉著醉意跟她打啞謎，她也懶得戳破這層窗戶紙。

她接過他手裡的酒盞，放在桌上，逕自吹熄燈，「睡吧。」

說著，就往榻上走。

「娘子。」江辭舟喚了青唯一聲，見她似乎沒反應，伸手勾住她的手腕。

青唯本就防備著他，手腕被這麼一勾，生怕他來試探自己的傷勢，回過身，伸腿把他擋開。但江辭舟似乎並沒有旁的意思，腿間被她這麼一絆，反倒失了平衡，朝前跌去，壓著青唯倒向榻上。

江辭舟撐在青唯上方，青唯在黑暗裡愣了片刻，問：「你做什麼？」

「娘子以為我要做什麼？」江辭舟道，他的聲音淡淡的，「今夜吃了太多酒，口渴，找不到茶水，想跟娘子討杯茶罷了。」

他離得很近，說話時，帶著酒氣的鼻息就噴灑在她面頰。

看來的確是吃了太多酒。

青唯立刻要起身：「我去給你拿。」

「不必了。」江辭舟往下稍一傾身。

他離得太近了，黑暗中，他的眸色晦明難變，頃刻，青唯又聽他喚自己一聲：「娘子。」

「娘子。」江辭舟的聲音低而清冷，遊蕩在她的耳側，近乎帶著魅惑：「我已想通了，天予不取，必受其咎，妳我夫妻，及時行樂才是正經，此事妖鬼神仙都管不著，何必在乎那月老怎麼想。」

他說著，伸手撫上青唯左肩，順著她的左臂就要往下滑。

那裡正接近她的傷處。

她此前沒有猜錯，他果真是在試探她！

青唯當機立斷，雙手抵住江辭舟的雙肩，勾腿絆住她，用力一個旋身，兩人的位置剎那調轉，青唯反壓其上。

「官人在衙門辛苦了一日，但凡有什麼所求，也不該勞煩官人，妾身伺候官人如何？」

江辭舟不吭聲。

他似乎也沒料到青唯竟來了這麼一齣，在黑暗裡盯著她。

他盯著青唯，青唯自然也盯著他。

三番四次接觸下來，她若再信他是那個傳聞中的紈褲子弟她就是傻子。

他送梅娘去祝寧莊、派朝天探扶夏館，她都可以不予探究，但他倘要一再逼迫，她倒要看看這張面具下究竟藏著怎樣一張臉孔。

青唯忽然伸手，無名指沿著面頰，勾入他的面具底：「只是我們既是夫妻，無論如何都該坦誠相見，此事無關神仙妖鬼，只關乎天地禮成緣結此世，官人的樣子讓我看看如何？」

無名指微涼，慢慢滑過江辭舟面頰肌膚，隨後往上一挑。

面具剛被掀開了一條縫，青唯的手腕刹那被握住，「夜深了，娘子不累麼？」

「官人不累，我就不累。」

她的指尖探在他的面具底，他的手反握住她受傷的胳膊。

青唯與江辭舟對視良久。

黑暗中，只聞此起彼伏的呼吸聲。

不知過了多久，也不知是誰先敗下陣來，兩人幾乎是同時出聲——

「娘子如果累了，不如先歇息。」

「官人辛苦一日，還是先睡吧。」

片刻之後，青唯與江辭舟一言不發地鬆開彼此，江辭舟把青唯讓進臥榻裡側，兩人各自理了理被衾，平躺而下，一齊閉上眼。

天剛亮，德榮打著呵欠從屋裡出來，抬眼一看，朝天正捂著肚子，一臉菜色地蹲在迴廊下。

德榮愣了愣，走過去問道：「天兒，你怎麼了？」

朝天有氣無力：「你忘了？公子昨夜賞了我一碗魚來鮮，我吃完，鬧了一宿肚子。」

他這麼一提，德榮想起來了，但德榮覺得主子慣來是個賞罰分明的，「你是不是哪裡得罪公子了？」

朝天思前想後，覺得自己昨晚除了碰到扶夏館機關，表現堪稱英勇無匹、機敏無雙、忠貞不二，搖了搖頭。

德榮嘆了一聲，在他旁邊蹲下：「我陪你一起等公子吧。」

江辭舟這幾年不讓人跟在房裡伺候，德榮與朝天習慣了早起過後在迴廊下候著，然而今日候了一陣，沒候來江辭舟，反是先等來了駐雲與留芳。

德榮見駐雲與留芳一路有說有笑，不由問：「瞧見公子了麼？」

駐雲道：「公子早起身了，眼下恐怕已在堂裡吃了小半個時辰茶了。」

朝天愣然，捂著肚子站起身：「公子昨夜那麼晚回來，這麼早就起？都沒睡足兩個時辰。」

留芳與駐雲聽了這話，相視一笑。

要說呢，公子哪是沒睡夠兩個時辰？公子昨晚壓根兒沒怎麼睡！

朝天與德榮不知道，但她們住在後罩房裡，可是聽得清清楚楚，公子那屋子一整夜時不時就有動靜，一直到快天亮了才歇止。

留芳掩著唇，笑說：「公子與少夫人感情好。」

朝天納悶地撓撓頭，心道公子睡沒睡跟感情好不好有什麼關係？

但他沒在這個問題上多糾纏，與德榮一起去正堂裡找江辭舟去了。

江逐年今日上值，正堂裡只有江辭舟一人，他戴著面具，倒是瞧不出倦容，讓人沏了盞濃茶，正坐在左上首的圈椅裡慢慢吃。

德榮過去，喊了聲：「公子。」

江辭舟「嗯」一聲，用茶蓋撥著茶葉，慢條斯理地問：「魚來鮮吃完了？」

這話問的是朝天。

「吃完了。」朝天答道，想起德榮適才的點撥，「公子，屬下昨夜做錯了什麼嗎？」

江辭舟聽了這話，看了朝天一眼。

說錯確實有錯，但是——江辭舟想起自己昨晚與青唯鬥法，彼此不肯放過，幾乎折騰了一宿，到早上都沒怎麼闔過眼，將茶碗蓋闔上，「嗒」一聲往一旁的几案上放了，「沒有，你做得很好。」

朝天覺得主子這語氣簡直詭異，正待反思，門口閽人忽然來報：「少爺，外頭來了個人，自稱是寶刀齋的掌櫃，說少爺日前在他鋪子上訂了把刀，他給送來。」

這話出，江辭舟還沒作答，朝天興奮地道：「我的新刀到了！」

他說著，三兩步搶至院中，從掌櫃手裡接過長匣打開，只見刀體流暢，刀鞘如墨，大巧不工，形態古拙，簡直愛不釋手。

他自小就被當成武衛培養，尤愛用刀，可惜這幾年跟在江辭舟身邊，沒拿過一把稱手的好刀，便說手頭上這一把，還是他在江辭舟跟前軟磨硬泡了小兩個月才求來的。

朝天將長匣交給德榮，取出刀，正欲拔刀出鞘一試刀鋒，不防一旁忽然伸出來一隻手，先他一步握住刀柄，逕自將刀拔了出來。

青唯將刀舉在手中，仔細瞧去，這刀的確不錯，刀刃在日色裡泛著水光，想是吹髮可斷。她戴著帷帽，一副要出門的樣子，臉掩在帽檐半透明的紗幔下，辨不清神色。

朝天不知她要做什麼，試探著喊了聲：「少夫人？」

只聽「鏘」一聲，刀柄從青唯手中脫擲而出，一下插入一旁的草壇子裡，濺起許多泥。

青唯冷笑一聲：「還以為什麼好刀，不過如此。」

言罷，逕自繞過照壁，往府門外走去。

朝天震驚地看著自己髒了的新刀，一時之間心痛如刀絞，德榮湊過來，在一旁悄聲問：「你昨日除了招惹公子，是不是也招惹了少夫人？」

朝天還沒答，只聽江辭舟喊了聲：「德榮。」

「哎。」

「問問她，出門幹什麼去。」

德榮「哎」一聲，「少夫人要去哪兒，沒跟公子您打招呼？」言罷，見江辭舟一言不發，立刻意識到自己說錯了話，「小的這就去問。」

青唯已走出府外，聽到德榮在後頭喚她：「少夫人，少爺問您去哪兒。」

江辭舟立在堂裡，片刻，聽到青唯的聲音輕飄飄傳來：「官人嫌燒刀子太烈，不喜歡，我自責了一宿，出去給官人買入口甘醇的好酒。」

青唯並不算騙了德榮，她此行的確是前往酒館。

目的正是梅娘提過的折枝居。

流水巷白日裡人不多，青唯很小心，確定沒人跟蹤自己，才拐進東來順附近的岔口。

她本打算佯裝買酒打探虛實，誰知到了折枝居跟前，只見鋪門緊閉，上頭匾額甚至落了灰——似乎已好些日子沒人了。

青唯上前叩門，連喚幾聲：「有人賣酒嗎？」

這邊門沒叩開，後頭鋪子倒是有人探出頭來，「姑娘，妳來這胡同裡買酒啊？」

說話人是個開糖人鋪子的老媼，穿一身粗布衣裳，「這酒館早沒人了，去別處買酒吧。」

青唯聽了這話，有些意外。

梅娘經營蒔芳閣數年，對流水巷分外熟悉，倘這酒館人去樓空，梅娘昨日為何不提，還是說，這酒館是近幾日才沒人的？

青唯到老媼的鋪子前，「老人家，我家中官人就喜歡吃這鋪子賣的酒，您能不能告訴我，這家掌櫃的去哪裡了？」

「誰知道呢？」老媼道：「叫妳家官人換家酒館買酒吧，這酒鋪子可邪乎著哩！」

青唯一愣：「怎麼邪乎了？」

老媼似乎忌諱，擺擺手，不願多說。

青唯拿一串銅板跟她買了糖人，信口編排江辭舟：「老人家，我家官人秋來染了風寒，一病不起，眼下渾身發冷，只道是這折枝居的酒才能驅寒，勞煩您跟我仔細說說掌櫃的去哪兒了，我回頭也好跟官人解釋。」

老媼上下打量她一眼，想了想，鬆了口：「要說邪乎，其實也就那麼回事兒，姑娘，我瞧著妳不是上京本地人吧？」

青唯道：「是，我是嫁過來的。」

「流水巷這地呢，是上京最繁華的地方之一，寸土寸金，咱們這胡同，緊挨沿河大街不說，隔壁就是上京城最大的酒樓東來順，照理該是熱熱鬧鬧的對不對？可妳看咱們這兒，為什麼這麼冷清？」

「為什麼？」

「因為啊……」老嫗覷了折枝居一眼，「大概五六年前吧，這家鋪子，發生過一樁命案。」

「一家上下九條人命呢，全死了！」天邊雲層遮了日光，原地起了陣冷風，老嫗壓低聲音，搓了搓手，「官府破案倒是破得快，不出七日，就找到了賊人。可妳說，這鋪子染上這麼一場血光之災，是不是就不祥了？」

「後來果不其然，大約一兩年時間，這鋪子陸陸續續盤給了一些商戶，生意都不好，聽說夜裡還有怪響，嚇人得很哩，所以慢慢就荒置了。」

「直到差不多三個月前，這附近來了個寡婦，說是有些家財，也有夫家傳下的釀酒手藝，想開個酒水鋪子。這本來是好事，可她一打聽流水巷的鋪面，都太貴，一個也盤不下，怎麼辦？找來找去，喏，」老嫗朝折枝居努努嘴，「就找到了這裡。」

青唯聽到這裡，跟老嫗確認道：「老人家是說，這鋪子自從出了命案後，此前三年都是荒置的，直到三個月前，來了個外地寡婦，盤下這間鋪子，開了眼下這家叫作『折枝居』的酒館？」

「是。」

青唯疑惑道：「照這麼說，這家酒館開張尚不足三月，怎麼就人去樓空了呢？」

老媼道：「姑娘算是問到點子上了。所以說這地方邪門哩！兩個多月前，這酒館剛開張，生意本來不怎麼好，也許是這寡婦釀酒的手藝的確好吧，慢慢的，就有客人到她這兒買酒，甚至連東來順的掌櫃也偶爾來跟她拿幾壺，說有些達官貴人喜歡吃。」

「本來以為這地方的邪乎勁兒過去了，妳說我們這些做營生的，誰不指望自己周圍的鋪子太太平平呢？有回我家大媳婦說，人家既然在這裡也開了鋪子，就是跟咱們做了鄰居，想要過去買壺酒，交個好。結果等她回來，妳猜她說什麼？她說啊，那個賣酒的寡婦，雖然遮著大半張臉，湊近了一看，分明是個美人兒，要多好看有多好看！一個婦人家，這麼貌美，獨自開著一家酒館，只怕招來禍事。」

「真是怕什麼來什麼，大概十多天前，我夜裡隱約聽到一陣響動，第二天出來一看，這折枝居的寡婦就不見了。」

「不見了？」青唯愕然道。

「不見了。」老媼點頭，「不光她不見了，一夜之間，她這個人，她釀的酒，消失得無影無蹤，跟鬼怪似的。」

「妳說這事兒是不是邪乎？我們這些住在這胡同裡的，害怕得呀，那寡婦那麼貌美，眼下想想，誰知道她是不是人？妳看掛在那酒鋪子門口的銅鎖，」老媼說著，給青唯一指，「這還是我們這胡同裡的人湊了銀子從廟裡請來的，說能鎮住妖邪。」

青唯循著老嫗指的方向看去，銅鎖上鏤著雲祥之紋，的確像是開過光的。

老嫗已經把知道的都說了，再問也問不出什麼，青唯於是謝過老嫗，往來路走去。她沒走遠，趁著老嫗不注意，又繞了回來，縱身躍進折枝居的院子中。這院子不大，除了一些積灰，打掃得很乾淨，酒館的空氣裡隱約殘留著一股宜人的酒香，青唯四處看了看，一切確如老嫗所說，什麼都沒留下。

可人住過的地方，總該有痕跡，莫非還真是妖鬼不成？

青唯心中困惑，假借買酒，又跟東來順的掌櫃打聽了一下，東來順說的與老嫗說的一般無二。

見日近正午，青唯思索著往回家的路上走。

她有些沮喪。

本來以為打聽到了折枝居，一切能有進展，沒想到第一時間趕來，酒館已經人去樓空。此前薛長興將攸關洗襟臺真相的木匣交給梅娘保管，足以說明梅娘可以信任，梅娘既然知道薛長興想來這酒館，說不定早在折枝居還開張的時候，就來打探過。

眼下最好的法子，是再見梅娘一面，問問清楚。

然而有了昨夜的經歷，青唯深知何鴻雲的莊子不簡單，萬不能貿然潛入了。

何況昨日她是跟著蒔芳閣一干妓子混進去的，封翠院中的嬤嬤還見過她沒有斑的模樣，何鴻雲一旦查起來，就算不懷疑梅娘，也會派人看緊了所有妓子。

青唯心中輾轉深思，不知覺間，江府已經近在眼前，巷口停著一輛馬車，德榮坐在車凳上，一見青唯，跳下來道：「少夫人您回來了。」

青唯左右看了看，「你在等我？」

「是，太后召少爺進宮，少爺沒等著您，先去面見太后了，吩咐說等您回來了，讓小的也送您去禁中。」

前日才進了宮，今日怎麼又召見？

青唯正遲疑，德榮似乎看出她的困惑，說道：「太后心疼少爺，聽說少爺在小何大人的莊子上遇襲，這才要見的。」

青唯聽了這話，點了點頭，她掀開車簾，「走吧。」

第七章　虎穴

馬車照例停在了西華門，青唯下了車，宮門口來迎的內宦竟然是曹昆德與墩子。

曹昆德見了青唯，笑盈盈的，「江小爺說少夫人要晚些時候到，咱家估摸著也就這會兒了，少夫人仔細腳下，有檻兒。」

青唯頷首：「多謝公公提醒。」

從西華門到西坤宮的路很長，曹昆德是大璫，有他帶著引路，便無需旁的人了。青唯與他錯開兩步，無聲跟著他走，到得一條甬道，見是前後徹底無人了，才壓低聲音道：「昨晚多謝義父助我。」

「說什麼謝呢。」曹昆德沒回頭，他神情如常，只有嘴皮子在動，「妳做得很好，居然想了替嫁這麼一個法子接近江家。」

青唯道：「此前是我草木皆兵，擔心玄鷹司懷疑我，想要離開京城。仔細想想，其實我早就是海捕文書上畫了紅圈的人，還有哪條路比藏在深宅府院裡更穩妥呢？義父待我有恩，我不能只想著逃。」

曹昆德聽她說完，悠悠道：「妳是個聽話的孩子，義父一直知道。」

青唯見他似乎重新信任了自己，試探著道：「奈何青唯有負義父所託。此前義父讓我刺探玄鷹司，我太心急，才成親三日就去玄鷹司查探，那內衙防得厲害，我什麼都沒探出來，還因貿然混入了妓子當中，被送去何鴻雲的莊子，昨夜險些被他揪出來。」

昨晚何鴻雲莊子上的事，曹昆德亦有耳聞，否則太后怎麼會傳江辭舟進宮呢。

「眼下玄鷹司如何，倒不那麼重要了，義父有椿更重要的事要交代妳。」

「義父只管吩咐。」

這椿事似乎的確關乎緊要，曹昆德竟停住了步子。

他佝僂著背脊，一雙狹長而蒼老的眼注視著青唯：「義父問妳，妳眼下的這個夫君，妳可見過他的真面貌？」

青唯聽了這一問，心間微微一頓。

曹昆德這是懷疑江辭舟？

青唯道：「不曾，他說兒時被火燎過臉，不喜脫面具示人，我與他才做了幾日夫妻，他尚解不開心結。」

曹昆德思忖一番，又問，「那妳這幾日在江家，江辭舟、江逐年等人，可有什麼異樣？」

這可太多了，不提江辭舟看似糊塗心思神通，單說江逐年，她分明是替嫁，江逐年竟接受得十分容易，父子二人明面吵鬧，私底下卻是孝敬有餘親近不足，還有府中僕從，底下的一干僕從一率稱江辭舟為「少爺」，可江辭舟貼身的幾個，青唯不只一次聽他們喊他「公子」。

自然親近的僕從對主子多幾個稱呼也沒什麼，但這一點不同與種種其他跡象放在一塊兒，就很令人起疑了。

青唯道：「我嫁過去這幾日，只想著怎麼去探查玄鷹司了，倒是沒怎麼在意這些，似乎……沒什麼異樣？」

她說著，把先前的困惑問出口：「怎麼，義父懷疑江辭舟身分有異？」她一頓，「義父以為他是誰？」

曹昆德端著塵尾拂塵，悠悠地看著青唯。

片刻，他一笑：「誰知道呢。」

他折回身，繼續帶路，語氣不疾不徐：「五年前，他在洗襟臺下受了傷，抬回宮裡醫治，太后憐他，把他當親外甥疼，這沒什麼。但是，江家祖上說到底，耕讀出身罷了，江逐年眼下也就是個六品編撰，這個江辭舟，沒有功名在身，憑著祖上恩蔭，照規矩最多給個閒差，但妳看看他眼下在什麼位置？玄鷹司都虞侯。」

曹昆德冷笑一聲：「玄鷹司是個什麼衙門？那可是天子近臣！縱使沒落了，衰敗了，想要起勢，只要官家看重，花個幾年也就起來了。這個江家小爺，即便得了太后偏愛官家恩寵，坐到這個位子上，到底是不能服眾的，原以為官家還要提一個都指揮使過去壓著他，可這麼久了，官家一點動靜也沒有，就任他做了玄鷹司的大當家。所以宮中就有人猜，這個江小爺，究竟是不是從前那個江小爺？妳想想，五年前，他都還沒及冠，半大小子一個，五年時間，想要在那張面具下換個人，不難。」

青唯聽曹昆德說完，思忖一番，道：「我嫁過去這幾日，他每日都吃酒吃得爛醉如泥，昨日還沒忍住去了何鴻雲的莊子，好像瞧上了一個花魁，似乎與傳聞中的紈褲子弟沒什麼兩樣，官家把他指去玄鷹司，也許只是憐他曾經在洗襟臺下受傷？」

她說著，緊接著道：「不過義父提點的，青唯都記下了。我近日會仔細盯著他，一旦他有異樣，一定第一時間告知義父。」

曹昆德是內侍省的都知，跟著皇帝的時候多一些，今日臨時調換到西坤宮來當值，為防旁人起疑，路上不宜於青唯交涉太多。

少時，西坤宮到了，曹昆德笑得和氣，細沉著嗓子喊：「江家少夫人到了。」

江辭舟正等在苑中棧橋上，聞言大步過來，很自然地牽過青唯的手，把她帶至太后跟前行禮拜見。

太后今日又在觀鯉亭中餵魚，身邊依舊跟著何鴻雲，受了青唯的禮，她笑盈盈的，「子陵說妳這兩日身子不適，一直在家歇著，妳可好些了麼？」

青唯受寵若驚，福了福身：「回太后的話，妾身沒有不適，只是昨夜受了點涼風，眼下已好多了，多謝太后掛懷。」

昨夜江辭舟吃酒夜歸，太后哪有不知道的，青唯這話說出口，多少有點委屈的意味，太后心裡頭明鏡似的，轉頭就責備江辭舟，「你也是，都成了家的人了，做事也該顧念著你娘子。」

江辭舟合袖道：「太后垂訓，子陵記得了。」

青唯也不知道太后把自己叫進宮做什麼，按說昨晚在祝寧莊遭劫是江辭舟一個人的事，太后要關懷，也關懷不到她身上，總不至於要叮囑她管束江辭舟吧？瞧太后也沒這個意思。

青唯得了賜座，在亭中聽太后與何鴻雲江辭舟說往日閒事，一邊在心中暗自琢磨。

他們今日敘話竟敘得久，一直到月上梢頭了，才見一名小黃門過來，喚了聲：「太后。」

小黃門道：「稟太后，官家稱今日要歇在文德殿中。」

文德殿是當朝嘉寧帝的御書房。

太后問：「他可說了原因？」

「官家只稱是奏疏太多，要夤夜批覆。」

太后聽後，悠悠嘆了一聲：「知道了，你且去吧。」

太后這反應青唯看不明了，何鴻雲江辭舟這樣常來往宮中的倒是清楚。

今日是九月初一，按例每逢初一十五，皇帝都該去皇后的元德殿歇息。當今嘉寧帝與章皇后乃青梅竹馬，長大後成了親，照理應該姻緣和美，卻不知怎麼，漸漸疏離成了這樣，太后明著暗著撮合了好幾回，收效甚微。

不過帝后家事，哪容得上外臣插嘴，何鴻雲見太后著惱這事，先一步起身請辭，與江辭舟青唯一齊離開了。

走出西坤宮，何鴻雲問江辭舟：「對了，上回子陵說打算另設酒宴，要在我這裡借幾個唱曲的戲子，不知是哪日要借？」

江辭舟想了想，說：「三日後吧，屆時我在東來順訂一席。」

何鴻雲道：「好，我回頭安排。」

他嘴上說外借「戲子」，實際上借的是「妓子」，礙於青唯在一旁，改了稱呼。

青唯聽得明白，並不吭聲。

是夜時分，甬道裡吹來一陣寒風，何鴻雲覺得有些冷，這才發現忘了披薄氅，問身旁跟著的扈從劉閶，劉閶道：「出來時就沒見四公子手裡有氅衣，恐怕是忘在西坤宮了。」

何鴻雲一扶腦門：「瞧我這記性。子陵且先行，我還得回去一趟。」

說著，掉頭往來路去了。

何鴻雲回到了西坤宮，並沒有在適才的池苑逗留，而是由一名小黃門引著，入了西坤宮的內殿。

內殿裡已焚起小爐子，爐火驅散秋夜的寒意，何鴻雲提著袍擺，快步來到翔鳳方座榻前，對著太后拜下：「姑母。」

太後手裡拿著一幅畫卷，正在燈下仔細看著，過了會兒，她將畫卷擱在一旁，慢條斯理道：「是有點兒像。」

畫卷上畫著一副秀麗乾淨的女子容顏，鼻峰高挺，眼梢微翹。

何鴻雲道：「這畫是依循記憶畫出來的，姪兒莊上的嬤嬤說，昨日混入莊裡的女賊，要比這畫上的還要好看許多。姪兒也是實在沒法子了，才求到姑母這裡。」

昨天混入莊中的女賊，是跟著蒔芳閣的妓子潛進來的，何鴻雲讓莊上的人核對妓子名錄，發現少的正是名字蓋了桃花戳的那一個。

這女賊樣貌清麗，封翠院幾個嬤嬤都對她有印象，是以有了何鴻雲手上這幅畫。

蒔芳閣的妓子在護送途中沒有出過半點疏漏，也就是說，這女賊只能是從玄鷹司裡跟出來的。

如果不是衛玦在銅窖子裡關了其他女犯，那麼只有一個可能，昨日玄鷹司府衙，出現過其他女子。

何鴻雲隨後派人打聽，果不其然，江家小爺的新婦昨日曾去玄鷹司送過午膳。

何鴻雲想見青唯一面，確定她究竟是不是昨天的女賊，可是一來，他的父親再三提醒過他，不要招惹江府，他擔心自己弄錯了，反而唐突了江辭舟；二來，江辭舟的這位新婦患有面疾，總是戴著帷帽，如果不是上頭的人召見，她不會輕易露出真容。

何鴻雲只道是這女賊闖了扶夏館，馬虎不得，思來想去，到底是求到了太后這裡。

太后道：「你想見的人，哀家把她傳來，你也見到了，如何，是她麼？」

何鴻雲猶豫了半晌，「她那斑紋太扎眼了，姪兒也不敢確定，究竟是不是，恐怕只有莊上的嬷嬷才能辨認，不過，姪兒是覺得像的。」

太后悠悠道：「那你且自去查吧。」

她其實並不喜何鴻雲把心思都花在那莊子上，見他把畫卷收了，說道：「轉眼九月了，官家日前交給你的差事，你辦得怎樣了？」

「姪兒已聯繫了幾名藥商，一個月之內，必能湊齊藥材。」

太后聽了這話，稍感欣慰，「當年寧州瘟疫，你辦得很好，這才得了升官，可五年了，你在工部這個位置上，一點長進也沒有，眼下官家把同樣的差事交給你，這是你的機會，你可莫要讓官家失望。」

何鴻雲道：「姪兒省得。」

他回來是為了取畫，很快辭別了太后，出了西坤宮，再次展開畫卷細看，越看越懷疑起青唯。

扈從劉闐在一旁提著燈問：「四公子，回去後要審問那個蒔芳閣老鴇嗎？」

梅娘是昨日唯一與女賊有接觸的人，想要知道女賊的身分，最快的法子就是審問梅娘。

何鴻雲聽後，卻是搖了搖頭。

江辭舟把梅娘交給他，言明今冬雪至，要看梅娘的「梅枝舞」，一旦用了刑，把人折騰得殘缺不全，哪怕跳了「梅枝舞」，舞也不美了。

何況梅娘為什麼會進銅窖子，何鴻雲心裡清楚，銅窖子裡十八般酷刑，衛玦尚且沒能從她口中問出薛長興的下落，可見這老鴇是個硬骨頭，想要她吐出什麼東西，不能用刑，只能智取。

何鴻雲一念及此，說道：「江子陵三日後要在東來順擺席，你們都安排了誰去？」

劉閶道：「那江小爺不是只點了扶冬姑娘一人嗎？」

「不。」何鴻雲道：「挑幾個蒔芳閣的妓子，讓梅娘帶著她們與扶冬一起去。」

如果江辭舟這位新婦當真是闖扶夏館的女賊，一試不成，她必會再來，有了昨日的經歷，她該知道他的祝寧莊不是那麼好進的，而今梅娘是她在祝寧莊的唯一線人，如果能見到梅娘，她不可能錯過這個機會。

引蛇出洞，一試便知。

劉閶也明白過來：「屬下知道了，屬下會暗中派幾個人盯緊梅娘。」

「記得不要給梅娘透露任何風聲，只告訴她是帶著妓子們陪酒去。」何鴻雲叮囑道：「另外，把這事告訴扶冬，讓扶冬也盯著她。」

「扶冬姑娘？」

「她不辭千里來到京城，難道不是為了跟我表忠心？便給她一個機會。」

從西坤宮到西華門的路很長，兼之已至夜時，秋露成霜，宮徑很不好走，江辭舟牽著青唯，慢步徐行了近一個時辰才到宮門口，小黃門在前頭引路，心道是新婚如蜜，古人誠不我欺，連平日最是浪蕩的江小爺都能待髮妻這般柔情款款，真是叫人歆羨。

德榮早在宮門口等著了，江辭舟先行上了馬車，回過身來伸出手：「娘子。」

青唯點了點頭，扶上他的掌心：「多謝官人。」

車簾一落下，兩人立時撤開手。

江辭舟靠上車壁閉目養神，他昨晚壓根沒怎麼闔眼，今日又被太后傳去宮裡一通應付，簡直精疲力盡。

青唯昨晚亦沒怎麼睡，但她比江辭舟稍好些，至少適才坐在觀鯉亭裡神遊多時，算是休息了。

青唯神遊不是白神遊的，她大概已想明白自己為何會被太后召去宮裡了。

八成是何鴻雲查蒔芳閣妓子時，疑上了她，兼之有人記住了她的樣貌，所以傳她前去一見。

青唯不知道何鴻雲是否已經確定女賊是自己，她眼下最憂心的不是這個，她好不容易從梅娘那裡拿到折枝居的線索，眼下折枝居人去樓空，她必須想辦法再見梅娘一面。

祝寧莊她是暫時不能去了，不過，三日後江辭舟在東來順擺席，何鴻雲稱要送妓子來？

青唯四下望去，今天上午她去東來順買的秋露白還擱在馬車上，角落裡有個櫃閣，裡頭放著酒具。

青唯喚了聲：「官人。」

江辭舟閉著眼，「嗯」一聲。

青唯取了秋露白，斟滿一杯酒，「上回見官人喜歡這秋露白，我今日專程去買了一壺，官人整日沒吃酒，饞酒味了吧？」

說著，把手中酒盞往前遞去。

江辭舟睜開眼，盯著青唯，片刻笑了，「無事獻殷勤，非奸即盜，妳想跟我去東來順？」

青唯的手頓在半空。

見微知著，心思神通，活該曹昆德疑心他。

適才離開西坤宮，他走得那樣慢，不就是為了算何鴻雲在太后宮裡逗留了多久嗎？太后今日為何召見他們，他恐怕也猜到了。

但酒都遞出去了，斷不能再撤回來，他看得這樣透，她就更不能瞞著他，畢竟東來順的酒席並不是沒有危險，那個何鴻雲指不定怎麼算計她呢。

青唯道：「官人每回出去吃酒，必要喝得玉山頹倒，吃酒傷身，有我跟在官人身邊，非但能照顧官人，還能幫官人擋酒。」

江辭舟笑著道：「不好吧，酒席上聲色歌舞，百花齊放，娘子在身邊，我束手束腳的，莫要說摘花，看花的心都不美了。」

青唯立刻道：「官人不必在意我，看上了哪枝美人花，只管採摘便是，妾身絕不干涉。」

「娘子既這麼說了——」江辭舟伸手去接酒，指尖都要觸到杯盞了，忽然朝後一探，逕自握住青唯的手腕，把她往自己這邊拽來。青唯有求於他，伸手擋慢了一步，江辭舟不知從哪裡變出一把扇子，伸臂環去她身後，扇柄抵在她背心，將她困在自己身前。

兩人之間只隔著一盞晃蕩的秋露白。

江辭舟注視著青唯，聲音很輕：「東來順的酒席，妳倒是敢去？」

「不敢去也得去。」青唯道。

車室裡很暗，可他的目光卻似灼灼，青唯不能直視，移開眼，「何況昨日官人不是說了嗎？以後要去哪兒，想去哪兒，提前知會官人一聲。我照官人說的做，出了事絕不牽連官人。」

秋露白迷醉的清香在兩人之間溢散開。

江辭舟道：「娘子心意已決，看來我是攔不住了。」

「官人若打定主意要攔，便是把酒席撤了，我也沒有旁的法子，能去與否全憑官人拿主意，還請官人給個準話。」

「我若把酒席撤了，妳待如何？再闖一回虎穴麼？」

青唯不吭聲。

江辭舟於是笑了笑，伸手扶上她的左臂：「娘子，還疼麼？」

青唯知道他是在問她的傷勢。

但她反應了一會兒才反應過來這是交易。

要帶她去東來順的酒席，可以，但他希望她能承認昨日闖祝寧莊的女賊正是她。

青唯心想憑什麼？

他一而再再而三地想拆穿她，卻妄圖把自己遮得嚴嚴實實，哪有這麼便宜的事？

青唯不知道江辭舟對自己究竟了解多少，但他就沒有把柄麼？

要認一起認，要麼就都不認。

夜深了，德榮在外頭驅車，聽到車室裡傳出輕飄飄的聲音：「官人在說什麼？妾身這幾日都老實待在家中，哪兒都沒去，哪來的疼？」

「娘子還想去哪兒？娘子一連折騰數晚，為夫沒一日能真正睡好了。」

「這不是官人猶抱琵琶，叫妾身好奇麼？再說妾身放過官人，官人放過妾身了麼？昨夜官人一宿沒闔眼，妾身不也一樣麼？」

「娘子始終若即若離，為夫徹夜難眠，再這麼下去，為夫若是熬不住了，與娘子兩敗俱傷，後果恐怕不堪設想……」

德榮腦子「轟」的一聲，手一抖，險些把馬車趕進溝裡。

這、這這這……

不過是晚回家了片刻，何至於要急成這樣！

都說新婚夫妻如膠似漆，未曾想公子這樣的清風朗月不染風塵之人也不能免俗！

車室裡，青唯的手肘抵在江辭舟的肩頭，江辭舟的扇柄撐在青唯下頷，兩個人都被對方制得動彈不得。

青唯耐心即將告罄：「官人究竟帶不帶我去？」

江辭舟語氣冷清：「帶妳去有什麼好處？」

青唯緊盯著他：「今晚讓你睡個好覺。」

江辭舟稍一思索，撤開手：「成交。」

三日後。

「德榮，我埋在樹下的十二年竹葉青呢？把竹葉青給我帶上！」

「朝天，把我的扇子取來，不是這柄，這柄金鑲玉，忒俗了，要那柄翠竹篾的。」

「這馬車太素了，恁的掃我威風，換那輛寶頂的，馬也換，通通換成玄鷹司的黑馬！」

正是酉初，江辭舟站在院中，指點著府中一干下人收拾出行。不一會兒，德榮提著一壺竹葉青，滿頭大汗地趕過來：「公子，您小點兒聲！」

江辭舟似乎不解：「為何？」

德榮往東跨院那邊望了一眼，「少夫人還在裡頭呢。」

滿打滿算，公子與少夫人成親不過十日，他前陣子去何鴻雲莊子吃酒已是荒唐，今夜在東來順擺席，誰不知他是為了扶冬姑娘？

既這樣，還不知收斂，德榮真是為他捏了一把汗，「今夜的事要是讓少夫人知道了，指不定要動氣。」

江辭舟聽他這麼說，只笑了笑。

不多時，朝天也出來了，他把摺扇遞給江辭舟，催促道：「公子，快走吧。」

江辭舟問：「馬換了嗎？」

「祁銘他們已換好了。」

今夜跟江辭舟去東來順的除了德榮與朝天，還有祁銘等三名玄鷹衛，原因無他，幾日前江辭舟在何鴻雲的莊子上遇襲，近日出行都調了玄鷹衛跟著。不過擺席是私事，江辭舟不好公然假公濟私，讓祁銘幾人換了黑袍，戴了帷帽，對外只稱是從鏢局聘來的護衛。

幾人一起到了府門口，朝天見江辭舟又頓住步子，不由問：「公子，還不走嗎？」

他與德榮一般心思，生怕青唯發現江辭舟以擺酒的名義狎妓——自從上回青唯弄髒了他的新刀，朝天不知為何，對這位少夫人有點發怵，覺得她似乎並沒有表面上那麼好相與。

江辭舟道：「不忙，再等等。」

「等什麼？」

「等個人。」

德榮和朝天正疑惑著還有什麼人要跟來，只見前院過來一個身穿黑衣，頭戴玄色帷帽的，正是與祁銘幾個玄鷹衛一樣打扮。

待她走近了，江辭舟上下打量一眼，笑了聲：「還挺合身。」

青唯「嗯」一聲，將搭在腕間的黑袍披上：「什麼都瞧不出來吧？」

「瞧不出來。」

青唯於是點了點頭，率先往馬車走去，說道：「那走吧。」

德榮與朝天包括幾日前在玄鷹司見過青唯的祁銘齊齊傻了眼，公子這是……要帶著少夫人去狎妓麼？

青唯走了幾步，沒聽見身後動靜，回過頭，發現德榮朝天與一眾玄鷹衛全都神色詭異地僵在原地，不解道：「不是吃酒去麼？還不走？」

朝天與德榮齊齊嚥了口唾沫，看向江辭舟。

江辭舟笑了笑：「走啊。」

近日東來順的生意好，九月一到，接連接了幾回大席，今日更是巧了，小章大人與江家小爺一齊在這擺宴，掌櫃的一早就守在樓門外迎候賓客。

華燈初上，只見一輛闊身寶頂的馬車駛來，車室前的燈籠上寫著個「江」字，掌櫃的連忙迎上去：「江小爺總算到了。」

江辭舟來得有點晚，下了馬車問道：「客人都來了嗎？」

「來了不少了，徐家的公子，曲家的小五爺，還有小何大人他們都到了！」掌櫃的笑得熱忱，「小何大人來得還早哩，一到就幫忙張羅，江小爺好大的顏面！」

江辭舟道：「那是小何大人賞光。」

掌櫃的連聲道是，把人一齊迎了進去。

青唯從前只在東來順的前樓買過酒，跟江辭舟進到裡院，才知是別有洞天。走過一條曲徑，兩側竹林間各有幾道岔口，通往不同的院子。有曲苑風雅的，有富貴堂皇的，有蓬萊迷澤的，各色院落雅俗並存，不一而足。

掌櫃的把江辭舟一行人引到一個喚作「風雅澗」的院中，說：「就是這裡了。」

這間院子不大，席次也並不很多，各個席次間隔著竹屏，當中有小溪蜿蜒流淌而過，主桌設在一間竹舍內，還自帶了一個隔間，應了它的名，十分的雅。

風雅澗內已經有不少賓客了，上回青唯撞灑江辭舟的酒，在一旁幫腔的藍袍子也在。這個藍袍子就是適才掌櫃的提到的曲家小五爺曲茂，與江辭舟一起聲色酒肉有些年頭了，見了江辭舟，也不寒暄，過來的頭一句話是：「章蘭若在隔壁『青玉案』擺席，你知道？」

江辭舟道：「聽掌櫃的說了。」

曲茂一臉譏誚：「我適才撞見他，跟他打了聲招呼，他那雙眼，簡直要擱在腦門頂上了，後來我過去一瞧，你猜怎麼著？他那一席，請的全是這一科新晉的士子。他這個人慣來這樣，尤愛結交文人寒士，瞧不起我們這些資蔭子弟。你說他神氣什麼呢？他能吃得這麼開，還不是因為有個做皇后的妹妹，否則憑他的脾氣，誰愛搭理他，這麼敬重才士，有本事學小昭王考上進士！」

江辭舟笑道：「念昔呢？不是說他一早到了麼？」

「子陵。」何鴻雲正往這邊走，聽江辭舟問及自己，高聲喚道。

他今日穿著一身紫，十分清貴，「剛把鄒平一席安頓好，就見你到了。」

江辭舟道：「我這個請客的來得晚，倒是你一個做客的忙著幫我張羅。」

何鴻雲道：「日前你到我莊子上，我沒照顧周到，今日早到一些張羅妥當，只當是賠罪了。」他說著，吩咐跟在一旁的扈從劉閶：「把扶冬她們帶過來。」

劉閶應是，不一會兒便把扶冬、梅娘，與幾個蒔芳閣妓子帶到了江辭舟跟前。

青唯見了梅娘，稍稍一愣。

按說何鴻雲已經對她起疑，應該早就查到梅娘與她相識了，而今不審梅娘倒也罷了，怎麼會任梅娘出現在這裡？

青唯心知此事有異，不動聲色地看了江辭舟一眼。

江辭舟的神色掩在面具之下，瞧不出異樣，只道：「不是說只來扶冬姑娘一個嗎？怎麼多送了幾個過來。」

何鴻雲一笑，並不回答他，而是對梅娘與另幾名妓子道：「妳們可瞧好了，這位就是江公子，玄鷹司的都虞侯，當初網開一面，把妳們從銅窖子裡放出來的人正是他。他不但是妳們的救命恩人，從今往後也是祝寧莊的貴客，見了他，妳們可得仔細伺候。」

梅娘與一眾妓子柔聲稱是，一併對著江辭舟福身：「奴家恩謝江公子。」

見完禮，何鴻雲就打發她們跟著扶冬唱曲去了，正好德榮在門口將最後一撥賓客迎進來，這便開了席。

席間笙歌起，扶冬歌聲悠揚婉轉，眾人推杯換盞，不多時便酣暢半醉。

何鴻雲與江辭舟、曲茂幾人坐竹舍裡的主桌，酒過三巡，何鴻雲端著酒杯起身，有些為難地道：「子陵先吃，我去去就來。」

江辭舟詫異道：「怎麼，念昔有事？」

「蘭若在隔壁擺席，你是知道的。我們兩家有淵源，我不過去敬杯酒，始終說不過去。」章何二黨相爭，說到底是政務上的，私底下並沒有徹底撕破臉。章庭為人孤高，平日對何鴻雲沒什麼好顏色，但何鴻雲慣來禮數周到，只覺問候一聲是應該的。

何鴻雲又問：「子陵與我一起過去麼？」

江辭舟笑道：「章蘭若慣來瞧不上我，我就不去了，念昔去了，幫我一起敬一杯就好。」

何鴻雲笑了笑，沒有立時走，等扶冬一曲唱完，朝她招招手：「妳們幾個過來。」

隨後提點扶冬道：「今夜這席是江公子特地為妳設的，我暫去隔壁『青玉案』敬酒，妳可千萬把江公子服侍好了。」

扶冬欠了欠身，柔柔應一聲：「是。」

何鴻雲這話出，曲茂幾個老風塵哪能聽不出「服侍妥當」是何意，紛紛起身辭說去隔壁敬酒，臨行還順帶把竹舍的門掩上了。

門一掩，屋中除了江辭舟與一幫妓子，便只剩玄鷹衛、德榮朝天，與扮作玄鷹衛的江家少夫人青唯了。

朝天與德榮立得筆直，心中滋味難以言喻，豆大的汗液從額角接連滑落。

江辭舟望了扶冬一眼，溫聲道：「愣著做什麼，還不坐過來？德榮，去把我的竹葉青取來。」

德榮「啊」了一聲，吞了口唾沫道：「好。」

竹舍中很安靜，扶冬攜著幾名妓子，左右各三在江辭舟身邊坐下，朝天抬手，揩了一把額頭的汗。

扶冬謹記何鴻雲的吩咐，拿起德榮送來的竹葉青斟了盞酒，摘下面紗，聲音低柔婉轉：「江公子，奴家敬您。」

青唯望向扶冬，那日在祝寧莊她急著挾持江辭舟，沒仔細瞧她，而今從這滿室燈色中看過去，果真很美，怪不得能做花魁。

扶冬握著酒盞的手白皙柔嫩，宛若無骨，江辭舟垂目看著，片刻，伸手裹著她的手握住酒盞，將杯中竹葉青慢慢吃下，低聲道：「這酒被扶冬姑娘的葇荑捧過，滋味都與以往不同了。」

德榮險些被自己的口水嗆到，咳出聲來。

扶冬忍不住掩唇笑：「江公子不是剛成了親？家中娘子斟的酒不好吃麼？」

江辭舟也一笑，「家花哪比野花香，幾日就膩味了……」

德榮彎腰咳嗽，越咳越大聲。

扶冬似有些悵惘：「江公子這般喜新厭舊，過不了幾日，也會膩煩奴家的。」

江辭舟手裡摺扇一挑，抬起扶冬的下頜，目不轉睛地注視著她：「妳說得對，我膩味妳是遲早的，但我嘗都還沒嘗過，眼下說什麼膩呢？先嘗了再說……」

德榮簡直快要咳出眼淚，顫著手扶上江辭舟的椅背：「公子，公子，給、給杯清水……」

江辭舟似乎嫌他攪擾了氣氛，著惱地看他一眼，又望向席間，滿桌盡是酒，哪來的清水？

他的目光落在席間的湯碗，指了一下朝天：「你盛碗湯給他。」

朝天稱是，頂著一腦門子汗給德榮舀湯去了。

那碗湯的位子離梅娘坐的地方很近。

正是這個機會！青唯伺機而動，藏在袖囊裡的石子兒瞬間落入掌心，不動聲色併指一擲。石子兒直中朝天的膝彎，朝天本就恍神，腳下當即一扭，手中一個不穩，一碗湯全然潑灑在梅娘身上。

江辭舟慍怒而起：「怎麼回事？」

梅娘連拍了幾下衣裳，她這樣的人，哪值得玄鷹司都虞侯動氣，連聲道：「虞侯莫怒，是奴家不小心，奴家回去換了就是。」

江辭舟卻道：「妳是小何大人帶來的人，倘怠慢了，反是我的不是。」

他環目看向自己身後侍立著的玄鷹衛，順指一點青唯：「妳過來，帶梅娘去隔間換身乾淨衣裳。」

青唯應諾而出，很快把梅娘帶到隔間。

她沒有立時表明身分，拿乾淨衣裳讓梅娘換了，爾後才揭開帷帽：「梅娘，是我。」

紫紅斑紋覆在左眼之上，與那日清致秀麗的女子判若兩人，梅娘幾乎是憑聲音才認出她來：「妳是……薛官人的那位小友？」

青唯意識到梅娘還不知道自己的名字，說道：「您稱呼我阿野就好。」

江辭舟與扶冬還在外間說話，青唯單刀直入：「長話短說，您確定薛叔來京以後，跟您打聽的酒館是折枝居？」

梅娘點了點頭：「我確定。他來京以後，行蹤一直隱祕，連我的蒔芳閣都不肯多留，後來卻忽然出現在東來順，在那附近被捕，而今回過頭想想，或許他當時真正想去的地方是折枝居。」

青唯問：「您後來可曾去過折枝居？」

「去過，不過我那時以為薛官人只是想嘗折枝居的酒，買了酒就離開了。」梅娘說著，仔細回憶了一番，說道：「我記得那家酒館的掌櫃是個遮著臉的寡婦，聽聲音應該十分年輕。」

青唯點點頭，梅娘說的與她打聽到的別無二致。

她緊接著問：「折枝居沒人了妳可知道？」

「沒人了？妳的意思是，那鋪子關張了？」梅娘愕然道：「這怎麼會？」

這十來日時間，梅娘先是被關去銅窖子，爾後又被送去祝寧莊，早已與外界隔絕多時，便是聽說折枝居關張，也不該如此意外。青唯直覺她的反應有異，說道：「不僅關了，而且人去樓空，我去裡頭看過，連酒都不剩一壺。有什麼不對勁嗎？」

梅娘緊蹙眉心，斬釘截鐵道：「不可能，我昨日還在祝寧莊瞧見折枝居的酒，一聞便知是新釀的。那酒我嘗過，有一股異香，很好辨認。折枝居如果沒了，祝寧莊的酒從哪裡——」

梅娘話未說完，便與青唯一塊兒愣住了。

是啊，折枝居沒了，祝寧莊的酒從哪裡來？

隱約之間，有一個念頭在青唯心中浮起——假設會釀這種香酒的只有折枝居的寡婦，祝寧莊出現新釀的香酒，是不是說明這寡婦眼下正在祝寧莊中？

祝寧莊近日，除了蒔芳閣的妓子，新到了什麼其他人嗎？

正是這時，外間傳來江辭舟與扶冬說笑的聲音：「那日嘗了扶冬姑娘的秋露白，心中思之不忘，扶冬姑娘今日過來，怎麼沒順帶稍上幾罈，不吃上一盅，始終覺得少了些什麼。」

「奴家一人雙手，哪釀得了那許多酒，江公子想吃，改日到莊子上來尋奴家便是，奴家一定親手存上幾罈，只管等著公子……」

青唯聽著，適才的念頭漸漸明晰起來——

寡婦貌美，扶冬正是祝寧莊的花魁；寡婦十來日前消失，扶冬正是近日新到何鴻雲的莊上；寡婦釀的酒有一股異香，那日江辭舟醉酒夜歸，朦朧間也說，扶冬的秋露白含帶異香。

種種跡象證明，折枝居消失的寡婦，正是扶冬！

一念及此，青唯心中瞬間泛起涼意。

薛長興投崖前，囑託她查清洗襟臺坍塌真相，她為了尋找線索，找到了梅娘，誤入何鴻雲的祝寧莊，梅娘為她指路折枝居，折枝居的寡婦卻莫名消失了，搖身一變，成了祝寧莊的花魁。

這世間哪有這樣的巧合？

青唯如墜深霧，周身覆有砭骨之寒，她強迫自己冷靜下來，有些事表面看起來如一團亂麻，然而只要找到其中關竅，必能迎刃而解。那麼從梅娘，到折枝居，再到扶冬，能把他們串聯起來的關竅在哪裡呢？

青唯腦海中一個念頭閃過——薛長興！

冬。

梅娘被拿進銅窖子裡，正是因為薛長興；而薛長興來到京城，正是為了尋找折枝居的扶冬。

眼下薛長興消失，梅娘與扶冬卻一起出現在何鴻雲的莊子上，這不可能是一個意外。

而將這些巧合拼湊起來的何鴻雲，一定是有意為之。

換言之，何鴻雲的目標或許自始至終都不是為祝寧莊招攬妓子。

他先僱傭扶冬，再問江辭舟討要梅娘，或許都與薛長興有關。

何鴻雲為什麼要找薛長興？

他和洗襟臺的案子，有什麼關係嗎？

青唯看向梅娘：「何鴻雲把妳招去祝寧莊，這事不簡單，恐怕和薛叔有關，妳……」

「阿野姑娘不必為我擔心。」梅娘似乎明白她想說什麼，溫言笑道：「我半生淪落風塵，當年若不是得薛官人相救，這條命早該沒了，薛官人想要做什麼，我很清楚，在決定幫他的那一刻，便知是至死方休。」

青唯聞言，心中感佩，但時間緊迫，她不宜與梅娘多說，思忖一番，也不敢輕易做出承諾，只道：「若我能想到法子，一定試著救妳。」

兩人很快離開隔間，梅娘移步到江辭舟跟前：「多謝江公子，奴家衣裳已換好了。」

江辭舟似乎沒留意她，目光仍在扶冬身上：「怎麼辦？沒有扶冬姑娘的酒，我這嘴裡缺滋少味兒的，待會兒摘起花來都不美了，不如扶冬姑娘幫我去問問小何大人，能否派人回莊上取一罈送過來，我就等在這裡，多晚都候著。」

「這……」扶冬似乎有些猶豫，片刻，點了點頭，「好，那奴家問問四公子去。」

說著，帶上妓子們一齊退出去了。

門一掩上，青唯稍頓了片刻，說道：「這個扶冬她——」

「她是何鴻雲留在這裡的線人，專門盯梢妳跟梅娘的。」江辭舟回過身，看向青唯。

事出緊急，他出乎意料地開門見山。

青唯愕然：「你知道？」

她隨即反應過來，「你是故意留下她的？」

江辭舟道：「何鴻雲這個人不是善茬，朝天闖了扶夏館，這事就不可能善了，兼之……」江辭舟說著，看了一臉昏懵的朝天一眼，「他情急之下把過失扣給妳，妳又是我新結的娘子，何鴻雲更不會善罷甘休。他如果緊咬不放，周旋起來太耗精力，不如由著扶冬瞧出妳與梅娘的蹊蹺，做個了結也好。」

他這話說得直白，青唯也聽得明白。

他二人前兩日還在打啞謎、試機鋒，眼下危機當頭，彼此只好捅破窗戶紙，暫不能掩藏了。

「何況，」江辭舟一頓，「妳以為他就不曾懷疑我？」

青唯一聽這話，愣了愣。

是了，她當日在祝寧莊劫持江辭舟，有個名喚鄒平的，竟不顧江辭舟安危，下令底下巡衛放了弩箭。

眼下想想，這個鄒平不過區區一名校尉，在小何大人的莊子上，若不是被默許，如何幹得出威脅玄鷹司都虞侯性命的事？

曹昆德說，江辭舟憑藉恩蔭做上玄鷹司都虞侯的位置，引得朝中不少人對他的身分起疑。何鴻雲這個人看似平和，實則敏銳至極，生疑才是情理之中。所以他任由鄒平放箭，正是想要一試江辭舟的真正身分？

青唯不知江辭舟派朝天探扶夏館的目的是什麼，她甚至尚無法確定他究竟是誰，想做什麼，但她知道，在對付何鴻雲這一點上，他們的目標暫且是一致的。

思及此，她立刻問：「你打算怎麼辦？」

江辭舟道：「如果無法讓他罷手，那就讓他不敢再動手。」

青唯暗忖一番，問道：「你的意思是，將計就計？」

江辭舟笑了笑：「娘子伶俐，一點就透。」

扶冬離開竹舍，四下沒尋著何鴻雲，倒是在風雅澗的院門口瞧見何鴻雲的扈從劉閶：

「敢問劉護衛，四公子還沒回來麼？」

劉閶道：「想是還在小章大人的青玉案，妳有什麼事嗎？」

「江公子稱是想吃奴家釀的酒，願派人去莊上取，多晚都等，奴家想請示四公子。」

劉闖想了想，頷首道：「那妳隨我去『青玉案』稟明四公子。」

領著扶冬離開風雅澗，到得青玉案門前，劉闖只是暫作一停，並沒有往裡去，而是沿著翠竹林中的岔口去向另一間樓院。

何鴻雲正在院中小亭裡歇息，他的身邊立著的正是鄒平。

鄒平一臉不忿，他適才在章庭那裡碰了一鼻子灰，章庭這個人，與他結交的才子寒士一副德行，自恃才高，誰的面子也不給。

劉闖引著扶冬過去，拜道：「四公子。」

何鴻雲有些疲憊，伸手揉著眉心，沒有睜眼：「怎麼樣？」

扶冬屈了屈膝，輕聲道：「回四公子，江公子與他身邊下人看上去並無異樣，但是中途有一名下人不慎灑了湯水在梅娘身上，被一名玄鷹衛帶去隔間換了衣裳。」

「什麼樣的玄鷹衛？」

扶冬搖頭：「戴著帷帽，奴家瞧不清他的樣貌。」

又是個戴帷帽的。

江辭舟那位少夫人，不也常戴著帷帽？

他今日帶梅娘過來，就是為了試一試江家這位少夫人。眼下來看，那個潛入祝寧莊的女賊，倒真像是她。

鄒平俯身在一旁獻計道：「小何大人，照卑職看，不如立刻設計把那女賊揪出來。」

何鴻雲問：「你的人手已埋伏好了？」

「埋伏好了，都藏在死胡同裡，照小何大人的吩咐，都穿著黑衣，只裝作尋常賊人。」

「沒帶弓弩吧？」

「這等暴露身分的兵器，卑職早吩咐他們收起來了。」

巡檢司的巡衛通常是不配弩的，但鄒平的狀況有點特殊，他的父親是衛尉寺卿，衛尉寺這個衙門，專管軍器火藥，他資蔭做官，下頭無人可領，兵部那頭圖省事，從衛尉寺裡撥了點人手給他，此事原本不合規矩，但朝廷辦差麼，只要明面上過得去，有些事睜一隻眼閉一隻眼便罷。

何鴻雲問劉閶：「那女賊功夫厲害得緊，你請的殺手都到了吧？」

「回四公子，早就埋伏好了。」

「好。」何鴻雲道：「到時速戰速決，不要驚動旁人。」

他吩咐扶冬：「妳去告訴江辭舟，說妳其實是折枝居的掌櫃，在折枝居院中樹下埋了罈酒，讓他跟妳去取。」

扶冬聽了這話，卻是猶豫：「可是四公子也說了，江公子這個人，並沒有看上去那麼簡單，恐怕未必願意跟奴家過去折枝居。」

何鴻雲道：「怕什麼？他若真是江辭舟，美色當前，還能不跟著妳去？他若不是江辭舟，這麼費盡心機地接近妳，絕不可能放過這個機會。妳只管把藏酒的事告訴他，到時胡同裡鬧起來，妳只當是進了賊，躲起來便是。」

不一會兒，竹舍外響起叩門聲，扶冬柔媚的聲音隔著木扉傳來：「江公子，是奴家。」

江辭舟任德榮給她開了門，問道：「怎麼說，有酒嗎？」

扶冬柔柔一笑，也不回話，逕自坐來江辭舟身邊，掩手湊去他耳畔，低語了幾句。

江辭舟聽著聽著，唇邊噙起一枚輕笑，「還有這等好事？」

扶冬聲若銀鈴：「是啊，江公子來嗎？」

江辭舟起身，吩咐道：「德榮，帶上食盒，去裝扶冬姑娘的新釀。」握著翠竹扇比了個「請」姿，「那就煩請扶冬姑娘引路了。」

戌時近末，天早就暗透了，但是東來順附近還很熱鬧，江辭舟一路跟著扶冬拐進沿河大街的岔口，到得折枝居跟前，只覺喧嘩隔絕，胡同裡靜得古怪。

「就是這裡了。」扶冬任朝天劈開銅鎖，把門推開。

折枝居的小院青唯前幾日來過，裡頭除了一個乾枯的大水缸，什麼都沒有，可今日這院中的酒氣比此前濃了許多，間或有陣陣馥郁的桂花香，簡直詭異至極。

青唯屏住呼吸，四下望去，天太黑了，火把的光只照亮一小圈地方，惡人都蟄伏在暗處，什麼都望不見。

扶冬從鋪子裡取了一把小鏟，在院中老槐下挖出一罈酒，遞給江辭舟：「江公子。」她的半副身姿掩在暗中，半副暴露在火色裡，手中捧著一罈酒，柔美卻熱烈，定力不好的，還未吃上一盅，人就該醉了。

江辭舟笑了笑，伸手去接酒，指尖還沒觸碰罈身，暗夜中，忽然亮起一道雪光。

「公子當心！」朝天高喝一聲，閃身於江辭舟身前，江辭舟剛撤回手，只見一道飛刃當空掠過，逕自擊穿酒罈。

酒罈子「啪」一聲碎裂在地，幾乎是同時，十數身穿黑衣的蒙面人從院牆上、鋪樓頂躍下，朝江辭舟一干人等撲襲而來。

朝天早有防備，立時拔刀而上，青唯的手在腰間一翻，倒抽雲頭刀，回身橫斬，將從鋪門趕來的蒙面人一刀逼退。

祁銘等三名玄鷹衛護列在江辭舟與德榮周遭，他們是從殿前司調過來的武衛，功夫本就不錯，加之朝廷兵馬訓練有素，三人成陣，足以應付攻來院中的蒙面人。

青唯見他們遊刃有餘，四下一望，見扶冬還瑟縮地躲在槐樹後，當即提刀過去，一把握住她的手，護她至院中乾枯的水缸，叮囑道：「妳在這裡躲好，待會兒我有事問——」

話未說完，忽聽身後江辭舟低聲提醒：「當心！」

青唯耳廓微微一動，尚未回頭，刀身在身側挽了個花兒，變刀為匕，刀背緊貼著手臂，朝後一個縱刺，貫穿偷襲殺手的胸膛。

青唯回身看去，原來正是她這一分神的工夫，院中除了蒙面人，竟又湧現出十數身覆黑衣的殺手。

所謂殺手與一般的武者不同，他們可能功夫平平，但招招式式盡是殺機，他們總是蟄伏在暗處，一旦找準時機，甚至可以不顧自身安危以命換命。

這樣的殺手又被稱為死士，哪怕是功夫再高的人，遇到他們，一個不慎也可能命喪黃泉。

十數殺手目標明確，齊齊撲向青唯，青唯暗自一驚，瞬間後撤。

「祁銘。」江辭舟喚道。

「虞侯？」

「我這裡無事，去幫她。」

祁銘立刻稱是，帶著兩名玄鷹衛飛奔過去，與此同時，朝天逼退身側的蒙面人，也提著刀趕過來。

然而何鴻雲僱的殺手竟不只這幾個，很快新的一批湧入院中，越過祁銘的防衛，撲向青唯。

四面刀刃加身，青唯縱躍而起，雲頭刀脫手擲出，扎入前頭殺手的腿股，青唯落地，拔出刀帶出一道血光，上前一腳踩折殺手的脖子。

然而解決了一個殺手，後頭還有無數個，青唯連步後退，江辭舟見狀，立刻迎上前去，伸手扶住她的腰身，青唯藉著這一股支撐力，仰身倒下，避開殺手一輪攻勢，爾後挺身而起，變守為攻，揮刀迎上殺手，順道還說了聲：「多謝。」

江辭舟沒應聲，收手負於身後。

指尖殘留著餘溫。

成親數日，她的身形始終掩藏在寬大的衣袍之下，適才於斗篷下扶住她，才知那腰身居然不盈一握，柔韌又有力。

殺手們無孔不入，簡直像陋室裡的耗子，青唯覺得冤，闖扶夏館的又不是她，忍不住回頭問江辭舟：「你對何鴻雲做什麼了，他這麼恨我？」

江辭舟道：「娘子是在見縫插針地套我的話？」

青唯懶得跟他打機鋒，「你不出手？」

江辭舟道：「娘子看我像會功夫的人麼？」

他會不會功夫她不知道，此前確實聽德榮說過，江辭舟在洗襟臺下受過傷，身上留有舊疾。

捨不得孩子套不著狼，今夜想要事成，必須在刀鋒上淌過一遭，青唯正想轍，只聽江辭舟在後頭道：「娘子平日裡不是用刀吧，怎麼不用自己的兵器？」

她的兵器是軟玉劍，不能用，用則身分敗露。

青唯不知他是否又在試探自己，只敷衍說：「沒銀子，你給我打把兵器？」

江辭舟道：「朝天聽到了麼，把你的刀給她。」

朝天頭皮一麻，事到如今他算瞧明白了，當夜他在祝寧莊遇到的女賊正是少夫人，他把闖扶夏館的過失扣在青唯身上，被餵了一碗餿了的魚來鮮又被扔了新刀，實屬不冤。

可新刀到手中還沒用上幾日，朝天心疼得緊，悶聲劈砍，只覺多用一會兒是一會兒，沒準兒一會兒就被青唯搶了，一時間竟把大半殺手逼到酒館之外。

青唯藉機撤回江辭舟身邊：「扇子借我一用。」

江辭舟一笑，遞給她：「拿去。」

青唯沒有伸手來接，將扇子套在雲頭刀尖，迴旋展開，隨後往地上狠狠一杵，扇柄下方的折合處瞬間崩斷，散開的竹篾扇片被刀刃拋向高空，青唯伸手凌空攬過，將竹篾片通通攏於掌中，隨後伸手一擲，竹篾如飛刃，一剎擊退餘下的殺手。

江辭舟有些訝異：「娘子好俊俏的身手。」

他這扇子名貴，扇柄雖毀了，翡翠扇墜子還落在地上，青唯隨手用刀尖一勾，將扇墜子收入懷中，問江辭舟：「你不是說要將計就計？打這麼久了，事情早該鬧大了，怎麼沒見東來順那個吃席的小章大人過來？」

江辭舟也覺得時候差不多了，喚道：「祁銘。」

「在。」

「去高處看看。」

祁銘個頭高，輕功也好，聞聲在朝天幾人的掩護下躍上酒館樓頂，展目一望，當即蹙了眉，他躍下房頂，來到江辭舟身邊，「虞侯，小章大人還有跟他一起吃席的士子已被這邊的動靜引過來了，但是鄒平讓巡檢司把他們攔在岔口外頭。」

德榮思忖一番，說道：「公子挑在小章大人擺席的同一天擺酒，那個小何大人勘破玄機，早做了防備，恐怕鄒平眼下只稱是巷子裡進了賊，並不讓他們進來。」

祁銘也道：「鄒平的巡衛扮作賊人，一沒配弩，又躲在殺手身後，無法活捉，虞侯，如果不能讓鄒平坐實暗殺您的罪責，今夜功夫恐怕就白費了，小何大人必是算準您會赴局，才出此下策的。」

青唯聽他們說完，心中暗道不好，她知道何鴻雲這個人不是善茬，沒承想這麼難對付。

青唯回頭問江辭舟：「眼下怎麼辦？」

江辭舟語氣如常：「德榮，我讓你備的火藥呢？」

「在呢。」德榮說著，從手邊食盒裡取出一小捆桐木紮，下頭連著一根引繩，正是火藥。德榮道：「可是公子，我們出不去啊，外頭都是殺手，巡檢司那幫人又攔在岔路口看戲，這火藥就算炸了，也炸不到巡檢司頭上。」

「看戲不是正好？」江辭舟道：「誰說讓你炸外頭了，往這兒炸。」

「這兒？」

「別忘了，這個鄒平的父親，是衛尉寺卿。」

德榮還沒明白，青唯已先一步反應過來。

衛尉寺是專管軍器火藥的衙門，而火藥這樣的管制之物，尋常人難以獲取，如果意外出現，頭一個該被懷疑的就是衛尉寺。

鄒平的巡衛今夜經何鴻雲提醒，沒有配弩，這不要緊，他們是兵部閉著眼從衛尉寺調出來的，接觸到軍庫裡的火藥一點都不難。

自然單憑火藥，要懷疑到鄒平身上還有些牽強，可是此前在何鴻雲的莊子上，鄒平已讓身邊巡衛放弩射殺過江辭舟一回，眼下他的巡檢司又恰好堵在岔路口，如此一而再再而三，火藥一炸，前面的射殺就變成了有意為之，他想要賴過去便不可能了。

鄒平凡事聽命於何鴻雲，他坐實伏殺玄鷹司都虞侯的大罪，就算何鴻雲明面上能洗脫干係，一時之間也不敢輕舉妄動了。

怪不得江辭舟說，他要讓何鴻雲不得不罷手。

德榮還在深思，青唯上前一步，一把奪過火藥，問江辭舟，「扔哪兒？」

江辭舟看向一旁兩層高的酒舍，青唯點了點頭。

頃刻之間，又有殺手襲入院中，青唯高聲道：「祁銘，幫我斷後！朝天，去門口，準備開路！」

朝天立刻應「是」，身形一下暴起，逕自殺向折枝居門扉。

青唯的身法極快，衝入酒館中，取出懷裡的火摺子，引燃火繩，退出來時順便從水缸裡拎出躲在裡頭的扶冬，攜著她往門口奔去：「快走！」

兵戈交織聲中，隱約混雜著一絲「滋啦」的暗響，空氣裡浮起一股嗆人的煙味。

適才青唯突進酒舍，殺手們沒瞧清她手裡拿了什麼，直到聞到這一股煙味，才知大事不好，一時間或翻牆或躍舍，紛紛搶出酒館。

江辭舟一直在門口等青唯，直到看到她攜著扶冬出來，拽了她的手，帶著她疾步往外走。

離火藥引炸還有一瞬。

就在這一刻，變故發生了。

暗夜中，亮起一道清光，一直跟在青唯身後的扶冬忽然自袖囊裡摸出一支玉簪，舉簪就向青唯的脖間刺去。

江辭舟只覺眼角寒光微閃，先一步回頭，伸手箍住扶冬的手腕，反手一折，震落玉簪。

玉簪落地，碎落成瓣，青唯的目光落在簪身上，霎時大驚——這支玉簪與薛長興留給她的那支雙飛燕一模一樣。

扶冬見玉簪碎斷，眸色大傷，立刻彎身去撿，然而青唯卻快她一步，將玉簪撈起。

正是這時，只聞一聲轟鳴巨響，夜色中火光沖天而起，一股灼灼熱浪裹著砂石塵土，朝他們席捲而來。

只因耽擱了一瞬，他們沒有及時撤開，離酒舍實在太近了。

青唯被巨響震得腦中一片空白，等反應過來，才發現自己竟已臥倒在地，臥在……江辭舟懷裡。

青唯愣了愣，她從未與人有過這樣近的接觸，而男人的胸膛溫熱有力，讓她覺得萬分不自在。

她不由抬頭，對上他的目光。

他身後是沖天的火色，而他的目光卻深靜如水。

就好像成親那天，他剛掀了她的蓋頭，看到是她。

「你……」

青唯一時間竟說不出話來，她覺得莫名，覺得他似乎不該這樣看著她。

江辭舟默了一下，撤開環在她腰間的手：「妳沒事吧？」

青唯搖了搖頭，問：「你呢？」

江辭舟道：「我還好。」

青唯心中困惑難解，想了想，還是問出口：「你剛才……」

「我的扇墜子還在吧？」不等青唯說完，江辭舟便打斷道：「是我母親留給我的，很重要。」

青唯又愣了一下，原來他剛才保護她，是為了這個？

青唯點了點頭，站起身，將扇墜子從懷中取出來，遞給他：「多謝，可惜毀了你的扇子，改日賠你把新的。」

江辭舟看著她。

平日只見她做事俐落，雷厲風行，適才形勢那般危急，她還想著要把扶冬救出來，可見內心實在是難得柔軟善良。

他接過扇墜，正要說不用賠，青唯已回過頭，她面無表情地把扶冬從地上拎起來，揪著她的胳膊，把她連拖數步，往牆上一抵，反手扼住她喉間：「我問一句，妳答一句，敢打一句馬虎眼，我擰斷妳脖子！」

江辭舟：「……」

第八章　暗湧

扶冬惶恐地看著青唯，適才火藥爆炸，砂石擦過她的面頰，她受了傷，不敢抬手去抹，順從地點了點頭。

青唯道：「為什麼想殺我？」

扶冬遲疑了一下，細聲道：「四公子說，妳是闖扶夏館的女賊，不能放過，我為四公子做事，有了機會，自然該殺妳。」

青唯冷笑一聲，根本不相信她，「就憑妳？」

她沒有在這個問題上多作糾纏，手掌攤開，露出適才撿到的玉簪：「妳這簪子哪兒來的？」

玉簪斷成三截，簪頭的雙飛燕缺了一個翅膀，扶冬見到，立刻道：「還我！」

青唯掌心一合，收緊箍在她喉間的手：「回答我的問題。」

扶冬幾乎要被她勒得喘不過氣，艱難地道：「這支玉簪本來就是我的！」

青唯聽了這話，心中困惑。

她本想與扶冬周旋，可眼下巡檢司撤開胡同口，章庭一行人就快趕來，她必須盡快問出結果。

她猶豫了一下，側過身，遮擋住江辭舟幾人的視線，從腰囊裡翻出一物，「那我這支是怎麼回事？」

青唯手裡的玉簪，正是薛長興留給她的那支，與扶冬用來刺殺她的一模一樣。

扶冬臉色大變，「妳怎麼會有這支簪子？」又急問，「妳、妳是在哪兒找到它的？」

酒舍裡火光焚灼，將周遭照得如白晝一般，青唯仔細打量扶冬，她目光裡的錯愕與急切不像是裝出來的。

這麼說，這雙飛燕玉簪果真是她的？薛長興冒死上京，當真是為了找她？

青唯試探著問：「薛長興，妳認識嗎？」

扶冬愣了愣：「薛長興是誰？」

不等青唯回答，她又焦急道：「姑娘，求妳告訴我，這支玉簪對我很重要，妳究竟是在哪裡找到的？」

青唯正欲答，只聽那頭江辭舟喚了聲「娘子」，青唯回頭一看，何鴻雲一行人已往胡同這裡尋過來了。

青唯道：「最後一個問題，洗襟臺和妳有關係嗎？」

扶冬聽了這一問，目色中的急切轉為震詫，她猶疑了一下，語氣中的防備與敵意竟是散了許多，問道：「姑娘究竟是什麼人？」

一時聽見巷口愈來愈近的腳步聲，她又道：「姑娘，我來京城，正是為了那洗襟臺，姑娘手裡既有這支玉簪，想必妳我是友非敵。今夜事出突然，無法與姑娘說太多，姑娘信我，待改日尋到機會，我一定再來找姑娘。」

她語氣誠摯至極，青唯聽後，卻不敢就這麼信了。

她細細思索，眼下除了放了扶冬也別無他法，章庭與何鴻雲一行人都到了，她總不能當著人的面滅口吧。

青唯鬆開扼在扶冬喉間的手。

扶冬身上有傷，火藥爆炸濺了她一身塵土，見何鴻雲過來，很快落了幾滴淚，她攏住衣衫，垂首快步朝何鴻雲走去，楚楚可憐地喚了聲：「四公子……」

何鴻雲沒理她，反是大步來到江辭舟跟前，訝異道：「子陵，你怎麼會在這兒？我聽說此處招了賊，正四處尋你呢。」

江辭舟尚未答，只聽後方漠然一聲：「怎麼樣了？」

青唯舉目看去，一干士子當中，立著一個身穿襴衫，氣度威赫之人。

他長的一雙飛眉，雙目狹長，雖不失俊朗，但因顴骨太高，乍看上去有些孤冷。

周遭眾人都以他馬首之瞻，立在他跟前回話的居然是京兆府的推官。

「回小章大人，下官已初步查清，胡同盡頭的酒館叫折枝居，適才江虞侯在裡面，後來又賊人闖入，大概……」推官抬袖揩了把汗，十分惶恐，「大概意圖伏殺虞侯……」

青唯了悟，原來問話之人就是傳聞中的小章大人。

章庭與何鴻雲齊名，乃當朝年輕一輩中的翹楚，他出生章氏名門，父親章鶴書官拜知樞密院事，妹妹章元嘉更是貴為當今皇后。章庭比何鴻雲還要小一歲，論官職與實權，比何鴻雲還要高一些，年紀輕輕已位居大理寺少卿。

上京城為防火患，重要的街巷間往往設有望火樓，適才火光沖天而起，很快便有潛火隊趕來。

章庭囑一行人撤去巷口，任潛火兵抬著唧筒、麻搭進去滅火，轉頭繼續問推官：「查清是誰伏殺虞侯了嗎？」

「尚沒有。」推官支吾道：「只知是早有預謀，殺手都穿著黑衣，而且……」

「而且什麼？」

推官又抬袖子揩汗，「而且看樣子像是死士，能跑的全跑了，留下的一個活口也沒有，後槽牙裡藏了藥，全死了，加之折枝居裡硝煙陣陣，應該是炸了火藥，巡檢司的人也沒法追……」

在場諸人都長了耳朵，適才聽那一聲巨響，都猜到是火藥了，推官這句話一出，一眾人等都把目光投向鄒平。

鄒平素日裡便傲慢沉不住氣，此刻更是沒能穩住，先急了：「看我做什麼？這、這火藥與我沒有任何干係！」

這話一出，何鴻雲不著痕跡地皺了下眉。

跟著章庭的士子中，頃刻有人笑出聲來：「怪事，又沒人說是鄒校尉，鄒校尉這麼急著否認做什麼？」

「是啊，莫不是做賊心虛？適才胡同裡那麼大動靜，你底下的巡衛非說只是進了賊，不讓人進去瞧，眼下是怎麼著？又變成伏殺朝廷命官的大案了？鄒校尉的巡衛究竟是沒長眼，把殺手錯看成竊賊，還是賊喊捉賊呢？」

這話已然是懷疑鄒平的意思。

章庭聽後，似乎並沒有往心裡去，而是問江辭舟：「聽聞江虞侯今夜在東來順擺席，可否告知為何又會出現在折枝居呢？」

江辭舟道：「我是在東來順擺席，席吃到一半，想念扶冬姑娘的酒了，聽聞扶冬姑娘曾是折枝居的掌櫃，在酒館的樹下還埋了一罈酒，跟著過來取酒，遇到了伏殺。」

章庭又問：「伏殺虞侯的大概有多少人？虞侯近日可有得罪什麼人，或是與什麼人起過衝突？」

「人數記不清了，待會兒小章大人可以問問我身邊護衛，至於近來得罪了誰麼……」江辭舟思索著，隨後笑了笑，「瞧不慣我的人多了去，我哪能個個都記著，衝突麼，似乎並沒有……」

「怎麼沒有！」江辭舟話未說完，便被曲茂打斷。

他與江辭舟酒肉聲色，一向最為投契，直將他引為知己，今夜見江辭舟遭伏殺，他心中不忿，早有猜測，指著鄒平道：「此前小何大人莊上進賊，子陵被那賊人挾持，鄒懷忠不顧子陵安危，竟命身邊巡衛放箭！事後他狡辯說他的巡衛乃衛尉寺弩箭庫出身，放箭極有準頭，不會傷了子陵，當時我還信了他，眼下想想，萬一那賊人凶狠，拿子陵擋了箭呢？他的巡衛莫非這般神通廣大，連賊人會否拿人質擋箭都能預料到？！」

曲茂越說越憤慨，越說越覺得自己的猜測沒有錯，「巡檢司本就不該配弩，自從他升了官，帶著巡衛成日裡招搖過市，他這幾個巡衛，誰不知道是從他父親的衙門裡出來的？衛尉寺是幹什麼的？管的就是軍器火藥！既然配了弩，如何不能拿火藥，適才還拚命讓巡檢司攔著胡同不讓人進，我看他正是想置子陵於死地！」

今夜無論江辭舟還是章庭都宴請了不少人，其中前幾日去過何鴻雲莊上的也不少，曲茂這麼一說，在場諸人都想起來了——

江辭舟與鄒平近日都是資蔭當官，鄒平是巡檢司校尉，江辭舟卻高居玄鷹司都虞侯，職銜比鄒平高出不少，不患寡而患不均，鄒平的家世還比江辭舟好一些，他氣不過江辭舟的官位比自己高，直覺是江家趨炎附勢，這一點他與不少人都說過。

再者，當日在何鴻雲的莊宴上，鄒平瞧上了扶冬，還因為扶冬跟江辭舟起過爭執，這事許多人也記得，爭風吃醋麼，原本也沒什麼，然而聯想起今日種種，扶冬赴了江辭舟的宴，還暗自邀他去折枝居，鄒平看不過眼，一不做二不休，下了狠手，一切就說得過去了。

鄒平自然知道今夜折枝居的伏殺是何人安排，卻沒想到事態竟發展成了這樣。他平日唯何鴻雲馬首是瞻，而章庭跟何鴻雲最是不對付，眼下小章大人在此，只怕是恨不能捉住他的把柄，曲茂這麼說下去，他都要覺得自己是元凶了。

伏殺當朝命官，這是個什麼罪名？

鄒平臉色一下慘白，一雙粗眉成了倒八字，喊冤道：「不是我，當真不是我……」

已值深夜，在場除了士子就是貴胄子弟，這麼大的案子，不是在這分說三兩句就能辨析分明的，何況既有朝廷命官牽涉在內，這案子究竟要怎麼審，誰來審，章庭雖貴為大理寺少卿，也不敢下定論。

他沒說什麼，見前方火勢式微，問胡同裡出來的一名捕頭：「火滅了？」

「回小章大人，快滅乾淨了。」

捕頭舉著火把，正立在江辭舟附近，何鴻雲藉著火光，似才瞧見江辭舟身後的青唯，訝異地張了張口：「這不是弟妹麼？弟妹怎麼會在這裡？」

他上下打量青唯一眼，再度詫異道：「弟妹怎麼穿著一身夜行衣？」

青唯的帷帽早在適才打鬥時落了，出來時也沒遮著臉，何況就算她把臉遮了，何鴻雲知道她在這裡，章庭要審案子，他遲早會拆穿她，要是當場被揭穿身分，豈非此地無銀三百兩，還不如就這麼把臉露著。

何鴻雲這話一出，章庭的目光立刻落在青唯身上。

片刻，他又移目看向同樣穿著黑衣的祁銘幾人，認出他們是新近調任的玄鷹衛，寒了聲：「玄鷹衛乃天子近衛，虞侯把他們當自己的護衛用，不妥吧？」

江辭舟一笑：「是不妥，今日幾個手下休沐，被我招來使喚，多謝小章大人提醒，回頭我寫份請罪帖呈交御前。」

何鴻雲道：「蘭若未免太嚴苛了，說到底此事全賴我，此前我莊上進賊，子陵險遭劫殺，近日身邊多備幾個護衛，應該的麼，」他說著，一頓，「就是子陵帶著玄鷹衛倒也罷了，怎麼竟讓弟妹也扮作玄鷹衛跟在身邊？若是再遇到了賊人，傷到了弟妹，可怎麼辦才好？」

青唯一聽這話，心下霎時一凜。

何鴻雲哪裡是在關心她？他分明是在引著章庭去深思自己扮作玄鷹衛這樁事！

一旦章庭往這個方向追查，繼而變作尋找何鴻雲莊上的女賊，鄒平這個案子的重點就全變了。

不愧是小何大人，一招四兩撥千斤，用的出神入化。

青唯心道不好，她眼下必須找到藉口，合理解釋她今夜扮作玄鷹衛出現在這裡。

青唯正想著，不由移目看向江辭舟，江辭舟也正回頭望向她。

兩人目光一對上，一個念頭霎時在心底生起。

片刻後。

江辭舟伸手過來，要牽青唯的手：「娘子。」

青唯垂目不語，把他的手甩開。

江辭舟又道：「娘子，別鬧了……」

青唯不看他，「你不是說只是請客吃席麼？眼下這算什麼？吃席吃到帶人去折枝居了？」她冷笑一聲：「要不是我偷偷跟來，竟沒發現你背著我偷腥。」

「娘子妳聽我說，確實是席上少了酒，我才跟著扶冬姑娘來折枝居取酒……」

「你覺得我會信？」青唯轉頭盯著江辭舟，寒聲道：「你前幾日去那個什麼莊子，便瞧上了一個花魁，今夜擺酒也是為她，你以為能瞞住我？」

江辭舟張了張口，十分詫異，竟像是不解青唯為何知道自己的行蹤。

被自家娘子當著人揭穿，江辭舟十分不快，思來想去，沉聲道：「朝天，是你跟娘子告我的黑狀？」

朝天目瞪口呆：「少爺，我沒——」

「虧我此前可憐你沒把稱手的兵器，自掏腰包給你打了把新刀，沒想到你竟是這等吃裡扒外的東西！」他惱怒道：「刀呢？」

「少爺？」

「我問你刀呢？！」

朝天顫巍巍地從腰間解下新刀，遞給江辭舟。

江辭舟接過，「啪」一聲砸在地上，「利器在庸人之手，扔了也罷！」

朝天跌退兩步，心幾乎要裂成兩半。

青唯不甘示弱，「你做錯了事，怪什麼朝天！要不是你收不住心，我何至於找到祁銘，讓他帶我整日跟著你？！」

「上回你去什麼莊子，說要給我帶『魚來鮮』，『魚來鮮』拿回來，早都餿了，今次來東來順又說要給我帶什麼燒鵝，燒鵝呢！」她四下一看，目光落在德榮適才裝火藥的食盒上，奪過來，一併往地上砸了，毀屍滅跡，「燒鵝呢？！我看你的心早不知飄到哪枝花上去了！」

「上回？」江辭舟見她砸了食盒，火氣也湧上來了，負手來回快走幾步，「妳還有臉提上回？上回我不過是去朋友莊上吃個酒，要不是妳進宮陰陽怪氣地跟太后告狀，我何至於受父親一通訓斥？！」

青唯道：「太后與公公護著我，說明我有理，你不知悔改變本加厲，倒還怪起我來了，父親讓你收斂心性潛心上進，你收斂了嗎？！」

「旁人娶了新婦，只道是新婚如蜜如膠似漆，我看我娶了妳，簡直是找罪受！」

「你以為我嫁過來便很痛快麼！」

「妳——」江辭舟怒不可遏，一甩袖袍，「罷了，過得了便過，過不了便和——」

「和離」二字未出口，江辭舟一把被曲茂拽住，打斷道：「和氣生財，和氣生財。」

他把江辭舟拉到一旁，悄聲道：「這才成親幾日，你就說『和離』，你想成為全上京城的笑柄麼？」又勸說，「不過一個婦人，還能騎到你頭上去？瞧得順眼便過，要是不順眼，晾著她，以後她慢慢就習慣了，你堂堂玄鷹司都虞侯，還擔心日後不能在後宅裡開個花圃麼？」

江辭舟猶自不憤：「可我就是氣不過，她憑什麼這麼管著我……」

曲茂又是好一通規勸。

兩人當街大吵一場，各自立在一邊，互不看對方。

章庭倒也聽明白了，原來江辭舟日前去何鴻雲莊上胡鬧，被夫人抓了把柄，爾後他夫人非但在太后面前告了一狀，還因不放心他，扮成護衛出來看他連日吃酒擺宴究竟在做什麼。

江辭舟讓玄鷹衛保護自己，雖然有假公濟私之嫌，但……祁銘幾人休沐不提，這事歸根究柢是家事，他反倒不好插手了。

夜已深，幾人各執一詞，審也審不出個結果，章庭見在場嫌犯除了鄒平都是平頭百姓，對一旁的推官道：「京兆府，你將扶冬及東來順掌櫃幾人帶回府衙，暫時關押，待本官奏明朝廷，再行審問。」

「是。」

章庭隨後命趕到的大理寺衙差扣押鄒平，吩咐諸人散了。

何鴻雲臨走前，看了江辭舟一眼，他似乎還在與自家娘子賭氣，立在巷子口不肯與青唯同上一輛馬車。

何鴻雲在心中冷笑，他自然知道江辭舟葫蘆裡賣的什麼藥，但是，今夜安排伏殺的本是他，眼下鄒平被拿，他在這個時候為鄒平強出頭，豈非欲蓋彌彰。

罷了，左右真真假假，眾人瞧著呢。

小章大人這個人，可不是個好對付的。

何鴻雲依禮與章庭、江辭舟等人告辭，先一步離開。他一走，在場一干貴胄子弟與文士們也散了。

流水巷房屋密集，酒舍的火一旦沒滅乾淨，很容易再度引起火患，章庭留下，等潛火隊過來回話，中途見江辭舟似乎消了氣，往自家馬車走去，不由喚道：「虞侯留步。」

江辭舟回過身來，「小章大人有事？」

章庭道：「也沒什麼，只是想起適才火藥爆炸，虞侯似乎離酒舍很近，沒傷著吧？」

江辭舟道：「還好。」

章庭笑道：「這就好，當年洗襟臺坍塌，虞侯受傷不輕，聽聞至今還留有舊疾，我是擔心舊疾犯了。」

他看著江辭舟，忽道：「榮華長公主近日要回京了，虞侯聽說了麼？」

榮華長公主正是先帝一母同胞的妹妹，當朝小昭王的母親。

說起來，江家跟天家走得這麼近，並不因為他們和太后是遠親，江逐年與小昭王之父同年科考，駙馬爺投滄浪江前，與江逐年相交莫逆。

「長公主近年每逢入夏都去大慈恩寺清修，秋來天寒，是該回京了。」江辭舟道。

章庭道：「是，只是長公主今年回來得比以往幾年早了些，我還道是出了什麼事，想問問虞侯知是不知。」

江辭舟還沒答，那頭潛火隊徹底將火撲滅，衛隊長過來回稟：「小章大人，火已滅乾淨了，那酒舍燒得不成樣子，需要拆除，動靜可能會有點大。」

章庭聽了這話，垂目深思，過了會兒，他抬眼重新看向江辭舟，狹長雙目裡泛出歉意，「其實把虞侯留下，章某還有個不情之請。」

「當年修築洗襟臺，虞侯跟著溫築匠與小昭王，應該學了不少東西。」他在黑夜裡望了折枝居一眼，「這酒舍麼，說大不大，說小也不小，眼下要被拆除，就怕壓著周圍房屋，我是個學文斷案的，在這事上沒經驗，且回到大理寺，恐怕還要通宵寫奏帖，是以想拜託虞侯在這裡盯著，以防酒舍拆除時傷著人了。」

這話出，江辭舟還未說什麼，一旁祁銘與德榮同時皺了眉。

祁銘只覺這事無論如何都該回絕，正欲開口，江辭舟卻笑了笑，「好。」

章庭於是也一笑：「那這裡就交給虞侯，章某先告辭了。」

子時過半，今夜流水巷生了案子，連平時最熱鬧東來順都安靜下來，暗夜中，只聞一聲聲清晰的磚瓦掉落聲，間或伴著潛火兵之間的交涉：「在那根梁上栓繩子，對，避開後面的柱子。」

朝天看到章庭的馬車遠去，立刻道：「公子，您在這裡歇一會兒，屬下過去盯著就行。」

江辭舟卻搖了搖頭，轉過身，往胡同裡走去。

青唯今夜跟江辭舟「賭氣」，一直立在巷口不願上馬車，眼下見江辭舟留下，還當他是想做戲做全套，直到他一言不發地路過她身邊，才驚覺他似乎有些不大對勁。

似乎……與平時的他有些不一樣。

青唯愣了愣，不由跟了幾步，朝胡同深處望去。

夜太暗了，人撤了大半，照明的自然也撤了，整個胡同都浸在漆黑裡，可折枝居那頭卻很亮——潛火隊要拆除酒舍，四周都點起了火把。

這一團光亮在黑夜裡突兀得像個夢境。

江辭舟到了折枝居跟前，看到眼前兩層高的，燒得殘破不全的樓架子，張了張口，沒能說出話來。

其實拆除屋舍，這些潛火兵很有經驗，並不需要有人從旁盯著。

但是江辭舟的目光似乎被吸附在了酒館上，忍不住走得更近。

朝天與德榮對視一眼，心道不好，招來祁銘，想要一起架走他，說道：「公子，別看了，我們回吧，這裡不是——」

正是這時，只見一名潛火兵將繩索牢牢綁在梁柱上，大喊著：「讓開，都讓開——」隨即從酒舍裡跑出來，與其他幾名小兵一起拽住繩索的另一頭說：「跟著我，一起使勁兒！」

樓館快要坍塌，磚石瓦礫紛紛掉落，周遭地面震顫，一股久違的塵煙伴著嗡鳴聲撲面襲來，潛火隊的衛隊長撤到江辭舟跟前，急聲道：「虞侯，快往後撤，酒舍要拆了！」

——要拆了。

江辭舟聽到這三個字，腦中「轟」一下就亂了。

灼燃的火光與塵埃交織，他彷彿回到了五年前那場滂沱的雨中。

雨太大了，晨起幾乎看不到太陽，有人撐著傘來到他身邊，急問：「拆嗎？」

「找不到溫阡了，快拿個主意，拆嗎？」

「定的是今日，不能不拆，拆吧！」

江辭舟怔怔地注視著前方，抬起手，忍不住喊：「別拆……」

但這裡不是柏楊山，也並非五年前，這裡沒有洗襟臺，這裡有的，不過是一個被燒空了的酒館架子，本來就該拆毀的。

酒館轟然一聲在眼前坍塌。

朝天與祁銘架著江辭舟疾步後撤。

可江辭舟的眼裡，卻似乎只剩了那一團火色與彌散的飛灰。

青唯立在胡同口，怔怔的看著江辭舟被祁銘二人強行拽出酒舍的光亮處，看著他的眼神漸漸失焦，伏倒在地，捂住胸口一下一下大口地喘著氣，劇烈地咳嗽起來。

她知道他在洗襟臺下受過傷，也知道他有舊疾，但她不知道，他的舊疾原來是這樣的。

德榮很快從馬車裡取了氅衣回來，披在江辭舟身上，見青唯還立在巷口，看了祁銘一眼。

祁銘頷首，來到青唯跟前：「少夫人，虞侯的舊疾犯了，要進宮一趟，卑職送您回府。」

青唯的目光還在江辭舟身上，「為何要進宮？」

祁銘道：「少夫人有所不知，當年虞侯在洗襟臺下受傷，正是被送進宮醫治的，眼下見屋舍坍塌，疾症又犯了，要進宮尋治病的老醫官。」

德榮將江辭舟扶到朝天背上，朝天將他馱起，快步走向馬車。

路過她的身邊，他似乎閉上了眼，修長的手指低垂在身側，整個人沒聲息似的，沒有如以往那般喚她一聲「娘子」，也沒有告訴她，他要去哪兒。

青唯沒覺得什麼。

其實她本也不是他的娘子。

青唯點了點頭，對祁銘道：「好，那我們走吧。」

說著，背過身，往街巷另一頭走去。

三日後，高府。

引路的嬤嬤將青唯帶到花廳，喚人來奉茶，隨後行禮道：「大表姑娘在此稍候，老奴這便去請表姑娘。」

青唯頷首：「勞駕。」

這間花廳位於高府的西跨院，青唯此前住在這裡時沒來過，她嫁人了，而今再回來，便算是客，待客有道，把人帶到偏院接待，算很失禮了。

青唯沒計較，在圈椅裡坐下。

她在江府一連等了三日，非但江辭舟沒回來，朝天與德榮也沒回來。

江逐年近日去附近的州縣辦差，她一個人住在偌大的府邸，竟像是又回到當初飄零的日子。

她本想夜探京兆府，會會囚在牢裡的扶冬，但折枝居案情牽涉重大，她貿然行動，只怕打草驚蛇，思來想去，記起高子瑜是京兆府的通判，便過來找崔芝芸幫忙。

青唯坐了沒一會兒，只聽身後傳來一聲：「阿姐？」

青唯回頭望去，崔芝芸面色蒼白，弱不勝衣，竟比剛到京城時更加憔悴。見到青唯，她卻很欣喜，疾步過來，「阿姐，妳來看我？」她握住青唯的手，「自從妳嫁去江府，我一直想去探望妳。」

她瘦得太厲害了，連手指都細骨嶙峋的。

青唯猜到她大約過得不好，想了想，到底還是關心了一句：「妳近日怎麼樣？」

崔芝芸垂目笑了一下，撤開手，見青唯沒動茶水，提壺想為她斟，手觸到茶壺，竟是涼的，「惜霜這幾日身子重了，吃什麼都不合胃口，她肚子裡的到底是高家長孫，府上的人看重，多關懷一些也是應該。我就那樣吧，不過是個寄人籬下的表姑娘，可有可無的。」

她放下茶壺，回身道：「不說這個了，阿姐呢？阿姐在江府過得怎麼樣？」

青唯其實在哪兒都無所謂，只說還好。

她今日前來是有事相求，很快直入主題：「芝芸，我有樁事要託付妳。」

崔芝芸道：「只要我幫得上的，阿姐儘管說來。」

青唯思量了一下措辭，「我官人這個人，妳也知道，成日裡浪蕩慣了，我嫁過去沒幾日，他瞧上一個花魁，前陣子還為了她在東來順擺酒，結果被人做局，險些遭到伏殺。眼下這花魁被疑作嫌犯，關押在京兆府，妳能不能幫我跟高子瑜打聽打聽，這花魁究竟是不是凶犯，若她是，還望一定嚴懲，若不是，她何時放出來，還盼知會我一聲，我拿些銀子，把她打發了。」

崔芝芸聽了這話，有些震詫。

她知道江辭舟德行不好，沒承想只成親數日，便出去吃酒狎妓。

崔芝芸垂眸苦笑了一下：「是我對不住阿姐，早知如此，不如由我嫁去江家，左右我在哪兒都一樣，阿姐有本事，卻不至於被這高門深宅困住。」

她看向青唯，「阿姐放心，這麼一樁小事，我還是辦得到的，等表哥回來，我跟他打聽，到時候我想法子告訴妳。」

有日子沒見，崔芝芸比之前沉穩了許多，青唯見她知道輕重，沒多作提點。

她陪崔芝芸坐了一會兒，辭說要回江家，崔芝芸十分不捨，一路把她送到府門外，青唯在府門口駐足，思量了一下，說道：「妳在高家，好好照顧自己。妳是妳，旁人是旁人，旁人無論做什麼，只要沒礙著妳，不必往心裡去。」

崔芝芸聽明白了，今日青唯能來看她，陪她說這一會兒話，她心情已舒緩許多，輕聲道：「阿姐放心，您教我的，我都記著呢，總之誰都靠不住，人活到頭來，只能靠自己，我只管把自己照顧好就是。」

青唯頷首，走到巷子口，又回頭看了一眼。

崔芝芸還站在高府門口望著她，見她回首，還笑著跟她招了招手，她一個人立在那兒，身邊連個陪著的丫鬟都沒有，孤零零的。

可有什麼辦法呢。

人本該是這樣獨行。她也一樣。

快要到江府，青唯忽聽上空有隼高鳴，她繞去一條背巷，抬臂將隼接住，從隼的足邊取出字條：「今夜於東舍一敘。」

青唯回到宅子裡，在屋中等到暮色四合，換了夜行衣，披上黑袍，翻牆而出，很快到了紫霄城東側的小角門。

墩子早就在角門旁候著了，任值守的禁衛把她放進來，帶她到東舍院中，推開門，喚了聲：「公公。」

屋中只點著一盞燈，曹昆德坐在當中，閉著眼，伸手揉著額角，「來了？」

青唯任墩子掩上門，說道：「義父看上去疲憊。」

曹昆德慢條斯理地道：「昨日榮華長公主回宮了，宮裡好一通繁亂，內侍省當班的沒個歇息，全都連軸轉，早就想招妳，今兒才得空。」

他睜開眼，「聽說幾日前，妳跟江家那位小爺當街吵了一通？」

「是。義父囑我盯著他，但他沉迷聲色，平日裡並不與我多相處，他連日擺酒吃席，我覺得可疑，便扮作玄鷹衛跟著他去。」

曹昆德問：「妳可瞧出什麼來了？」

青唯道：「他似乎看上了小何大人莊上的扶冬姑娘，還與一個名喚鄒平的校尉爭風吃醋。鄒平心中嫉恨，設局伏殺他，僱了好些死士，後來還炸了火藥。」

「照妳這麼說，這火藥確實是鄒平備的？」曹昆德聲音細冷，從木匣裡取了根竹籤，剃著指甲，漫不經心地問，「就不能是他江辭舟自己備的，賊喊捉賊，嫁禍鄒平？」

青唯心中一凝，看了曹昆德一眼，很快垂眸：「義父這個猜測，我也曾想過，但，當時死士太多了，我只顧著應付他們，沒瞧清到底是誰扔的火藥，後來聽說這個鄒平的父親是衛尉寺卿，照常理推斷，應該是他。」

「照常理推斷？」曹昆德冷笑一聲，他看向青唯：「若凡事都能照常理推斷，反倒簡單了。照常理推斷，江辭舟就是江辭舟，當不上什麼玄鷹司都虞侯；照常理推斷，妳是溫阡之女，早該命喪朝廷的刀兵之下；照常理推斷，新帝年輕羸弱，朝政上有章何壓著，不能夠力排眾議啟用玄鷹司；照常理推斷，榮華長公主不會提早回京，薛長興也不會失蹤；照常理推斷，五年前那洗襟臺就不該建！」

他說到後面，聲音愈急，森冷砭骨，手中竹籤折成兩段。

青唯立刻屈膝半跪：「青唯辦事不力，請義父責罰。」

曹昆德悠悠地看著她，半晌道：「妳嫁給江辭舟有些日子了，總不能是與他做了夫妻，慢慢兒對他生了情愫，管不住自己的心，想要幫他瞞著義父吧？」他將斷了的竹籤扔進木匣子裡，「妳可莫要忘了，妳是溫阡之女，這事要是讓朝廷知道了，沒有義父護著，非但妳要遭殃，便是那魚七，說不定也要因此受牽連。」

青唯聽出這話中的脅迫之意，低垂雙眸，「義父說的是。只是我這些年走過來，無牽無掛，並沒有把生死放在心上，朝廷想要我的命，拿去便是，我自己清白自己知道。還有義父提的師父，我找了他多年，無非就是為了盡一份孝道，我要是死了，一切就成了空談，他受不受我牽連，我也管不著了。」

曹昆德目光森寒地盯著青唯。

他知道她倔強，就這麼被她回敬了一記硬刀子，他心中還是著惱的。

他稍緩了緩，想到青唯身上背負重罪，前陣子還去城南劫獄，可眼下呢？還不是苟且在江家。

嘴上說什麼「不懼死」，不懼是不懼，她還有沒做完的事呢，想必是不願死的。只要不願，她就不會跟他撕破臉，相互利用的人麼，談什麼真心？

曹昆德想到這裡，眉頭舒展，語氣緩和下來：「瞧妳，義父不過是提點妳一句，妳竟當起真來了？」

他淡淡道：「罷了，火藥的事，義父自己著人去查吧。」

他起身推開門，喚來墩子，「把你的風燈與斗篷給她。」

墩子很快取了來，曹昆德見青唯披好內侍的斗篷，說道：「夜深無眠，今夜陪義父在這深宮裡走一走，說一會兒話吧。」

青唯頷首：「好。」

說是在深宮裡走，其實也不過是走在三重宮門外的甬道院牆之下。

秋夜風來，寒蛩蟄伏在牆根下張皇鳴叫，曹昆德的聲音老而蒼冷：「榮華長公主，妳聽說過她麼？」

「聽說過。」青唯默然片刻，「她是先昭化帝一母同胞的親妹妹，聽說很得先帝恩寵。」

「是。先帝在世時，先皇后去得早，當今何太后那會兒只不過是個妃，連『貴』字都沒冠，所以很長一段時間，後宮的主理之權，都在榮華長公主手上。」

「這事本來不合規矩，但長公主的駙馬，當年是投滄浪江死諫死的，他死了後，先帝做主，把她接回宮來長住。」

「……滄浪江，長渡河，洗襟臺，這些事一樁接著一樁，在咱們這一輩人的心中，始終是過不去的一道坎兒，先帝憐惜榮華長公主因此喪夫，非但把她接回宮裡，還把她與駙馬爺的兒子帶在身邊教導，給他封了王，就是後來名動京城的小昭王。」

青唯提燈走在一旁，靜靜聽他說完，問道：「義父與我說這些做什麼？」

「章鶴書此前擬書奏請重建洗襟臺，朝中大員相爭不休，昨日旨意下來，說此事官家恩准了。」

「洗襟臺要重建了，榮華長公主回京了，玄鷹司也復用了，靜水流深，下有暗湧，義父看著漩渦起，想喘口氣，所以多說了幾句。」

曹昆德的步子在甬道口一扇小門外停駐，順著小門望去，能夠看到一截更深的甬道，內裡似乎連接著一處巍峨的宮所。

青唯不知道，在這深宮裡，有這樣一所殿閣，裡面住的不是帝王，也不是宮妃，而是一對久居深宮的母子。

風很大，殿閣外的鐵馬在寒夜裡叮啷作響。

曹昆德收了步子，掉頭往來路上走，「義父這個人，或許不是什麼好人，終究不會害妳。當年洗襟臺坍塌，煙塵太大了，浸到了這深宮的水裡，渾濁得很，所以陷在裡頭的人，一個一個不得不帶上面具。」

鐵馬聲太吵了，青唯跟著曹昆德往來路走，忍不住回過頭，再度望向那座殿閣。

殿閣還掌著燈，似乎裡頭的人還未安睡。

可是再往裡，她便望不清了。

「這深宮啊，義父也只帶妳在周邊走上一遭，不會讓妳往內裡涉。因為妳不知道，那些面具底下，究竟藏著什麼人？他們會對妳好，還是會利用妳，害了妳。」

深夜，昭允宮燈火未歇，廊簷鐵馬在風中狂亂作響。

一名宮婢端藥走到宮門口，對門前的小黃門道：「拿杆子把這簷鈴取下來吧，省得攪擾了殿下歇息。」

小黃門稱「是」，尋杆子去了。

宮婢於是端著藥往裡走，穿過主殿，到了內殿，將藥擱在梨花木高几上。

內殿除了醫官，還侍立著侍衛與廝役，裡側有一個床榻，榻上床幔高掛，一旁的櫃閣上擱著一張銀色的面具。

江辭舟從混沌的夢境中清醒過來，聞見的是一股熟悉的，刺鼻的藥味。

他緩緩睜開眼，眸光不再如幾日前來時昏時醒那般渙散，慢慢有了一點神采。

醫官探身過來，試探著喚：「殿下，殿下？」

江辭舟喉結上下動了動，「嗯」了一聲。

醫官立刻吩咐：「殿下醒了，快，快拿藥來！」

朝天稱是，大步取來藥湯，與此同時，德榮快步走內殿門口，對適才的宮婢道：「殿下醒了，快去通稟長公主殿下。」

宮女頷首，疾步趕到昭允殿門口，聲音散在深秋的夜風中，「快去通稟官家與長公主，小昭王殿下醒了——」

昭允殿的宮燈一盞一盞亮起，不多時，榮華長公主就到了。

秋夜有些涼，下頭早燒了爐碳，阿岑在前頭為長公主打簾，長公主快步來到榻前：「與兒，你怎麼樣？」

江辭舟靠著引枕坐起身，他的臉色還很蒼白，沒答這話，只問：「母親怎麼回宮了？」

榮華長公主每年入夏都去大慈恩寺清修，要入冬了才回。

「朝中鬧得這樣厲害，疏兒處境艱難，你也捲入其中，我如何不回來？」

趙疏正是當今嘉寧帝的名字，嘉寧帝的母親早逝，兒時一直被養在長公主膝下。

「你怎麼想到去玄鷹司了？」榮華長公主又問。

「……官家復用玄鷹司，希望能藉機查清五年前寧州瘟疫一案與洗襟臺的關聯。他獨木難支，我便應了他去做都虞侯。」江辭舟頓了頓，說道：「這也是舅舅過世前，唯一的囑託。」

長公主卻憂心道：「你已做了幾年的江辭舟，而今應下這玄鷹司的差事，朝廷那些人，豈能不懷疑你？你不避鋒芒倒罷了，章蘭若讓你留下拆除酒舍，擺明是為了試探，你怎麼還……」

話未說完，江辭舟的眸光微微一動，他別開眼，看向擱在一旁的銀色面具。

長公主知是自己關心則亂，觸及他的心事，抿了抿唇，很快收住話頭。

她在江辭舟的榻邊默坐一會兒，轉頭問身旁的阿岑：「藥煎好了嗎？」

「好了，醫官擱在小爐子上溫著呢。」

阿岑很快取了藥湯回來，又說，「奴婢裡裡外外都打點過了，除了官家與昭允殿這邊的，沒人知道殿下回來。」

阿岑是這宮裡的老人兒了，她辦事，長公主一向是放心的。

長公主將藥碗遞給江辭舟，說道：「與兒，先把藥吃下。」

湯藥的氣味刺鼻濃烈，江辭舟接在手裡，一時沒飲，半晌，只道：「我想試試。」

這句話乍聽上去沒頭沒尾，可話音落，整個內殿一下子就靜了。

殿中除了長公主，還侍立著阿岑、朝天、德榮，與醫官。

他們看著江辭舟，誰也沒能說出話來。

——「我想試試」。

五年前洗襟臺塌，人從陵川送回來，半條命都沒了。長公主以淚洗面，阿岑幾人在榻邊衣不解帶地照顧，江辭舟時而清醒時而昏睡，可他醒著的時候，只睜著眼，沉默著躺在榻上，什麼話都聽不進。

半月後，大理寺有人來問案，他才第一次出了聲，「死了多少人？」

大理寺的官員似為難，說道：「殿下傷勢未癒，別的事不宜太往心上去，還是……」

「我問的是，究竟死了多少人？」

後來長公主才從旁人口中聽來隻言片語——

洗襟臺建成那日，溫阡不知怎麼竟不在，有根支撐樓臺的木樁，本來就該在樓臺建好時拆除的，工匠們的意思都是拆，於是便有人請小昭王拿主意。

雨太大了，滂沱迷離，是小昭王立在柏楊山下，說：「拆吧。」

大理寺的官員不敢抗命，只好道：「死了許多，有名在冊的，大約百餘吧，翰林的張正清、余嵩明，一個都沒活下來，與殿下同去的江小爺，眼下也命懸一線，還有一些陷在山裡，沒法挖……怕有疫情，只好放了把火……」

江辭舟閉上眼。

他在昭允殿養傷，傷勢反反覆覆，直到一年後才略微好轉。

這一年時間，他數度撐著踏出昭允殿，想去問問舅父怎樣了，朝野怎樣了，那些亡故的人怎樣了，數度被殿外濃烈的陽光逼退回來。

他彷彿失了一半魂魄在洗襟臺暗無天日的廢墟裡，抬目不能見光。

後來有一日，他看到擱在櫃閣上的面具。

這張面具是那個真正的江小爺給他的，當時他還玩笑說：「殿下與我年紀差不多，身形也這樣像，帶上面具，殿下便成了我。」

真正的江辭舟，聽說在三日前傷重不治，亡故了。

小昭王指著面具，對德榮道：「把它給我。」

「我想試試。」他說。

當年的洗襟臺下，謝容與和江辭舟，只活下來了一個人。

可一張面具帶久了，便摘不下來了，江辭舟死了，於是自那以後，謝容與就成了江辭舟。

而無論活下來的是誰，他想繼續如常人一般活著，只能是江辭舟。

江辭舟將藥飲盡，探手拿回擱在櫃閣的面具，沒頭沒尾地又說，「試過了，還是做江辭舟痛快。」

阿岑正取了親王的玄色滾絳紫邊大袖曲領朝服，聽了這話，將朝服擱回，換成他平日在外行走的常服。

江辭舟起身更衣。

朦朧的燈色裡，他的臉一點瑕疵也無，眸色清淺，沉靜溫柔，眼尾卻是凜冽的，凌厲而不失鋒芒。

先帝在時，阿岑在先皇后身邊伺候，先皇后去了，阿岑滿了二十二，去了長公主府上，後來又隨長公主回到深宮。

兜兜轉轉數十年，宮裡宮外的清貴人才，阿岑幾乎見了個齊全，卻沒見過小昭王這樣的長得這樣好，這些年卻活在一張面具之下，錦衣夜行，實在是可惜了。

江辭舟換好衣衫，跟榮華長公主請辭，說道：「耽擱了三日，外頭還有許多事務急需料理，機不可失，待過兩日，清執再進宮跟母親請安。」

長公主見他要走，喚道：「與兒。」

她端坐於內殿，問道：「你真的成親了？」

其實江辭舟寫信跟崔家議親，是徵求過長公主同意的。

彼時章鶴書擬旨重建洗襟臺，朝中風聲不平，洗襟臺之禍恐會殃及岳州崔家，小昭王念及與崔原義的舊情，想藉著江家的婚約，救崔氏族人一命——崔芝芸如果做了江家兒媳，朝廷也不會枉殺崔弘義了。

而長公主之所以有此一問，乃是因為江辭舟承諾，待娶回崔芝芸，便跟她說明假夫妻的實情，並把她送去大慈恩寺，由長公主暫護。

可這麼些日子過去了，竟未見他將人送來。

江辭舟默了一下，撩袍在殿中重新坐下，「當年洗襟臺塌，溫阡與手下八名工匠皆是冤屈，我的確沒想著成親，寫信議親，只是為了幫助故友親人，沒想到……」

「沒想到？」

「沒想到嫁過來的不是崔芝芸，是崔原義之女，崔青唯。」

江辭舟斟酌了一下道：「崔原義有一小女，這我是知道的，可洗襟臺快要建成時，他家小女病入膏肓，說是已沒幾日可活。崔原義後來沒死在洗襟臺下，正是因為回去為他的小女奔喪，按說他這小女早該沒了，眼下這個……」

長公主問：「眼下這個是誰？」

「她應該是，」江辭舟聲音沉然，「溫阡之女，溫小野。」

當年朝廷下令緝拿溫氏親眷的海捕文書上，溫氏女三個字，早已被畫了紅圈，可旁人不知道她活著，他卻是知道的。

江辭舟道：「我這幾年也曾派人找過她，但因養傷耽擱太久，反而失了音信。後來聽說崔弘義收養了崔原義的小女，心中起過疑，一直不曾查證。一是因為這個崔青唯存在的痕跡確鑿無疑，像是有人幫忙做過手腳，貿然查證，恐怕會打草驚蛇；二是覺得本來也非相識之人，她若有了落腳處，其實也好。」

「溫阡之女……」榮華長公主咂摸著這四個字，「她可認出你了？」

「沒有。」江辭舟道，笑了一下，「我認得她，她並不認得我。」

「她眼下不知是效力誰，城南暗牢把守重重，她能從中劫出薛長興，此事不會簡單，我介入得太晚，尚沒能查清。」

「我無法貿然袒露身分，試探過她幾回，她很謹慎，一直對我多有防備。再者，她若當真知道我是誰，知道……我做的那些事，未必會肯信我。」

長公主看著江辭舟，最後問道：「你眼下娶了溫氏女，又是怎麼打算的？」

殿中燈色朦朧，江辭舟垂著眸，眸色輾轉。

「我不知道。」良久，他道：「我與溫叔有舊誼，她既是溫青唯，那她……到底與旁人不同。」

第九章　扶冬

沿著深宮甬道走回東舍，最末一段路已然無話。

曹昆德年紀大了，走了一個來時辰，勾著背脊喘起氣來，青唯攙著他回到院中，將內侍的斗篷還給墩子，披上黑袍：「義父，我先告辭了。」

「回江家去？」曹昆德盯著她的背影，問道。

青唯頓住步子，「是，我在京城暫沒有別的落腳之處，只能回江家。」

「何鴻雲的莊子上，有妳要找的東西？」曹昆德悠悠又問。

青唯一時沒吭聲。

她近日行事裡外瞞著曹昆德，儼然是不信任他，可曹昆德何許人也，豈能受她一個小丫頭矇騙？他是這禁中內侍省的都知，是第一大璫，宦官這等人物，旁的厲害沒有，遊走於深宮各處，周旋於君臣之間，最是耳目靈通。

「寧州孤山的斷崖，薛長興投崖前囑託了妳什麼，咱家大概猜得到。妳是咱家在宮外的手腳，咱家呢，不為難妳，甚至還可以幫妳。只一個要求，」曹昆德細著聲道：「何鴻雲身上有樁舊案，妳那個夫君盯著這事兒呢，妳如果能從江辭舟嘴裡套出線索，事無鉅細，全都告訴咱家。」

他將話說得這樣直白，青唯思量了一下，也不繞彎子，直問：「義父說的舊案是什麼？」

「五年前，寧州的一樁瘟疫案。」

曹昆德說：「巡檢司的鄒平意圖殺害江辭舟，已被大理寺緝拿，他的父親衛尉寺卿受他連累，一併被停了職。何鴻雲一個水部司郎中，哪養得起許多武衛？他那個莊子把守重重，多半是鄒家兩父子的功勞，而今鄒平獲罪，何鴻雲擔心受牽連，從莊上撤走了鄒家的人手，妳如果想再去祝寧莊一探，眼下正是最好的時機。再者，咱家聽聞何鴻雲昨日從京兆府的牢裡撈出一名喚作扶冬的花魁，送回了莊子上，妳不是要找她？」

青唯聽了這話，微微一愣。

她早上還去崔府，託付崔芝芸幫忙打探扶冬的消息，沒承想何鴻雲的動作這麼快，已將扶冬接回了。

曹昆德抱布貿絲，是想買賣公平，她聽得明白，自然也不再敷衍：「多謝義父。若打聽出寧州瘟疫的蹊蹺，青唯一定第一時間稟明義父。」

馬車停在東牆的角門外，江辭舟撩開簾坐進去，已將面具重新覆好了。

朝天候在車室中，見他進來，立刻稟報道：「一切正如公子設計，折枝居的火藥炸了後，鄒家兩父子一併停了職，何鴻雲被何拾青一通責罵，禁足在府中。他擔心受鄒家牽連，命人將巡檢司與衛尉寺的人馬一併從莊子裡撤出，雖然增布了暗哨，但，屬下暗中去祝寧莊探過，防範已大不如前，眼下正是尋找扶夏姑娘的最佳時機。」

江辭舟道：「我此前讓你們查扶冬，你查好了嗎？」

「查了。」朝天道，他頓了頓，說道：「這個扶冬，是陵川崇陽縣人士。」

江辭舟聞言有些訝異，移目過來。

當年的洗襟臺，就是建在陵川的崇陽縣。

「說下去。」

「她原本是陵川一個私人園子裡的歌姬，大約兩三年前，她為自己贖了身，還託官府的熟人，冒用了一個寡婦的身分，輾轉來到京城，稱是手邊有些銀子，想在流水巷開家酒舍。」

「流水巷的鋪面貴，她挑來挑去，挑了死過人的折枝居。酒舍剛開，她的生意本來不好，但因她釀的酒有異香，給東來順送過幾罈，漸漸名聲就傳開了。聽說她就是在東來順認識何鴻雲的，也不知怎麼，後來搖身一變，成了何鴻雲莊上的花魁。」

朝天有些愧疚，低垂著頭：「時間太倉促，屬下只查到這麼多。沒辦好公子交代的差事，還請公子責罰。」

江辭舟聽了這話，卻沉默下來。

祝寧莊當年有個花魁名喚扶夏，與五年前寧州的一樁瘟疫案有關。瘟疫案過後，這個扶夏卻莫名病了，五年不曾露過面。

他原先百般接近扶冬，只不過是想找個去祝寧莊的藉口，尋一尋扶夏罷了，沒想到這個扶冬居然也有蹊蹺。

江辭舟直覺扶冬出現在何鴻雲的莊子上，沒有這麼簡單。

當日折枝居火藥爆炸，溫小野將扶冬提到一處牆根百般問詢，分明是有事要查。

溫小野在查什麼？

「公子？」朝天在一旁喚道：「屬下要再去祝寧莊探探嗎？」

江辭舟思量了一陣，「扶冬已被何鴻雲接回去了？」

「是，昨日已被劉闖接回莊上了。」

馬車拐進江府的小巷，江辭舟握著摺扇沉思。

彷彿一張迷圖裂成兩半，他手裡握著一半，青唯手裡，握著他想要知道的另一半。

可她對他防範得緊，當日在東來順攜手對付何鴻雲不過權益之計，而今奸惡暫除，神仙妖鬼各歸各位，如果他直問，她輕則含糊其辭重則鬥法拳腳，半個字都不可能多說。

怎麼才能從她口裡套出線索呢？

馬車到了江府跟前，江辭舟駐足在府門口，黑夜裡，他緩緩在手心裡敲擊著摺扇，半晌，喚道：「朝天。」

「公子？」

「給我鬆鬆筋骨。」

青唯回到府上，正打算備齊繩索匕首，趁夜再探一回祝寧莊，前院忽然傳來車馬停駐的聲音，她愣了愣，側耳一聽，府外有人喊：「少爺。」

竟是江辭舟回來了。

青唯心道不好，何鴻雲不會任祝寧莊空置，今夜正是去尋扶冬的最佳時機，可江辭舟這個人不簡單，他這個時候回來，不從她這裡攫走三分利，她如何脫得開身？

少傾，腳步聲已繞過迴廊，往跨院這邊來了。

青唯見自己一身夜行衣還未換，迅速將黑袍褪下，與繩索匕首一起藏入嫁妝箱子裡，心道是無論如何都要把江辭舟困在府中，取了一支迷香藏入馬尾髻下，披上外裳，迎了出去。

屋門「吱呀」一開，江辭舟正巧到了院中，一抬頭，兩人的目光對上，稍稍一愣，竟是一同笑了。

江辭舟溫聲喚了句：「娘子。」

青唯柔聲道：「官人回來了？」

江辭舟「嗯」了一聲，進了屋，「娘子這麼晚不睡，在等為夫？」

留芳與駐雲聽到動靜也起了，與朝天德榮一起候在屋外，青唯先沒答江辭舟的話，吩咐她二人去為江辭舟打水沐浴，才說道：「官人去宮中養病，妾身一人在家中，長日漫漫，無從打發，自是在等官人。」

說著，她回過身，看向坐在桌旁的江辭舟，「宮中不比家裡，想必十分不自在，官人這幾日辛苦了，今夜便由妾身伺候官人沐浴，如何？」

江辭舟盯著青唯，朦朧燭光映出他唇邊的笑：「好啊。」

浴桶氤氳著熱氣，留芳與駐雲退出屋，把門掩上了。

屋中只點著兩盞燭燈，青唯端了一盞到浴房，擱在竹屏旁的高臺上。

江辭舟於是褪下薄氅，不緊不慢地來到浴桶前。

浴房很小，原本就是一個打通的耳房，被竹屏一隔，四處繚繞著水氣，更顯得逼仄。青唯回過身，「我為官人寬衣。」

江辭舟的身後就是燈臺，等他下了浴，迷香在燈臺上一燒，睡足一夜不是難事。

然而青唯的手剛觸到江辭舟的腰封，便被他一把握住了。

「不著急。」他垂目看著青唯，「折枝居遇襲，妳我夫妻患難一場，不該先說些私房話？」

青唯不動聲色，「官人想說什麼私房話？」

江辭舟逼近一步，「折枝居出事時，妳盡心保護扶冬，不僅僅是出於好心吧？怎麼，妳的目標不是梅娘，這個扶冬才是妳真正要找的人？」

青唯沒想到他這麼快就直入主題。

她的身後是浴桶，右側是竹屏，眼下被他圈在這方寸之地，竟有點逼問的架勢。

青唯覺得不妙，卻也不甘示弱，「說起這個，官人又是為什麼派朝天去探扶夏館？何鴻雲的莊子不簡單，那扶夏館裡究竟有什麼，值得官人這樣冒險？」

她說著，欲繞出困地，「我不跟官人打聽扶夏，禮尚往來，官人何必跟我打聽扶冬？」

江辭舟卻先她一步握住她的手腕，撐在浴桶之上，將她環在臂圈中，聲音低沉，「當日何鴻雲在折枝居設下殺局，妳我合作無間，為夫還道是經此一事，我們的夫妻之情更近一步，怎麼為夫才走了三日，娘子就翻臉不認人了？」

他握得不牢，可用的力很巧，青唯掙了掙，竟是不能輕易將手腕從他的掌中掙脫。反而在這一震盪下，浴桶裡頭水波輕晃，熱氣再度彌散上來，在兩人之間氤氳開。

青唯看著江辭舟：「你可沒說過你會功夫。」

江辭舟一笑：「我也沒說過我不會。」

青唯不疾不徐道：「當日東來順擺席，官人提前讓德榮備好火藥，只怕沒有看上去那麼簡單吧？你的目標一直是扶夏，苦於祝寧莊守衛嚴謹，無計可施。若不是我此前挾持你，讓你瞧出鄒平對你的殺機，你如何能夠將計就計，用一包火藥，拖鄒家父子下水，令祝寧莊空置，你好藉機再探扶夏館？此事說到底是我幫了你，說翻臉不認人，究竟是誰翻臉不認人？」

江辭舟慢條斯理道：「娘子受人之託去城南劫獄，假借撞灑我的酒，掩護薛長興出逃，目的究竟是什麼，我可以不予追究。但是，當日若不是我把梅娘從銅窨子裡提出來，娘子如何能見到她，繼而查到扶冬？眼下我不過是問問扶冬有什麼蹊蹺，娘子半個字都不肯透露，說心狠，還是娘子待為夫心狠。」

他二人對視而立，一時間互不肯相讓。

青唯心裡清楚，這些事若一樁一件地掰扯起來，道理還是其次，只怕說到明天早上都說不完。

而今夜是去祝寧莊見扶冬的最好機會，她不能把這個時機誤了。

罷了，唇槍舌戰不是上策，還是動手吧。

青唯垂下眼，似思量了一陣，竟似示弱了，「如果……官人想問的只是扶冬這個人，妾身也沒什麼不可以說的。」

她從他掌中抽回手，再度扶上他的腰封，將玉扣輕輕一解，腰封落地，江辭舟的外袍一下子散開。

燈臺就在他的身後，只要把他哄去浴桶裡，再把迷香一點，就大功告成了。

「只是此事說來話長，」青唯說著，撫上江辭舟的襟口，要為他解襟前內扣，「等久了，怕是水都涼了，還是妾身一邊伺候官人沐浴，一邊慢慢道來。」

她離他很近，說話的時候，清冽的鼻息就噴灑在他的脖頸間。

江辭舟背光立著，喉結上下動了動，在一片昏色裡盯著她。

她肯定想了法子要對付他，極有可能在身上藏了東西。但她眼下只著中衣，他適才環住她時已略微探過，如果衣裳上沒有，她會把東西放在哪兒呢？

「娘子。」江辭舟伸手勾住青唯的下頷，俯眼仔細看著。不知是因為離得太近，還是光線太暗，朦朧的夜色隱去了她右眼上的斑紋。入目的這張臉是乾淨的，眸光是清澈的，微啟的唇水光溫潤，無害且誘人。江辭舟伸手環住她的腰，「娘子說的是，如此良宵吉時，有什麼話都該慢慢說，妳我等了這麼一會兒，水溫正是適宜，依為夫之見，這麼一桶浴水，浪費了可惜，不如妳我鴛鴦共浴，促膝長談，豈不美哉？」

他伸手撫上她的背脊，掠過她的後頸，爾後探入她的髮髻，欲摘下她的玉簪。

青唯心道不好，他定是猜到她在身上藏了東西！

江辭舟的手觸到玉簪，青唯抵著浴桶，朝後一仰，霎時掙脫開他的束縛。與此同時，玉簪脫落，青絲如緞子般散開，馬尾髻不能藏物，迷香順勢下跌，落入水中。寂靜的房裡，「咕咚」一聲輕微的落水之音猶如石破天驚，剎那金鼓齊鳴。

青唯併指為掌，朝前劈出，江辭舟後撤半步，摺扇從袖口滑出，擋下這一勢，爾後變守為攻，欲捉回青唯。青唯再度閃身躲去，她真是靈巧得很，明明身後除了浴桶沒有退路，腰身朝後仰下，反手撐在浴桶兩邊，當空一個迴旋，借力踩上了竹屏，躍出了竹屏之外。

江辭舟也不客氣，打蛇打七寸，她說這些日子日日待在府中，誰信？

他知道她的夜行衣與斗篷必然藏在嫁妝箱子裡，先一步出了浴房，欲掀她的箱子。青唯見勢不好，一腳踹上竹屏。竹屏吃力滑出，原地晃了晃，轟然砸倒在江辭舟跟前。

身後疾風襲來，江辭舟並不回頭，扇子在掌中一旋，勾住床幔的玉鉤，隨即下拽。紗幔脫落床架，當空成纏蛇，朝後捲來，青唯矮身避過，將圓桌往前蹬去，隨即縱躍而起，凌空踩上圓桌，揮掌朝江辭舟劈去。

江辭舟見她來勢洶洶，不得不撤了掀箱子的手，摺扇抵住她的掌風，反剪住她另一隻手，伸手掀了桌布，心中只道是溫小野果真應了「小野」二字，路子太野，他簡直要招架不住，先捆住再說。

青唯見桌布掀落，空出一隻手來抄起一旁櫃閣上的青瓷瓶，心中恨得牙癢癢，此前他在折枝居當看客不出手，她還以為他功夫不好。他哪裡是功夫不好？他就是想拖到事情鬧大了放火藥！還虧的她慎之又慎，唯恐刀劍無眼，傷了他的性命！

他既無情，她何必有義？不管了，反正她下手有輕重，砸暈了再說！

江辭舟手中握著布幔，朝青唯身上捆去，見她捉了青瓷瓶砸來，偏頭一躲，瓷瓶碎在一旁的床柱子上，江辭舟「嘖」了一聲，「娘子要謀殺親夫？」

青唯冷笑一聲，她的一隻手已經被布幔縛在了床頭，「你也不看看自己在做什麼。」說罷，空出另一隻手來將布幔拽回，起身再與他鬥法。

地上盡是碎瓷片，江辭舟看了一眼，想叫她躲開，一時沒防著她這一手，手中布幔沒鬆，被她這一拽，逕自被她帶去榻頭，鬢邊擦過她的頰邊，恰好她別過臉來，耳後一片肌膚驀地被溫涼柔軟的花瓣輕輕一觸。

江辭舟愣了一下，青唯也愣了一下。

青唯很快道：「你這是做什麼？」

江辭舟頓了頓，稍離了寸許，「為夫還想問娘子是要做什麼？適才說好了要共浴，為夫還當是娘子不願，眼下看來，竟不像是不願？」

他站起身，心知這麼爭下去不可能有結果，理了理凌亂的衣衫，「妳我各退一步，一人一個問題，只要不觸及私隱，問過必答。」

青唯斟酌了一番，這是最快的法子了，點頭道：「好。」

江辭舟盯著青唯：「妳為什麼要找扶冬？」

青唯想了想，避重就輕，「我也不知道，我在查一樁舊案，有人留了線索給我，線索指向的就是扶冬。」

江辭舟思量起她所謂的線索，過了一會兒，問，「那支簪子？」

「這是第二個問題了。」青唯道：「該我了。」

「你為什麼要探扶夏館？是不是與五年前寧州的瘟疫案有關？」

江辭舟沒追問青唯是如何知道瘟疫案的，左右她背後的人連城南暗牢都敢劫，有什麼是不能知道的。

他道：「是。扶夏是祝寧莊五年前的花魁，當年寧州瘟疫案獲罪的富商是她的恩客，這富商的罪名來得蹊蹺，他死後，扶夏再也沒露過面，想要查這案子，自然該找扶夏。」

青唯道：「她既沒再露過面，就不能是死了？你為何確定她還活著？」

江辭舟一笑：「這是第二個問題了。」

兩人各自問完答完，並肩在榻上默坐了一會兒，夜深了，不是不想睡，但兩人都是好潔淨的人，看著這一屋子凌亂，實在沒法就這麼睡過去。

江辭舟沉默須臾，起身道：「妳今夜先這麼將就吧，明早讓駐雲和留芳進來收拾。」說著，就朝屋外走去。

青唯問：「你去哪兒？」

「書房。」江辭舟道：「此前新婚，朝廷給我的休沐只有七日，如今已是多耽擱了數日，我得寫個請罪帖，明天一早呈去御案。」

青唯「嗯」了一聲，「那你去吧。」

江辭舟掩上門，朝迴廊走去，直至繞過東跨院，步子越來越快，見朝天迎上來，立刻道：「把斗篷與夜行衣給我，快！」

朝天早就聽到打鬥聲，本想去問問是否進了賊，但德榮稱那是公子與少夫人的私事，硬是攔住了他。他不敢入眠，聽到江辭舟出屋，立刻趕了過來。

「公子，您要出去？」

江辭舟「嗯」了一聲，步入書房，換好夜行衣，「我去祝寧莊見扶冬。」

「我們找的不是扶夏麼？公子為何要見扶冬姑娘？」

江辭舟理著袖口，沒答這話。

適才青唯含糊其辭，說什麼在查一樁舊案。她來京這麼久，要緊的人物就見了薛長興一個，薛長興留給她的線索，還能與什麼舊案有關？

朝天見江辭舟不應聲，說道：「公子，由屬下去吧。」

江辭舟看他一眼，「你是溫小野什麼人，扶冬肯信你？」

朝天狀似不解。

江辭舟道：「我好歹是她夫君，藉著這個身分，詐也能從扶冬嘴裡詐出線索。」

他在書案上攤開《論語》，抹平一張紙，「我誆溫小野說今夜要寫奏帖，你坐在這兒扮成我，順便抄幾篇，等我回來。」

朝天一個武衛，平生最恨讀書寫字，正猶豫著能否換德榮來，江辭舟已然推開門，遁入夜色之中。

青唯在屋中默坐了一會兒，趿著鞋，悄聲來到書房前，見窗上剪影修長筆挺，正奮筆疾書，很快回到房中。

江辭舟既然對扶冬起疑，不可能善罷甘休，他頂著玄鷹司都虞侯的身分，查起案來比她容易許多，為防線索落入他人之手，今夜這祝寧莊，不闖也得闖了。

青唯思及此，罩上黑袍，取了繩索，迅速跳窗而出。

祝寧莊的守衛果真比前陣子鬆懈許多，莊中厲害的護衛都不在，雖然增布了暗哨，因是臨時請來的，對莊子並不熟悉，很容易避開。

青唯熟門熟路地摸到了閣樓小院，避身於一株高大的樹上。

閣樓小院的守衛並沒有減少，相反還有增多的趨勢，青唯觀察了一陣，這些守衛六人成隊，一共三隊，每一炷香便會在院中繞行一周，每半個時辰還會去每間院舍內部檢視。

有了上回朝天闖扶夏館的經歷，青唯不敢貿然行事，一直等到子時正刻，守衛們從扶冬閣裡出來，才無聲掠去小樓二層，叩了叩門。

少傾，扶冬的聲音從裡頭懶懶傳來：「誰？」

「巡視。」青唯壓低嗓子。

一陣輕微的動靜後，扶冬起身開了門，「不是剛來過麼，怎麼還——」

她話未說完，嘴被青唯一把捂住，青唯跨步進了屋，腳後跟一勾，掩上門扉，剛想摘下兜帽表明身分，不防一旁有勁風襲來。

屋中居然還藏著別人！

青唯頓時警覺，鬆開扶冬瞬間後撤，在黑暗裡迎了一擊。

這一擊並不重，更像是在試探，觸碰在她肘間，發出「啪嚓」一聲，這兵器像……扇子？

青唯心中一個不妙的念頭閃過，那人卻再度探身過來，他不攻不防，逼近她身側，用扇子擋下她劈出的掌風，環臂在她腰間攬了攬。

腰身不盈一握，韌而有力。

江辭舟認出這腰，立刻後退半步，「娘子？」

雖然想過她會來，來得這麼快，卻是他沒料到的，祝寧莊的守衛撤了大半，依舊不好闖，她沒有快馬，前陣子又吃過虧，今夜再來，必當慎之又慎，還是說，她的輕功這麼好？

與此同時，扶冬點起燭燈，「姑娘，江公子，你們別打了，你們……不是一起的麼？」

青唯又一記掌風劈向江辭舟的面頰，聽了扶冬的話，堪堪停住，她憤然收掌：「誰跟他是一起的！」

江辭舟淡淡笑道：「娘子不是睡了麼？是嫌屋中繁亂，長夜無眠？」

青唯盯著他，他一身玄色長衫，箭袖收得緊，手邊扇子也是黑色的，立在那裡，身姿修長挺拔，倒是與書房窗上的剪影像得很，「你不是寫奏帖麼？寫到這裡來了？」

她問扶冬：「妳什麼都沒對他說吧？」

扶冬怔了許久，這才意識到眼前兩人似乎並不是一路的，「當日在折枝居，奴家見二位同仇敵愾，頗是恩愛，只道二位該是親密無間的夫妻，所以江公子問起奴家簪子的事，奴家便……什麼都說了。」

青唯聽了這話，看了看江辭舟，又看了看扶冬，幾回欲言又止，半晌，卻是在桌旁坐下，低聲道：「算了。」

她倒沒有多麼生氣，只是自責罷了。

他們的目標都是祝寧莊，她棋差一著，慢人一步，不怪旁人先她取得線索。

只是，薛長興把這麼重要的簪子交給她，她查到一半，被人捷足先登，對不起薛叔還是其次，就怕這些線索被有心之人利用，反過來將她一軍。

江辭舟看著青唯，見她眸中鬱色不解，也在桌旁坐下，問：「不開心了？」

他提壺斟了盞茶，推給她，「這樣，我不占妳便宜，扶冬姑娘這裡的線索我聽了，待會兒我把扶夏的事說給妳聽。」

青唯別過臉來看他：「當真？」

「當真。」江辭舟不疾不徐道：「妳忽然跟我打聽五年前寧州瘟疫的案子，難道不是妳背後之人讓妳查的？我不多跟妳透露一點，妳怎麼交差？」

青唯有點不信他：「你肯說？」

江辭舟頷首。

燭光朦朧，高大的櫃閣將兩人映在窗上的剪影遮去，屋中一片暗色，江辭舟戴著面具，青唯甚至看不清他的眸光，卻在這一刻莫名信了他。

她點頭道：「好。」

江辭舟笑了笑，對扶冬道：「那就勞煩扶冬姑娘，把適才說到一半的故事從頭再說一遍。」

扶冬點點頭，「說之前，奴家有一言想問問二位，二位能找到奴家，想必都是為了五年前坍塌的洗襟臺，不知二位與那洗襟臺究竟有何關係？」

然而這話出，青唯與江辭舟都沒吭聲。

扶冬也沒指著他們能立刻回答，這樣的事，若不是在心中久釀成傷難以言衷，又何必不顧生死追查多年不肯放過呢？

她也一樣。

「那妾身便從頭說起吧。」

「妾身眼下這個身分是假的，扶冬這個名字，也是來了祝寧莊以後才取的，妾身原是陵川崇陽縣人，因幼時家境貧寒，被賣到一處莊子上，由莊上的嬤嬤教養長大。」

「這樣的莊子與祝寧莊一樣，看起來是一所私人園子，實際上是供達官貴人狎妓享樂的場所，莊子上像奴家這樣的小姑娘還有許多，自幼除了學習絲竹歌舞，就是如何取悅男人。」

「妾身從六歲入了莊，一直到及笄都沒出過莊子。及笄後的第十日是莊上每一個姑娘的大日子，莊中的嬤嬤管這日叫『卸簪日』，私下管這又叫『破瓜日』，畢竟莊子不可能白養我們這些姑娘，過了這一日，就該學會接客了。」

「那年是昭化十二年，我的卸簪日，很意外，我的恩客不是高官，也非商賈，他是一個兩袖清風的書生。這個書生，他叫徐述白。」

扶冬道：「如果二位還記得洗襟臺坍塌後朝廷的處置，就該知道五年前，陵川崇陽縣死了一家徐姓商戶，一家二十七口，包括下人馬夫，無一生還。」

此事青唯只是略有耳聞，印象中，這家人似乎是畏罪自盡的。

江辭舟道：「當年洗襟臺塌，最直觀的原因，是樓臺第一層的木料有問題。朝廷撥了銀子，下令用最好的鐵梨木，因為柏楊山入夏多雨，鐵梨木最是防潮防水。但督辦此事的工部郎中何忠良為了求利，與陵川州尹魏升勾結，聯合商人徐途，以次充好，用一批受過潮，經過曝曬的鐵梨木，換下原本的好木，賺取銀錢差價。」

青唯聽了這話，愕然道：「可是，那洗襟臺是由溫……築匠督工的，他們這樣換木料，督工時沒有察覺嗎？」

江辭舟看她一眼，寥落地笑了一下：「溫築匠去洗襟臺督工時，已是洗襟臺二改圖紙以後了，當時第一層樓臺已經建成。要分辨木料好壞，靠的是香氣、木紋、材質、材徑、重量。這批木料的材徑合適，嵌入樓閣中，重量已無法估計，魏升稱是為了美觀，刷上清漆木汁後，又多刷了一層朱色大漆，直接掩去紋理與氣味，莫要說溫築匠，除非把木頭劈開，誰能知道他們以次充好？」

「江公子說的是，」扶冬道：「當時我就在陵川，直至洗襟臺坍塌，那次等木料才被人查出來，江公子適才提的何忠良與魏升很快就被朝廷處斬了，販售木料的徐途一家也畏罪自盡。不過這些都是後話了。」

「說回徐途。這個徐途本就不是什麼好人，做的惡事太多，老天也看不過眼，年近不惑，納了七房小妾，一個子嗣都沒有。他心中焦急，主意打來打去，就打在了一脈同根的堂姪身上。」

青唯問：「就是你適才提的書生，徐述白？」

扶冬頷首：「徐家上一輩早分了家。徐途是個奸商，徐述白與他不同，他是個家世清貧，剛過了鄉試的秀才。徐途念在徐述白有功名，希望他能過繼到自己名下當兒子，又嫌他迂腐，便將他帶到了莊子上……」

那年的扶冬雖然還小，卻已是飄香莊上的老人兒了。見慣了紙醉金迷、驕奢淫逸，她還是第一回看到這樣的人。

筵席上，四處都是狎妓享樂的客人，那個穿著一身襴衫，戴著襆頭的年輕書生一個人立在池臺中央，被一眾衣著清涼的舞姬圍著，撩撥著，憋得臉都漲紅了。

周圍不少人起哄：「徐秀才，裝什麼正經呢，瞧中哪個，只管摟上去便是！」

「莫不是念書念壞了腦子，白花花的胸脯送到跟前，他還當是白麵饅頭不成！」

「就是，嬤嬤，待會兒挑個可人兒的花苞給他開，還真當自己是柳下惠了不成？」

徐述白聽著這些汙言穢語，無措地閉上眼，可閉上眼，又不能關上耳朵，只好立在池子中央，大聲背起書來：「子曰，恭而無禮則勞，慎而無禮則葸，勇而無禮則亂，直而無禮則絞。君子篤於親，則民興於仁；故舊不遺，則民不偷……」

「……足容重，手容恭，目容端，口容止，聲容靜，頭容直，氣容肅，立容德，色容莊，坐如屍……」

周圍眾人哄堂大笑。

滿堂吵鬧聲中，嬤嬤牽著扶冬的手，指著池子中的書生：「瞧見沒有，這就是妳今夜的恩客。這些年嬤嬤調教的姑娘裡，妳是學得最好的。待會兒妳可要極盡所能，將他這一身迂腐勁兒給去了。」

「我那時沒見過世面，以為男人都該如莊上慣見的嫖客那般，給點甜頭就窮奢極欲。」扶冬說到這裡，寂寥地笑了笑，「甚至沒有多想，這樣一個清清白白的人，為何會出現在飄香莊。」

「直至幾年後，我才回過味來。那時徐途因為販售木料，早已攀上了魏升何忠良這些權貴，他不甘心自己商賈出身始終低人一等，便打起徐述白的主意，他既希望這個當秀才的堂姪能幫自己與權貴周旋打點，最好能混上個一官半職，這樣連帶著他也出人頭地，所以他把徐述白帶到了這個權貴們常來的聲色犬馬之地。」

扶冬把徐述白帶到自己廂房，照著嬤嬤教的法子，對他百般引誘，可他閉著眼，筆直立在那裡，竟是動也不動。

到後來，扶冬也累了，往桌前一坐，逕自斟了盞酒，「好了，我不招你了就是，過來吃杯酒，免得待會兒嬤嬤進來，一點酒氣都沒聞著，要怪我沒下功夫。」

徐述白睜眼看她一眼，收回目光：「不吃，誰知妳在那酒裡放了什麼。」

扶冬「噗嗤」一聲笑了，覺得這個書生真是有意思極了，將酒杯推到一旁，拿過茶壺：「那吃杯茶可好？你看你，在池臺裡背了一晚上書，又出了一額頭汗，早該渴了不是？」

徐述白的確渴了，他看了扶冬手裡的茶盞一眼，猶豫了一下，接在手裡。

看著他毫無防備把茶水送去唇邊，扶冬忍不住掩唇笑：「你以為單單酒水裡下了藥，茶裡便沒放麼？」

徐述白愣住，指尖一顫，一盞茶霎時灑落在地。

扶冬看著他這副迂腐的樣子，樂不可支，「嬤嬤早提醒過了，對付你這樣的榆木腦袋，那藥不能下在酒裡，要下在書頁裡，茶水裡，要無色無味，這樣你才能上當。」

徐述白聽了這話，只覺自己被戲弄，「妳——簡直不可理喻！」他說著，負手到了門前，掀開門閂欲走，扶冬連忙去攔，委屈道：「你要是走了我怎麼辦？今日是我的卸簪日，要是沒成事，嬤嬤會責打我的。」

她看著徐述白目露猶豫之色，再接再厲道：「再說了，帶你來的那位徐爺，准你就這樣走了麼？」

她伸手去勾徐述白的袖子，搖了搖：「今夜留在這裡陪我好不好？」

徐述白憤然將袖口從她手裡抽出，回到屋中坐下，垂眸道：「那我就在這裡坐一夜，什麼也不吃，什麼都不碰。」

「他被徐途逼著一連來了莊上幾日，每回到了筵席上便背書，到了我的房裡就枯坐一夜，便像他自己說的，什麼也不吃，什麼也不碰，甚至連睡也不敢睡。」扶冬道：「嬤嬤和徐途都說要吊著他，等他熬不住了，該破的戒便會破的。可他白日裡還要耕讀，要照顧家中病重的母親，這樣下去，身子哪裡熬得住。後來有一次，我看他面色發白，直出虛汗，便將自己藏在臥榻底下的水囊子給了他……」

「吃吧，這是我給自己留的，裡頭除了一點蜜，什麼也沒放。」

扶冬將水囊子遞給徐述白。

徐述白只是看她一眼，將頭轉去一邊。

扶冬也跟著繞去一邊，「你可知我為何要藏水？因為莊上的嬤嬤管得嚴，到了夜裡，便不許我們喝水，怕臉上浮腫，不好看，客人不喜歡；也不許我們吃蜜，怕我們體態臃腫，跳起舞來就不美了。所以我才偷偷留了個水囊。」

她將水囊再度給徐述白遞去，「我自己的，真的什麼也沒有，你還要照顧母親，這麼下去，要是自己先撐不住了怎麼辦？」

徐述白聽了這話，到底還是信了她，將水囊接過了。

蜜水入喉，猶如甘霖，他很克制，只飲了幾口便遞還給扶冬，「多謝。」

扶冬接過，將水囊小心收好，「今夜讓你睡一覺，到了明日，你又有得熬了。」

「為何？」

扶冬看他一眼，「嬤嬤說我沒本事，要給你換一個。」

「換誰都一樣。」徐述白冷笑一聲，「君子當潔身自好，堂堂男兒，一未成家立身，二未有功於社稷，便到勾欄酒莊沉迷聲色，成何體統！」

他看向扶冬，猶豫了一下道：「我看妳雖淪落風塵，實則心地純善，何必把自己困在這一隅之地，不如早日想個法子，離開這個莊子，以後出去做個良家婦人。」

扶冬聽了這話，愣了愣，一下笑了，「恩客果然是一心唯讀聖賢書的秀才，連話都說得這般不食人間煙火。恩客以為這莊子是想進就進，想出就出的麼？」

徐述白道：「我自然不這麼以為，但是書上說——」

「而且出去做良家婦人便很好麼？」扶冬道：「嬤嬤早教過我們，百姓多清貧，往往為了一兩口吃食、一身冬衣白頭搔斷，哪能過得如我這般奢華。人生璀璨不過瞬息，當醉則醉，我雖困在這裡，便是捨身予人，換來常人沒有的紙醉金迷，有何不好？」

「不是這樣的，」徐述白道：「有的買賣可以做，有的買賣不能做。書上說，君子不立危牆之下……」

「他讀了許多書，嘴卻笨得很，榆木腦子一個。我問他怎麼出飄香莊，他說『書上說』，我問他買賣該怎麼做，他說『書上說』，我就和他說，你這麼好為人師，那我以後認你做先生好不好？我說，『左右你以後要常來，不如跟嬤嬤說，你喜歡我，就願來找我。在我這有水喝，有東西吃，我可以告訴你媚藥都下在哪裡。』」

「其實我這麼說，只是不想再受嬤嬤責罰了，嬤嬤每天早上看到沒落紅的白絹，都要狠狠打罵我一通。他竟應了，他割破了自己的手指，把血滴在白絹上，說，『好，我明日再來』……」

徐述白沒當過先生，這是第一回有人喊他先生。

他的同年裡有人考中鄉試就開了私塾，教半大的孩子念書，看著那些孩子圍著同年喊「先生」，他很羨慕。

他本想也這麼做的，可徐途對他寄予厚望，盼著他能攀附上京裡來的大官，謀個一官半職，以後慢慢再考舉子，再考進士。

但他又這樣如願以償地做了先生，雖然他唯一的弟子是個妓子。

她認得字，可惜只會誦些淫詞豔賦，他便教她《論語》、《禮記》。

她會唱曲，可惜只會哼唱調情的歌謠，他便教她《詩三百》，教她《楚辭》。

她冰雪聰明，凡學過的便不會再忘，還能舉一反三。

漸漸地，他竟不排斥跟著徐途來飄香莊，也學會了跟著達官貴人們周旋。

直到半年後。

半年後的一日，徐述白查驗完扶冬的功課，問她：「妳想過要離開嗎？」

扶冬看著他，說道：「我以後本來就是要走的，莊子不可能養我一輩子，眼下我的恩客是你，等你跟著那些大官去了京裡，我的恩客就要換人。等我年紀再大一些，不能為莊子掙更多銀錢了，莊子就會把我賣了，運氣好呢，做個小妾、外室什麼的，運氣不好，也可能被主人家打發了，轉手再賣，便是死在外頭，終歸不能再回莊子上了。」

徐述白道：「不是這樣離開，是贖身，拿回妳的賣身契，乾乾淨淨地走。」

扶冬怔怔地看著他，片刻笑了，搖了搖頭：「你還是不懂這莊子的規矩，我年紀還小，除非達官貴人出高價跟嬤嬤討我，我是不可能贖身的。」

徐述白低垂著雙眸，擱在桌上的拳頭反覆握緊又鬆開，許久，才說道：「我眼下有個機會。」

「洗襟臺快要建好了。」他說，「崇陽縣這裡，有兩個士子可以登洗襟臺，叔父為我……討來一個名額。」

「登洗襟臺？」青唯疑惑道。

江辭舟道：「洗襟臺最初並不是樓臺，而是一座祠堂，只有一層，為紀念滄浪江投河的士子、長渡河戰亡的將士而建，先帝企盼後人能承先人之志，便下令額外加蓋一層，做成樓臺，責令來年的七月初九竣工，到時在各地甄選品德高尚的士子以登樓臺，在高處拜祭十二年前投河的士子，與之後戰亡的將士。」

江辭舟道：「那個時候，人人都把登上洗襟臺看作一種殊榮，被遴選登臺的士子，之後入仕，亦會備受看重。徐述白年輕，以後還可以考舉人，甚至考進士，當是前途無量。」

扶冬道：「是，先生若能登洗襟臺，莊上的嬤嬤必然會賣他一個情面，把我捨了予他，不過……我那時候關心的並不是他能否登臺……」

飄香莊的廂房裡靡香四溢，眼前一篇剛剛抄好的詩文卻散發著乾淨的墨味。

扶冬只管盯著徐述白：「為什麼要為我贖身？」

「我……」徐述白垂著眼，「我沒有弟子，妳是我唯一的弟子，一日為師，終身為父，我不能看妳淪落風塵，只要有辦法，我定要帶妳離開這裡。」

扶冬道：「可是我聽莊上的姐妹說，肯為我們贖身的人，必然是真心實意喜歡我們的。你是當真把我當弟子，還是像姐妹們說的那樣……喜歡我？」

不等徐述白回答，她又說：「你如果喜歡我，那就不要為我贖身了，以後莊子把我賣了，在主子底下為奴為婢，為妾為僕，我都看得開，但我不願做你的妾。」

然而徐述白聽了這話，什麼都沒說。他只是道：「贖身的事交給我去辦，妳只管等著便好。」

「那日他離開後，我到底在飄香莊等了多少日子呢？可能是十來日，可能是兩個月，記不太清了。後來連徐途都來得少了，直到洗襟臺快要建成的那一天，他忽然來了，是一個人悄悄來的。他說，為我贖身的事，他只有容後再辦，因為他要立刻上京……」

扶冬愣住了，「上京？可後日洗襟臺就建成了，你不登臺了麼？」

徐述白目色蕭肅，拂袖道：「這個洗襟臺，不登也罷！」

他頓了頓，還是與扶冬多解釋了一句：「我上京為的就是洗襟臺，是要敲登聞鼓告御狀的，這個案子牽涉重大，刻不容緩……」

青唯愣道：「告御狀？他可說了為何要告御狀？」

扶冬搖了搖頭：「我問過他，他卻說事態太過嚴重，知道得太多，只怕一個不慎會遭來殺身之禍，讓我當作什麼都不曉得才好。」

扶冬問：「你這麼急著上京，身上的盤纏夠嗎？」

不等徐述白回答，她鋪開一張綾緞，將妝奩裡的環釵首飾一股腦兒倒在上頭，又去床榻裡取來自己藏下的二十兩銀子，仔細包好，全都給了徐述白，說，「你拿著。」

徐述白看著她，卻沒接。

半晌，他將緞囊重新放在桌上攤開，目光掠過那許多環釵，最後落在了雙飛燕玉簪上。

玉簪是一對，他屈指取了一支，很淡地笑了一下，「有它，夠了。」

一頓，從腰間摘下一個牌符，遞給扶冬，「我家世清貧，身無長物，平生唯一倚仗不過詩書經綸，這個牌符是我考中秀才那年官府賜的，我很喜歡，一直貼身帶著。妳把它收好，等我回來。」

可他這一去，再也沒有回來。

——《青雲臺【第一部】洗襟無垢》未完待續——

高寶書版集團
gobooks.com.tw

YE 091
青雲臺【第一部】洗襟無垢（上卷）

作　　者　沉筱之
封面設計　張新御
責任編輯　楊宜臻
內頁排版　賴姵均
企　　劃　何嘉雯

發 行 人　朱凱蕾
出　　版　英屬維京群島商高寶國際有限公司台灣分公司
　　　　　Global Group Holdings, Ltd.
地　　址　台北市內湖區洲子街88號3樓
網　　址　gobooks.com.tw
電　　話　(02) 27992788
電　　郵　readers@gobooks.com.tw（讀者服務部）
傳　　真　出版部(02) 27990909　行銷部 (02) 27993088
郵政劃撥　19394552
戶　　名　英屬維京群島商高寶國際有限公司台灣分公司
發　　行　英屬維京群島商高寶國際有限公司台灣分公司
法律顧問　永然聯合法律事務所
初版日期　2024年09月

原著書名：《青雲台》由北京晉江原創網絡科技有限公司授權出版。

國家圖書館出版品預行編目(CIP)資料

青雲臺. 第一部, 洗襟無垢/沉筱之著. -- 初版. -- 臺北市：英屬維京群島商高寶國際有限公司臺灣分公司, 2024.09
　冊；　公分. --

ISBN 978-626-402-082-4(上卷：平裝). --
ISBN 978-626-402-083-1(中卷：平裝). --
ISBN 978-626-402-084-8(下卷：平裝). --
ISBN 978-626-402-085-5(全套：平裝)

857.7　　113013295